近代名译丛刊

九十三年

〔法〕雨果 著　曾朴 译　王仲远 校注

上海大学出版社

丛书主编

王培军　丁骎绮

目 录

1 校注序
1 《九十三年》评语

第一卷

3 第一章 沙达兰林
11 第二章 克兰穆舰
14 第三章 夜航船
16 第四章 贵贱杂糅
20 第五章 大事故
22 第六章 肉格铜
25 第七章 天平之衡
27 第八章 海上运气
29 第九章 九敌三百八十
32 第十章 跳走
34 第十一章 脱出险境乎
36 第十二章 掉舌可活
39 第十三章 记丑抵学博
45 第十四章 沙丘之巅
47 第十五章 有耳无闻
49 第十六章 大号字

51　第十七章　勾芒
55　第十八章　瞿文之押
57　第十九章　绝处逢变
60　第二十章　杀绝

第二卷

65　第一章　巴黎
69　第二章　薛慕丹
73　第三章　英雄之踵
75　第四章　三巨头
77　第五章　箭锋相拄
86　第六章　不速客
91　第七章　马拉定议

第三卷

97　第一章　小客店
101　第二章　陶耳
105　第三章　以少胜多
109　第四章　亦师亦父
112　第五章　心伤
115　第六章　各执一端
119　第七章　寻儿
121　第八章　都尔基塔
126　第九章　人质
129　第十章　休战廿四句钟
131　第十一章　备梯

133　第十二章　防守策
135　第十三章　黎麦尼

第四卷

139　第一章　三小儿
143　第二章　书厄
148　第三章　途次所见
154　第四章　伏击
156　第五章　形势
158　第六章　箭在弦上
160　第七章　阵前喊话
162　第八章　血战
167　第九章　负隅犹斗
169　第十章　德星临
171　第十一章　刽子手
174　第十二章　阙地而遁
176　第十三章　厝火之危
179　第十四章　翩其反
184　第十五章　深长思
191　第十六章　诣狱
193　第十七章　祖孙晤对
197　第十八章　军事审判
202　第十九章　坐而论道
208　第二十章　暾日出矣

校注序

一七九三年法国大革命,为欧洲史划时代之大事件,其影响所被,至深且远,迄于今兹,凡二百馀年,史家述作薪积,自德罗兹(Droz)以还,号为名著者,不下数十百种。而文家以之为题,则必推《九十三年》(*Quatre-vingt-treize*),为一时巨擘。其书撰于雨果(Victor Hugo)晚年,用意沈深,运笔矜炼,实炉火纯青之作也。

书中主要人物凡三,一老侯爵冷达男,一冷达男侄孙瞿文,一瞿文授业师薛慕丹;其背景,则旺代之叛乱是也。人物固出虚造,故事亦属虚构,而所摹画之大革命时人情、风气,皆一一逼真,栩然于纸上。至作者之思虑,尤真挚深刻,读其书后数章,较然可见。

自来社会之纷扰,皆出于人心之变乱,历代之战争,亦皆出于人心之攻伐,一言以蔽之,人间世之诸变相,即人心之所共造者也。顾亭林慨乎言之:"目击世趋,方知治乱之关,必在人心、风俗。"(《与人书九》)法国之大革命,亦起于人心之杀机,《九十三年》中,先借勾芒数语提撕,又复借老侯爵语斥伏尔泰、卢梭著书乱世,为之发皇,作者撰述之旨,不亦深切著明、见于言外乎。

曾朴之译此书,在晚清民初,初连载于《时报》,后由有正书局印行。1931年,真善美书店又重刊之。重刊之本,有新式标点,文字间亦削改。今即取为底本,收入《近代名译丛刊》,并检法文原本、英译本,略注所涉地名、人名,其涉史事、名尤著者,则复稍诠数语。译者小字夹注,今则移入脚注,标曰"原注",如更有所释,则用"编者按"别之。又各章原无标题,今亦为补拟之。曾译之偶误者,或用吾国故典,稍嫌不协者,俱为覆按原文,附笔疏之。若其译笔之妙,读之亹亹有味,引人入胜,较之林译小说,足堪肩随,后之译此书者,莫之或先。读者具眼,必能亮余说,不以为河汉也。甲午初夏王仲远记。

《九十三年》评语

嚣俄著书,从不空作,一部书有一部书之大主意,主意都为著世界。如《钟廑守》为宗教,《噫无情》为法律,《海国劳人记》(即《小说时报》所载《噫有情》)为生活,《笑的人》为阶级。然则《九十三年》何为?曰为人道。《九十三年》千言万语,其实只写得一句话,曰:"不失其赤子之心。"

人说《九十三年》是纪事文,我说《九十三年》为无韵诗。何以故?以处处都用比兴故。只看卷一第五、六章叙炮祸,卷四第一、二章述三童戏嬉,意何所指,不要被作者瞒过。《百科全书》评《九十三年》,谓为诗体之散文,是搔著痒处语。

无宗教思想者,不能读我《九十三年》;无政治智识者,不欲读我《九十三年》;无文学观念者,直不敢读我《九十三年》。盖作者固大文学家而实亦宗教家、政治家也。

《九十三年》,当头棒也,当代伟人不可不读。《九十三年》,亦导火线也,未来英雄,尤不可不读。译者识。

编者按:嚣俄(Hugo)今译作雨果,原版封面及版权页亦作嚣俄,今改。正文俱存其旧。

第一卷

第一章　沙达兰林

当一千七百九十三年，五月杪，有巴黎民军一队，桑坦尔①率之，往攻勃兰峒②者，道经沙达兰③森林。其时部下健儿，为数不及三百，盖适经兰哥、瑞麦、樊密三度剧战之后④，仅留此劫馀之残队鼓勇而进。

先是，巴黎遣征文台之军⑤，仅九百十二人，及四月二十五日，高咸为司法大臣⑥，蒲处达为陆军大臣⑦，提议发送志愿兵，助攻文台。巴黎厅府，特遣桑坦尔招集一万二千人，野战炮三十，炮兵一队，应召往。二十八日，在厅府授桑坦尔以口令曰："勿市恩，勿纵敌。"五月朔日遂由巴黎出发，不料转战至五月杪，历时不及一月，此万二千之志愿兵，为国死者乃逾万人！

今兹三百健儿，即万二千人中残馀之部曲也。经巨衄之后，犹贾

---

① 原注：巴黎麦酒商，攻文台时之师团长。编者按：桑坦尔（Santerre），今译作桑特尔，一七九二年任国民卫队总司令。一七九三年任旺代司令，以指挥不力，被召回并下狱。
② 勃兰峒（Bretagne），今译作布列塔尼，为法国西部的半岛。
③ 沙达兰（Saudraie）。
④ 兰哥（Argonne），今译作阿尔贡纳；瑞麦（Jemmapes），今译作热马普；樊密（Valmy），今译作瓦尔米。
⑤ 原注：文台为王党起事地。编者按：文台（Vendée），今译作旺代。旺代叛乱为法国大革命中的大事件，起于一七九三年三月初，十二月末被扑灭。
⑥ 高咸（Gohier），今译作戈耶，一七九三至九四年间任司法部长。
⑦ 蒲处达（Bouchotte），今译作布绍特，一七九三年四月任陆军部长。次年以遭丹东派责难，被免职。

其馀勇,徐徐整队,向沙达兰林进发。是林素以险恶称,入林后,昏黑不复见天日,亦不复知有阴晴旦暮。军队经此,且行且作警备,前后左右,巡视无敢或怠。名将苟兰培①曰:"军人之背,宜置一目。"度此时兵士意中,即人增十目,犹恨不能悉窥林中之秘也。况沙达兰林,为跛者麻士基登②出产之地,于九十二年十一月,内乱初起之时,麻士基登曾于是间奋其脱鞘之刃,血人无算,至今草木犹有馀腥,以受创之军队,经此恫魄栗魂之地,其戒严也固宜。

林中固幽暗特甚,然景色殊佳:绿荫匼匝,新翠扑人,有时微风吹拂,大类波动之软垣,日光渗漏,亦幽幽作沉碧色。地上则野花乱开,鸢尾、石蒜之属,无不舒红吐紫,抑若于密箐中,宣告韶丽之天气者。细草茸茸,乃为天然之氍毹。诸兵士分花拂叶而来,观其神色之间,乃殊未于此间得少佳趣,但觉栖鸟飞虫,咸足生其疑影耳。

维时兵士愈行愈深,其恐怖心与里程同其增进,且时时于路旁发见残垒焚屋,刑人之铁架,染血之树枝。何处曾造饭,何处作弥撒,何处曾治伤人,一一可目验而意想。以现象卜之,必有军队过此,为期尚不甚远。今何往乎?远耶近耶?抑伏而狙击我耶?均不可知。惟见荒荆丛灌蔽途塞径,脱令设伏,十步之内,决无所睹,其危疑为何如耶?

于是大队暂不进,遣候兵三十人,一军曹率之为前驱,一从军女商人随之。

行未百武,前驱之兵忽狼顾不前,盖此时彼等耳鼓中,似触有人类呼吸之声,出于丛莽间,又见树叶动摇不止,知有异,急发警号戒备。

不一秒钟,三十候兵,已列队作环形,咸举枪向树叶动摇处,手按枪机,目注暗陬,只待军曹口号一宣,枪将立发。当此间不容发间,女

---

① 苟兰培(Kléber),今译作克莱贝尔,镇压旺代叛乱的将领。
② 麻士基登(Mousqueton),旺代保王党叛军的领袖之一。其人真名为 Jean Cottereau,此为其绰号。

商人适立队侧,翘首若有所睹。忽闻军曹呼曰:"击!"女商人亦疾呼曰:"止!"呼既,即跳身入深林中,众兵士随之。

盖深林中,有一圆形隙地,一巨大之半枯树偃塞其上。根株中空,枝叶上覆,苔藓下敷,俨然成穴室状。穴门半启,中有一妇人,席草而坐,怀中抱一儿,方哺乳。两小儿据母膝熟睡,吁吁作鼾声。

女商人趋穴畔呼曰:"尔曹留此何作,殆颠耶? 微我,尔曹殆弹下矣!"妇人闻呼,略一举首。其时兵士亦继至,女商人顾曰:"此间非伏,乃一妇人。"兵士应曰:"然,吾等已熟睹矣。"

此妇初无惊色,瞥睹环而立者,无数之刀光剑影森冷逼人,诸兵士面目又复狞猛无伦,乃愕顾若梦醒,全体一震,致惊其膝上之两儿。

一儿微启其目,呼曰:"阿娘,儿饥矣!"一儿张小拳抱首而呼曰:"儿恐甚!"惟怀中之小孩,绝无闻见,但紧含母乳喀唾不已。

妇人此时如受电击,自顶至踵,颤动不已。仰视适面军曹,但见须眉茸茸猬立,几掩其面之全部,两目红焰鲞张,不可向迩,震乃益剧。

军曹慰之曰:"毋恐,吾曹非他,乃巴黎赤帻队①也。"女商人亦曰:"我则赤十字团耳。"军曹曰:"玛丹②为谁? 请告我。"妇人瞠视不敢答。

此妇年事尚少,面枯瘠而惨白,衣褴褛类乞儿,首蒙一巨大之头巾,为勃兰峒式,身裹羊皮,以一绳围系项下,袒露双乳,绝无羞涩态,足则无袜无履,指踝血痕缕缕然。军曹注视此妇,良久良久曰:"可怜哉贫妇。"女商人温语之曰:"尔何名?"妇人乃期期作低语曰:"我名佛兰宣③。"女商人徐徐以手抚摩怀中儿曰:"妮子几岁?"佛兰宣曰:"才十八月耳。"女商人曰:"是已长成,何犹哺乳耶? 宜断乳,饲以面包。"

佛兰宣见女商人妪煦状,知无恶意,心少安。膝上初醒之两童,

---

① 当时革命党人流行戴红帽子(bonnet rouge),故称。
② 玛丹(madame),意为夫人、太太。
③ 佛兰宣(Michelle Fléchard)。

见兵士冠顶羽毛,从风飘飘,以为嬉春粉蝶,爱玩不置,恐怖之念,已掷诸脑外矣。

佛兰宣曰:"诸儿皆饥,我乳亦垂竭矣。"军曹曰:"我将食诸儿,且及尔。但未食之先,宜答我一语,即尔于政治上之意见何属也?"佛兰宣目视军曹不能答。军曹曰:"我询汝之语,汝闻之乎?"佛兰宣实仍未会军曹何语,强答曰:"我自幼入隐修院,然实非女尼,已为人妇矣。我之法兰西语,由姊氏授之。所居之村,已罹兵火,我因避难急,遂无暇纳履耳。"军曹曰:"我非询汝以此,我所询者,乃汝之政见耳。"佛兰宣曰:"何为政见,我乃未解。"军曹曰:"我问此,因前此王党,往往有女谍;脱为女谍,罪应枪毙。速答我,汝非女谍乎?且汝之本国何名?"佛兰宣仍直视不吐一语。军曹又问曰:"汝本国何名,速答我?"佛兰宣曰:"我不知。"军曹讶曰:"汝不知汝之故乡乎?"佛兰宣曰:"故乡我审知之,乃达三法区内之西四官庄是也①。"军曹闻语,反愕然沉思久之曰:"汝适何言?"佛兰宣曰:"西四官庄。"军曹曰:"此非国名。"佛兰宣曰:"是乃我之故乡。"既而曰:"我知先生所问之旨矣。先生为佛兰西②人,我则勃兰峒人也,我与先生故乡不同。"军曹曰:"然则尔我为同国矣。汝家在西四官庄乎?"佛兰宣曰:"然。"军曹曰:"汝家何业?"佛兰宣曰:"家人死亡已尽。"军曹曰:"人皆有亲属,或今无而昔有,汝告我以汝之亲属何人?"军曹为此语,措词稍婉曲耳,然在佛兰宣闻之,已觉奥衍如演哲理,又茫然四顾如前状矣。

女商人睹状,恐军曹穷诘窘佛兰宣,终莫竟其端绪,乃昵就乳儿,且以掌微击两童嫩颊,屡言曰:"小女郎锡嘉名乎?"佛兰宣曰:"此女名饶善德,两孺子长曰若望,次曰阿兰③。"女商人曰:"夫人子皆壮美,虽卯角,殊有丈夫气。"

---

① 达三法区(la paroisse d'Azé),法区今译作教区。西四官庄(la métairie de Siscoignard),métairie指佃农的庄舍。
② 佛兰西(France),今译作法兰西。
③ 饶善德(Georgette);若望(René-Jean);阿兰(Gros-Alain)。

维时军曹久嘿,殊不耐女商人絮絮,向佛兰宣曰:"玛丹宜答我矣,曷为舍庐居为野处?"曰:"我庐已被焚。"曰:"孰焚之?"曰:"不知,仅知一军队耳。"曰:"然则尔究为何等人?"曰:"避难者耳。"曰:"尔护何党,蓝耶白耶①?"曰:"不知。我护我儿。"

少间,军曹又曰:"适言亲属,汝殊昧昧,今兹诏尔以亲属之标的。设我名赖杜伯,为赤帻队之军曹,我家在巴黎弥狄街②,我父我母咸在焉,是即我之亲属也。汝今试语我以尔之亲属。"佛兰宣曰:"汝询我家世乎?我家固代为农人。我父残废,其致废之由,则由取领主猎区之一兔,法当死,赖领主慈,浼审官,仅笞百,然吾父从此瘫废矣。"曰:"尔之亲属仅此乎?"曰:"否。吾祖奉新教,教正③先生以为叛教,治徒刑,时我稚,不能详。吾翁④为私贩,国王处以缳首之罪。"曰:"尔夫何若?"曰:"我夫长日为人死战。"曰:"然则孰为?"曰:"为国王争政权,为领主争地权,为教正争教权。"

佛兰宣语未竟,队中一兵士,忽发狂吼曰:"有是哉!人绞而父,徒而祖,残废而妻父,乃为人效死!呫呫!蠢奴!"佛兰宣方与军曹语,未虞吼声之忽发,股栗不敢仰,但合掌呼天主不已。赖杜伯叱兵士曰:"禁声,勿惊玛丹!"

女商人即佛兰宣坐处亦席地坐,抚两儿曰:"我试度彼等年事,大者四岁,幼者三岁,然否?"佛兰宣微颔其首。又笑顾乳儿曰:"妮子亦太无赖矣,长日舌舔舔,效枭獍之食母耶⑤?"继曰:"夫人毋恐,我等皆

---

① 原注:法国称王党为白党,民党为蓝党。编者按:白色为波旁王室的颜色,指保王党;蓝色是革命军制服的颜色,指共和派。
② 赖杜伯(Radoub);弥狄街(la rue du Cherche-Midi)。
③ 教正(curé),今译作本堂神甫。
④ 吾翁之翁,指翁姑之翁,即俗云"公公"。原文作 le pére de mon mari,直译是"我丈夫的父亲"。
⑤ 枭獍食母,为中国古代的传说。枭为恶鸟,生而食母;獍为恶兽,生而食父,或亦云食母。此处原文为 veux-tu bien ne pas manger ta mère,意思是"你莫不是要吃掉你娘"。极言其饥馋也。

巴黎之国民军也。夫人亦国民之一分子,宜入军队如我。我名吴散德①,给事队中,为女酒保。常于枪林弹雨中,倾我温醇之甘露润此浴血男儿。夫人毋易我职,八月十日,我在巴黎,曾以我酒饮威士丹蒙将军②。此历史之荣光也。一月二十一日路易十六之处死刑,我曾登断头台,献王以忏悔之杯。犹忆此朕即国家之狂王,至此乃无一衣一履之蔽体,但赤手接杯,时时顾我狞笑耳。我谓夫人宜壮尔胆,随我入队,为第二号之酒保。我职不难,于两军交绥时,腰悬酒筒,手持提钟,且摇且呼曰:'爱国青年,谁欲饮者就我!'只此足矣。我之宗旨在博爱,虽身处蓝党,然值伤人求饮,不论蓝白概饮之。盖人当滨死,但有爱神,无意见之差别也。夫人许我入队,脱我被杀,夫人即为我之继续人。毋伈伈俔俔,作怯儿女态也。"

吴散德为此雄辩,自信此雄辩之效力,能令佛兰宣距跃而起;乃词毕而佛兰宣殊淡漠,仅默诵吴散德者数四,抑若此三字殊费记忆力者。

吴散德尚欲有言,赖杜伯止之曰:"我问未毕,汝且勿喧。"乃顾佛兰宣曰:"汝夫现居何处?成何业?"佛兰宣曰:"彼已被杀矣,恶能有成!"曰:"何时被杀?"曰:"前三日。"曰:"杀之者谁乎?"曰:"不知。"曰:"蓝党乎,白党乎?"曰:"枪弹。"曰:"尔夫被杀后,尔何作?"曰:"我携我儿逃。"曰:"携至何处?"曰:"携至此间。"曰:"睡何处?"曰:"地上。"曰:"食何物?"曰:"无。"

赖杜伯闻此,颔须忽戟立,面呈不平色,问曰:"竟无食乎?"佛兰宣曰:"有之,时于丛棘中,觅得野梅桑椹,为鸟啄所遗者,咽之充饥。"赖杜伯笑曰:"等无耳,奈何云有?"

赖杜伯言此时,母膝上之大儿,若已解其意者,啼且呼曰:"吾饥

---

① 吴散德(Houzarde),意为轻骑兵。
② 原注:八月十日为民党攻破志哥业尼宫囚系路易十六之纪念日。威士丹蒙Westermam,法之名将,为民党统军攻王宫。编者按:威士丹蒙,今译作韦斯特曼,在镇压旺代叛乱中,以勇武著名。

吾饥!"赖杜伯急于衣囊中,出面包一片,授佛兰宣。佛兰宣均分为二,饷两童,两童乃大嚼不已。赖杜伯曰:"儿得食矣,母竟不自饷。"吴散德曰:"母或不饥。"赖杜伯曰:"非也,为母应尔也。"

两儿食竟,又各呼渴索饮。赖杜伯迟疑曰:"林内无河奈何?"吴散德乃解腰鞓所悬之铜杯,又旋酒筒盖,倾数滴入杯中,就两童唇际饮之。一童入口,乃茧其眉,一童则张口欲呕。赖杜伯曰:"尔饮以火酒乎?"曰:"然,我更和以醇醪。彼等皆村儿,负此嘉酿矣。"

饮既,赖杜伯续问曰:"兵火中,玛丹以何术自脱?"佛兰宣曰:"我出走时,战方剧,绕我身者,悉枪弹炮火。人杀我夫,且及儿,我乃抱儿突围出。初犹奔轶,继乃盘蹜,终则跌而匐行。"赖杜伯以枪柄筑地曰:"惨杀!恶战!"佛兰宣曰:"由此三昼夜,卧苔洞中矣。"赖杜伯曰:"此安足名为卧。"即顾为诸兵士曰:"一椁腹之枯树,能容一人,如花苞之含蕊者,乡人号为苔洞。试问我巴黎人,能堪兹虐苦否?"诸兵士齐呼曰:"可怜哉,一妇人乃偕三童子卧树穴中也!"赖杜伯故作谑语曰:"若有人过此,适当群儿号呼时,四顾无所睹,必且奇诧告人,谓文台之枯树,能发人声,啼饥号寒也。"

赖杜伯作此雅谑,非以取快,实乃力掩其悲梗①。夫以一寡妇,偕三孤儿,当此弥天战火之时,窜伏荒林丛灌间,舍离离原草,无所谓饔飧,舍团团圆盖,无所谓栋宇,谁实为之,陷此惨酷!赖杜伯此时,盖有一种不可思议之感情来袭其心,不觉步近佛兰宣,目注哺儿,不发一语。

此时哺儿忽离其母乳,徐徐回首,以娇丽之目光直注赖杜伯蒙茸之面,辗然微笑。

赖杜伯受此乳儿之微笑,较之利刃刺胸,痛乃愈剧,眶中急泪续续下,留须间如珠颗;高声呼众兵士曰:"吾友,我欲我军队为慈父,收育此三孤儿。"众兵士不待语毕,齐呼共和万岁者三。赖杜伯乃与三

---

① 原文无此数语,是译者所增。

童各一握手曰:"此吾赤帻队之胎儿也。"吴散德亦狂乐,抱佛兰宣曰:"以我一赤帻,护此三孤儿。"兵士乃复呼共和万岁者再。赖杜伯招佛兰宣曰:"女国民,汝前随我行耳。"

第二章　克兰穆舰

　　王权倾覆矣！独夫授首矣！党派分歧，联军逼境，于全国风潮掀天震地之中，有一英国小军舰，潜航出英法交界瑞寨岛之良霄湾①，时则九十三年六月一日也。

　　午后微阴，黄雾四塞，是等天气，最为海上逃人所利用。小军舰适于是时，受都尔铎文亲王②之命令，抑若有极重要极秘密之事，必须立时出发者。其出发之目的不可知，就外形言之，则似为巡哨岛东隅领海计，无可议也。舰虽属英，而船员则皆法产。舰名克兰穆③，形似荷重之商船，实则战斗舰也。其构造之特质，譬之于人，则智力兼备：智能诱敌，力能拒敌。是夜之出帆，殆欲自襮其特质之功用者。舰上之中甲板，则以大口径之海岸炮三十尊代之。炮式极古，各驾以铜轮，各以网具互络而坚缚，又加巨锁焉。外乃以炮之上裙掩甲板之门口，布置至为周密，表面似尚备飓风来袭者；其实则非备风，乃示弱耳。炮眼全塞，甲板之天窗亦闭，自舰外视之，绝无武装形迹，不过一炮坐式之中甲板而已。船体厚实而肥大，构造至苟简，然坚缄轻捷，在英吉利海军中称首，战斗时，力足敌中舰。船员皆法人，大都由亡

---

　　① 瑞寨岛(Jersey)，今译作泽西岛。良霄(Bonnenuit)湾，此为地名意译，法文 bonne nuit，意为"晚安"、"美好的夜晚"。"霄"通借作"宵"，见《左传》。
　　② 都尔铎文亲王(le Prince de la Tour-d'Auvergne)。
　　③ 克兰穆(Claymore)。

命之贵族士官,组合而成。人虽寥寥,率皆善驾驶之水手,能斗战之步兵,强悍不挠之王党;平生皆有三种至坚至大之迷信力,至死不肯变更者:曰舰,曰剑,曰王。

其中又有一队步兵,尚备上陆时效用者,亦杂居船员中。

克兰穆之甲必丹①,为王家海军有名之军官白师裴伯爵,其副曰费安斐爵士②,法王卫兵之总司令也,船主名贾克卦③,亦瑞寨岛之名航师。

天下无论何等秘密,当局者类以为掩盖周邃,无人能窥其内容,其实冷眼人嗤鼻其旁者屡矣④。克兰穆舰之出瑞寨,其举动未尝不故示镇定,而人度是舰之去,必载有非常之事俱行。盖当其将启碇时,突有一人来乘是舰:其人形貌,至翘人耳目也。其人为一老者,躯干顾硕,貌至严酷,发皤如银,而目光炯然,类骁健之少年。当登舰时,适风开外帔,人以是得窥见全身之结束:内服高卢古式连裤之衷衣,足登革靴,长乃过膝,衷衣外,披一野羊毛短褐。褐为勃兰峒乡人所常御,制作极怪异,名虽为褐,其实乃一完全之兽皮,仅于革上略施缘饰,常日则表毳而里革,节日则反之,盖以缘饰之革为华服也。老人今兹所御,则为常服,肘膝均陷裂,如其年事。外帔以组布为之,亦襤褛如鱼蓑。冠圆体博檐之冠,其檐能卷舒自如,下舒时则形如村夫毡笠,上卷则檐左露一丝结之徽章,望而知为军人。老人于登船时,特垂其檐,无丝结,亦无徽章,固俨然一乡老也。

乡老未登舰时,瑞寨岛英国总督巴尔嘉⑤及都尔铎文亲王,均亲莅送行。又有单伦伯者,本达丹伯爵之卫士⑥,而当时之秘密革命家

---

① 甲必丹(capitaine),意为船长。后文用之,也指队长、统帅。
② 白师培(Boisberthelot);费安斐(Vieuville)。
③ 贾克卦(Philip Gacquoil),此人即后文之冷达男,为本书主角之一。
④ 此数语为译者添出,在古文中,是所谓"接用提法"。
⑤ 巴尔嘉(Balcarras)。
⑥ 单伦伯(Gélambre)。达丹伯爵(la Comte d'Artois),今译作阿尔图瓦伯爵,法王路易十五之孙,路易十六之弟。后即王位,称为查理十世。

也,乃预为老人粪除船室,将事至谨慎。迨老人至,则竟忘其宿卫之尊,为之代负行箧,临别又向乡老举行恭顺之军礼。而巴尔嘉总督,亦于此时进祝词曰:"敬贺将军,此去定逢佳运。"都尔铎文亲王则曰:"王兄往哉,后会有期!"

号此老人为乡老,不过形式上之假定名词耳。其实本舰之船员已尽属此名词之怀疑人,彼等研究未久,即恍然下判断曰:"此老人之非乡老,犹此战舰之非商舰也。"

微风扬帆,海波如驶,克兰穆舰载此可疑之乡老,徐徐离良霄湾而行,经蒲兰岛①前,帆樯网具,犹历历可数。未几,乃愈行愈远,几如一点黑烟,随暮霭而没。

克兰穆舰出发后,一时许,单伦伯即受都尔铎文亲王之命,递书于达丹伯爵②及刁克公爵③之参谋部,其书词曰:"贵人行,成功必矣。八日之内,克伦维至圣玛罗各海岸④,皆烽火矣!"

瑞寨岛发此专使,以递急报,趋事不为不速矣,讵意岢使遁行之前四日,克伦维城中暂驻歇尔蒲之监军曰柏理安⑤,已得一同笔迹之报告书曰:"国民代表知之,五月一日潮上时,将有一军舰名克兰穆者,伪为商船,出帆于瑞寨岛,其目的,欲渡一人,登法国之海岸。其人年老躯高,发全白,村夫之衣,贵族之手。已定期初二侵晨登陆,其速谕巡哨舰,捕此军舰,斩此老人。"

---

① 蒲兰岛(Boulay-Bay)。
② 原注:达丹,法旧省,革命时与王党连合。
③ 原注:刁克,英国城名。刁克公爵名莆兰特,英之大将,当九十三年与法国战争。编者按:刁克(d'York),今译作约克。约克公爵(duc d'York),指弗雷德里克王子(the Prince Frederick),英王乔治三世的次子,任英军总司令。
④ 克伦维(Granville),今译作格朗维尔。圣玛罗(Saint-Malo),今译作圣马洛。
⑤ 歇尔蒲(Cherbourg),今译作瑟堡。柏理安(Prieur),今译作普里欧,雅各宾党人,一七九三年三月入治安委员会,十月率军平息旺代叛乱。大革命时,有两普里欧,此为马恩(Marne)的普里欧。

第三章　夜航船

　　克兰穆舰自离瑞寨，不南向而北行，直抵圣卡德灵岛①之北峡，然后转帆而西，入塞格②、瑞寨两岛间之海臂中，俗呼为海复道者：是间两岸皆无灯塔，为偷渡者所乐趋。维时日已西没，虽为有月之夜，而海云密布，团团如张巨盖，直覆海面，复有浓雾掩之，其沉黑乃较寻常夏夜为特甚。

　　船主贾克卦于此可恐之黑海中，航行乃非常注意。其时舰行甚迅，已出复道，瑞寨在左，奇南寨③在右，径望圣玛罗海岸进行。依海程而论，宜向曼矶④，为道较捷，但曼矶多暗礁，且密迩克伦维，为法国巡舰游弋之区，不如由圣玛罗安也。

　　风势渐盛，樯帆膨胀如皮排，舰行之速度乃益增。贾克卦窃喜，冀以旦明得达法国海岸。

　　九时，路经大鼻岛⑤，风益厉，天色惨淡，渐露不平态，海若附和之，浪花四溅击甲板，作溯湃声。其时乘舰之乡老，适散步甲板上，意态严毅如天神，似绝未觉风浪之震撼者，且行且出衣囊中古古茶块⑥

---

①　圣卡德灵岛（Sainte-Catherine）。
②　塞格（Serk）。
③　奇南寨（Guernesey），今译作根西岛。
④　曼矶（Minquiers），今译作曼基耶群岛。
⑤　大鼻岛（Gros-Nez）。
⑥　古古茶块（Chocolat），巧克力。

狂啮,齿力锐利,不以发白而稍顿其锋。

乡老沉默,绝不与一人语,偶与甲必丹密谈,亦音微而词简。甲必丹则肃然敬听,如受长官之命令然。

夜深雾重,海色迷濛,克兰穆舰沿行瑞寨北崖,傍海岸缓行。此时贾克卦兀立舵楼,目注手营,精神不稍旁骛。盖是处礁石罗列,咸淬其锋锷,以待失路之艨艟,脱一不慎,穿骱洞腹,祸且不测。幸贾克卦老于海事,行此罗网之危海,曲折奔赴,如游行熟习门户之屋中。海行遇雾,他人目为不祥,而贾克卦则以为海神之助己,得晏然避弋人之目也。

忽闻圣墩钟楼报十时,知已安然脱礁海,近大驿岛矣①。于是雾益重,浪益大,船身遂震荡不宁。白师裴伯爵、费安裴爵士乃共导乡老入船室。当入室时,乡老低语两人曰:"我之姓名,惟两先生知之,幸守秘密,勿于事发之前宣泄也。"白伯爵曰:"谨受命,吾曹当埋之坟墓中。"乡老曰:"善,我则于死前,不愿示人以名姓矣。"言既,即昂然入室。

---

① 圣墩(Saint-Ouen),今译作圣旺教堂。大驿岛(la Corbière)。

第四章　贵贱杂糅

　　白伯爵与费爵士既送乡老入室,乃复登甲板,于黑暗中,比肩作偶语。白伯爵曰:"吾侪顷所见者,乃首领也。"费爵士曰:"呼之为王亦当。"曰:"差近之。"曰:"于法兰西为贵臣,而在勃兰峒则王也。"曰:"在法王金辇中,彼乃侯爵,犹我之为伯爵,尔之为爵士。"曰:"噫!金辇乎,今安在?吾曹已陷泥橇中矣!"

　　叹息声中,两人词锋稍挫。既而白伯爵又续言曰:"法兰西无王矣,人将以勃兰峒王代之!"费爵士曰:"林无鹰鹯,则尊乌鸦。"曰:"我则宁尊猛恶之秃鹙①。"曰:"然哉,有利喙,有钩爪。"曰:"吾侪今日已目睹之矣。"曰:"然,时至今日,论事势亦不可无一首领矣。谚云:军人之需首领,犹枪炮之需火药。今日之所谓首领,我皆熟知之,殆无一足称斯号者。我以为文台今日,有一真将军,即文台之主也。水碓土窟,棘林网径,皆可利用以老敌人。恶战惨杀,以示声威。持之以恒性,行之以忍心,事乃克济。若目前文台之乡兵,未尝无一二英雄,而首领则我未之见。窦尔朋弱,蓝士渠病,彭商慈若妇人,劳宣若则一良少尉耳;西尔乃平原之士官,不宜远征;郑狄奴性善执鞭御马,时陶福力足逐兔

---

　　①　原注:秃鹙水鸟,喻海军人。

追鹰,裴兰德乃栗果儿,蒲伦微为滑稽师;沙娄德之鄙倍①,言之齿冷。凡此所举,皆文台伟人,然我犹未及剃发师盖士唐②也。夫以一剃发师而指挥诸贵人,则王党与共和党之异点安在,奚必死抗革命哉?"

伯爵握空拳作奋击状曰:"是皆革命之恶魔,陷我于此。"费爵士曰:"今日之法兰西,乃如巨疡。"曰:"能脱吾曹于平民之疡厄者,惟英吉利耳。"曰:"是言我亦信之,但目前之秽丑,已足令人作恶矣。王党大将,时陶福为慕来佛③先生之猎监,何异于共和党国务大臣巴奢④,为葛士德黎⑤公爵门吏之子乎?文台之劲敌,民党为桑坦尔,麦酒商也;王党为盖士唐,剃发师也。"曰:"然,盖士唐之为人,我綦重之。彼为基曼奈⑥之总司令,能尽其职。曾有一次,蓝党三百人掘地道已成,彼乃悉枪毙之,无少顾恤。"

费爵士愤然曰:"是何足奇,我亦曾为之,乃较彼为捷。历史战争之荣光,宜为我贵族所独占,剃发师恶能虱乎其间?"白伯爵曰:"汝论毋乃偏宥,实则平民中亦多可敬之人。即如钟匠邵黎⑦,为福伦特联队之长,自号文台党魁。彼有一子,乃入共和党,战争时,于战场上捕而焚杀之。"费爵士曰:"勇哉此伧!"白伯爵曰:"此王党之白理狄⑧也!"

费爵士曰:"汝言未尝不当。然如高基禄,如商纯,如穆伦,如符

---

① 此处所及诸人,均为旺代叛军首领。其事见第四卷。窦尔朋(D'Elbée);蓝士渠(Lescure);彭商(Bonchamps);劳宜若(Rochejaquelein);西尔(Silz);郑狄奴(Cathelineau);时陶福(Stofflet);斐兰德(Bérard);蒲伦微(Boulainvilliers);沙娄德(Charette)。

② 盖士唐(Gaston),今译作加斯东。

③ 慕来佛(Maulevrier)。

④ 巴奢(Pache),今译作帕什,一七九三年为巴黎市长。又任陆军部长,此处译为国务大臣。政治上为雅各宾派。

⑤ 葛士德黎(Castries)。

⑥ 基曼奈(Guéménée),今译作盖梅内。

⑦ 邵黎(Joly)。

⑧ 原注:罗马之革命主动人。编者按:白理狄(Brutus),今译作布鲁图,古罗马的执政官,其二子参与叛乱,被他处决。

楷德,如蒲虚,如许伯①,皆贱民耳。而我武侠之贵胄,听其指挥,是恶能堪!"白伯爵曰:"脱言难堪,则彼此同之。王党之杂市民,犹民党之容贵族。如刚格鲁伯爵,縻伦丹子爵,蒲海南子爵,樊郎士伯爵,瞿斯丁侯爵,皮伦公爵,②独非民党之魁乎?"

费爵士立绉其眉曰:"是何时代,乃纷扰至此!"白伯爵曰:"尚有王族中首先主张路易王死罪之奥伦公③在!"曰:"是乃爱嘉利丹之子④也,论次当王。果能王吾法国乎?"曰:"是难言。"曰:"彼果践位,彼乃自践其罪耳。"曰:"然,以恶升者,坠亦以恶。"

是时海中潮声忽厉,语潮乃因之稍间。未几,白伯爵乃复理其前言之绪曰:"我昔在菲色野⑤王宫时,曾亲见其入宫觐王,靦颜献调和之策,不知人已吐其背矣。"费爵士曰:"人谓之何?"曰:"谓为泥中之不尔奔⑥。"曰:"是人首痈秃而面痘斑,弑逆之首恶也。"

爵士语至此,忽拊伯爵肩曰:"吾侪勿语此拂意事,汝卧室中有博进具⑦乎?"伯爵曰:"有之。"爵士曰:"甚善,若在巴黎酒肆中有之,则更佳。"曰:"是不难,吾侪于一月内,将至巴黎矣。"

费爵士沉思久之,问曰:"此行事机若何?"伯爵曰:"事机殊佳,勃兰峒兵,只在善用之耳。"爵士摇首者再。又问曰:"舰上之步兵登陆否?"伯爵曰:"必登。各海岸皆拒我者,我不能明攻,我将潜入。是皆无虑,所重要者,首领耳。汝谓宜何若始足为首领?"爵士曰:"必熟习

---

① 高基禄(Coquereau);商纯(Jean-Jean);穆伦(Moulins);符楷德(Focart);蒲虚(Bouju);许伯(Chouppes)。

② 刚格鲁(Canclaux);縻伦丹(Miranda);蒲海南(Beauharnais);樊郎士(Valence);瞿斯丁(Custine);皮伦(Biron)。

③ 奥伦公,即奥尔良公爵(Duc d'Orléans),此处指沙特尔公爵(le duc de Chartres)。

④ 爱嘉利丹之子,原文作 Fils d'Égalité。égalité 意为平等,沙特尔公爵在大革命中,取名"平等的儿子",此处故谑之。

⑤ 菲色野(Versailles),今译作凡尔赛。后文又作"非色野",不另注。

⑥ 原注:法王之姓,史称为不尔奔朝。编者按:不尔奔(Bourbon),今译波旁。法文泥为 bourbeux,与 Bourbon 字形相似,遂牵连及之,以为谑语。

⑦ 博进具,指赌博游戏之具。"博进"本指赌博之钱,见《汉书·游侠传》。此处实误译。原文为 le Moniteur,即《箴言报》,此报为庞库克所创办,在当日有大影响。

林莽之乡人。"伯爵曰:"若是乎,必时陶福、郑狄奴辈为将军,乃可胜任而愉快。"爵士曰:"非也,宜拥戴一法兰西之亲王。"

白伯爵曰:"爵士语当,吾曹且拭目观此将军。"爵士应曰:"然,观此贵臣。"伯爵曰:"汝信其足胜任乎?"爵士曰:"我信其知能。"伯爵曰:"否,我则信其严猛。"爵士拊掌曰:"佳哉,伯爵言严猛;严猛之首领,乃吾侪之真首领也。从来战术词典,无'慈悲'二字,况当此血色之时代乎!弑逆者断路易十六之首,我则裂弑逆者之四肢。"

爵士语未竟,忽闻一惨呼声,继以砰訇巨响,由舰内迸发。两人乃立断其话机,奔赴中甲板口观之,惟见诸炮兵纷纷攀登,已不能复入矣。

第五章　大事故

　　克兰穆舰载有三十尊大口径之海岸炮,安置中甲板中,前章已言之矣①。乃此时忽于三十尊中,有一尊最大之炮,因船身之震撼,遽脱离炮坐,奔突于中甲板之内部。

　　夫天下可恐之事,孰有逾于军舰在洪涛巨浸中,大炮忽脱其羁轭。此时之炮,不当名炮,乃成一莫可名状之怪兽:腾掷如豹,严重如象,轻捷又如鼠。波之流动,斧之坚利,闪电之迅疾,复佐以行动便捷之机轮,往来进退,左冲右突,或伏焉,或跃焉,自船首以迄舵尾,无不为其威棱之所屈。譬之巨梃攻脆壁,梃为铁而壁则木,其何不摧?飓风可畏,而此乃旋风;暗礁可避,而此乃流礁。犬可驯也,蟒可诱也,狮虎可慑而致也,惟此无知觉之铜妖,杀之不可,捕之不能。其进行之方针,恐依铺板之倾向。板之动由船,船之动由浪,浪之动则由风;船也,浪也,风也,皆足助其焰而傅之翼。推斯愤怒之情形,殆非尽毁是舰而覆之不止也。其致祸之原因,实由一炮队长之疏忽。其缚此巨炮时,但严缚缆锁之螺钉眼,而于炮之四轮则至松懈。一懈一严,为力不均,遂使衬板与炮身,常翕阖不宁,脱出于制退绳之外②,论势已不能安于炮坐中矣。其时海中忽起一怒涛,猛击炮眼,炮乃猝

---

① 此数句为接榫语,是译者添出。
② 原注:制退绳,法文称谓 la brague,乃军炮中用以制大炮退却之网具。

退，立断其锁。于是伏轭之奴隶，一变而为自由之猛兽，非人力所能制矣。

当缆锁猝断时，诸炮兵适均在炮位中，时聚时散，从事战备甚勤勉，未暇他顾也。出柙之炮，因船势之直簸，突贯人堆而过。此发轫之第一击也。碾毙者，乃有四人。忽又返身横鹜，而第五之被害者遂撄其锋，排挤至舷左壁，力撞之，肢体分裂为两。白伯爵与费爵士，在甲板口所闻之惨呼，即是人临终之尾声也。各炮兵见势莫御，咸轰散，纷纷登梯以避之。

白、费两甲必丹，虽夙号勇敢，至此亦相觑失色，兀立梯颠，目注中甲板，无所为计。突有一人自后出，摩肩而过，拾级由梯直下。其人为谁，盖即乘船之乡老，两甲必丹适所谈者也。行至梯之末级，遂矗立如石像。

第六章　肉格铜

维时船身之颠簸愈甚,而巨炮之袭击亦愈剧烈。炮架之他炮,椎毁者四具。船壁洞两穴,虽在水线之上,脱遇飓风,海水可立灌。舰之肋材腹材,皆坚壮无伦,然以万斤之铜锤,雷奋电激于舰之周陲,其有不铜山东崩、洛钟西应者乎①?炮轮碾已死之人体,一次二次,至无量次,五尸已成肉糜。血浪流行板面,如纵横之叉港,遇破裂处,则汹涌下注,变为无数之血瀑。

白伯爵此时已镇静如常,立甲板口,指挥船员,取舰中所有被褥囊橐,帆布网具,凡可以阻炮之行动而弱其力者,罄所有悉投之甲板中。

然此举殊无效,一瞬间所投之物,悉片片作蝴蝶飞矣。炮之蹂躏,则有增无减,三十尊之海岸炮,仅留十尊在炮位,馀则悉响应大炮,助其破坏。前桅垂折,主桅亦鳞伤遍体,船壁之破口,乃愈增多,海水汩汩而入,沦胥之惨,近在眉睫焉。

时则乡老已在中甲板中,傍梯而立,以严厉之目光,绕此惨剧场一周,知移前跬步必无幸。然则听其趋死乎,抑设法救此危难乎,正沉思未得善策。

---

①　铜山崩、洛钟应,见刘敬叔《异苑》。《世说新语·文学》作"铜山西崩,灵钟东应"。原文仅喻为"un grain de plomb secoue dans une bouteille",意思是"一粒铅丸在玻璃瓶中震摇"。

白伯爵乃谓费爵士曰:"爵士,汝信天主乎?"爵士曰:"有时信之。"曰:"在飓风中则如何?"曰:"如此时,则不敢不信矣。"曰:"欲免吾曹于此厄,舍仰主力外,无他法矣。"

于是全舰皆屏息无敢声,惟闻舰内之巨雷狂吼,舰外之怒涛奋击,一唱一和于海天苍茫之中。

当此至危急时,于群炮交鬨之盘涡中,突见一人,一手执舵杆,一手挽巨索,由梯板直跃而下。伊何人,盖即肇祸之炮队长,海岸炮之主人也。

炮队长既以疏忽召巨祸,自审犯重眚,非力捕之,无足自赎,乃奋然冒此重险,下中甲板。

其初入也,伏于舰之一隅,背倚巨柱,牢植其两腿于板面,色惨淡而沉静,特张两手,以待巨炮之来。

炮队长与炮习,自谓能识炮性,绝无惧色,而炮亦如豢犬之觅其主人,竟昂然如山岳,直压炮队长之身。一时船员之在梯口者,无不瞠目直视,至窒其胸息,不敢翕张。所巍然不为动者,仅有已入中甲板之乡老独立梯下,为两决斗士之证人。

巨炮直趋炮队长所踞地,已垂及矣,炮队长避无可避,在理靡不齑粉,乃适于此时,船身为巨浪所撼,势一偏倚,炮乃暂驻作眈视状。炮队长得乘隙作准备,迨炮直撞而至,已耸身一跃,离炮丈馀。

于是一来一往,或迎或送,以至脆攻至刚,以肉体抗铜质,一方则全用势力,一方则纯恃灵魂,人与炮乃剧战于憧憧黑影间。灵魂之为物乃至神妙,为人类所独具,或谓此时之炮,似亦具之。其猛扑则怒也,其横击则恨也,其左右盘旋则窥伺也,其卓立不动则相机也。有时惧为人袭,则突出奔逸,所经之处,捣毁一空。

炮队长手中有杆有绳,而炮则仅有四轮,无自卫之武器。乃忽焉行经炮架下,遇一系炮之断铁链,立卷入炮底,为螺钉所钩,一端虽被钩,其一端则仍自由狂转于炮之周围,俨然以铜拳握铁鞭,作魔旋舞,其腾踔之势乃益张。

炮队长此时知直攻必无济,乃坚执绳杆,匍行船壁间伺之。而炮若已窥其隐,知有机阱,乃立逃。炮队长急侧身让至左舷,炮乃扑空,怒甚,突右舷一炮立碎之,借反击力,直趋左舷,攻炮队长,又不能伤,乃以馀力伤左舷之炮三尊。于是热狂之度达极点,忽背人而驰,径冲船首,破其壁,成巨穴。炮队长乘隙,已避至梯次,距乡老仅数武耳,手中犹坚持绳杆,作伏而狙击状。炮乃瞥见之,反身疾如斧劈然,其迅劲乃无比。此时炮队长,即坚如铁石,捷若猿猱,亦万无幸免理。众船员睹此险状,各失色惊呼。维时兀立梯下之乡老,忽奋步直前,较炮势为尤疾,猝取一亚星牙①之纸卷,投入炮轮中。炮正猛进,猝遇障碍,全身为之一震,遂杀其进势。炮队长乃乘机以舵杆贯轮轴,力翘之,炮不能支,但闻轰然一声,如洪钟之踣地焉。炮队长即举足力蹴其背,而以巨索绕其体者三周,于是人获全胜,而炮作囚虏矣。

全舰之兵士及水手,至是皆鼓掌欢呼,炮队长亦转身向乡老行一军礼曰:"谢先生拯我命。"乡老岸然不答。

---

① 原注:Assignats,法国革命时纸币之名。编者按:assignat 今译作指券。一七八九年,以解财政危机,发行指券,购买国有财产,但并不作纸币流通。后财政日益困,乃宣布为流通货币,遂致通货膨胀。后指券大贬值,几同废纸。

第七章　天平之衡

　　前章述人炮之决斗，虽云人已胜炮，其实则炮亦胜人，盖倾覆之祸，但免一时，而军舰已如濒危之病夫，无可施救。船壁之破口共五处，在船首者为尤巨，船底则为海水所灌，洋溢如池，脱非唧筒①，其下沉可立而待。海岸炮则已毁者二十尊，皆横卧网具中，其就缚之一，炮底螺钉全脱，即安置坐中，亦失其行动之效力矣。

　　当炮祸作时，全舰之人，所轮转于心目中者，只有生死两问题，他非所恤。适值海色沉黑，雾势更重，舰为风引，忽失其预定之航线，漂流至瑞寨之南崖。其地已入曼矶境，为最恐怖之礁海，船主贾克卦所欲力避者也。

　　然船员此时，尚未知舰行已达危海，方群聚中甲板中，整理破损各物，及炮坐中未毁之炮。乡老则升甲板，斜倚大桅，仰面若有所思。

　　未几，甲板上忽闻号笛一声，费爵士已指挥一队步兵，分列大桅两傍。诸水手亦依次绕帆架鹄俟，气象肃然。白伯爵乃徐徐向乡老立处行，后随一狞猛之人，虽喘息迫促，衣服散乱，而神色则殊镇定。其人盖即肇祸之炮队长。既至乡老前，立垂其首，目下视作服从状。伯爵向乡老举手行军礼，随曰："此人已携至。将军既为首领，今日之事，宜有所处分。未审将军已计及否？"乡老曰："计之熟矣。"曰："然

---

① 原文为pompe，抽水泵。

则请将军出令。"曰:"君为甲必丹,令宜自君出。"曰:"否,君侯乃将军。"乡老于是注视炮队长呼曰:"汝来前。"语时,队长即前行一步,近乡老。乡老乃返身向白伯爵身畔,解取圣鲁意之铜十字①,系诸队长之短褐。众水手遂同声呼"华拉②!"步兵则各举枪示敬。一时舰内外空气,咸含严静态,即狂风怒浪,亦似暂敛其咆哮。在此群籁俱寂中,忽闻乡老以极锐朗之音,指炮队长宣言于众曰:"吾曹今日宜枪毙是人,非淫威也,是人致吾舰于重险,已犯不可赦之疏忽罪。凡我军人听之,军舰之趋海,犹兵队之赴敌,矧兹潜航,显有飓风,隐有狙伏,奚啻二敌。军法,在前敌,犯疏忽罪,受死刑。是人乃躬蹈之。功则赏,罪则罚,军中无贰。"宣言毕,即顾诸兵士曰:"趋实行。"炮队长此时俯首无一语。

惟见襟际十字,闪闪作惨光。白伯爵则已发令,遣两水手下中甲板,舁一卷尸悬床③至。军中牧师则踵其后。步兵军曹,立拨其队中十二人,以六人为一列,分两列,夹炮队长而立。牧师乃手持十字架,默然入两列中央,立炮队长傍。预备竣,军曹乃发口号曰:"前!"于是诸人皆徐步向船首行,两水手荷尸床以从。

是时舰中寂静如坟墓,黑暗如地狱,忽闻空中枪声爆鸣,继以电光一耀,而尸体坠水之声,达人耳鼓矣。回视乡老,则仍倚大桅,交臂而立,沉思不语。白伯爵乃伸其拇指,向费爵士作耳语曰:"文台今日有一首领矣。"

---

① 即圣路易十字勋章(la croix de Saint-Louis)。
② 原注:海军人表敬礼之叹词。编者按:华拉(Hurrah),今译作"乌拉"。
③ 卷尸悬床,即裹尸布(suaire)。

第八章　海上运气

炮队长既处死刑，船员乃粪除中甲板中所有坏炮折轮，残缺之龙骨，剥落之铁皮木块，悉举而投诸海。船板上四分五裂之尸体，亦罗而纳之布被中，启炮眼掷出。于是炮祸之局告终，全舰之气为之一苏。

外视海中，夜色虽仍为云雾所掩，不能一吐光明，然风力则反减于前。依常势论，风减则浪亦减，而此时浪乃汹涌更甚，以是知所蹈危机，固在海底而不在海面也。以病舰涉危浪，不风亦足覆舟。

贾克卦斯时，乃尽力展其驾驶之术，以危舟立恶浪中。费爵士性佻达，平生固视危险为最得意之玩具，今又新脱险，意至得，乃就贾克卦为谐语曰："船主！汝不见今夕海神患噎而苦不宣，我海岸炮为发散剂，偶然一投，乃立愈其噎。"贾克卦淡然答曰："海愈耶？海固有浪也。"

无喜亦无愠，是固海人之特性，第贾克卦外示镇定，而语意已隐含觥觫象，果何为耶。盖缘舰已漏水，一遇浪激，则水之灌注益速，其可忧或甚于炮祸。费爵士觉之，问曰："我舰现在何所？"贾克卦不答。

常例，船主当航行时，动静语默一惟其意。费爵士见贾克卦不乐多言，遂离舵楼，独行甲板上。一举目间，忽觉贾克卦未答之语，海神乃掬而相答矣。

时则见海内重雾，为晓色所击，忽然破裂。中天云影，虽如罨房，亦不能下掩四垂。即此空隙中,东方日出处,忽露一缕白光,西方月没处,亦露一缕白光。白光遥遥相对,周缘地平,俨然成一海天之界线。

然此界线中,非空无物也,两方具有矗立不动之黑影数点。黑影伊何,东方则为巉削之三高岩,西方则为整列之八巨帆。岩乃暗礁,帆则舰队:暗礁非他,乃最著凶名之曼矶;舰队非他,乃追捕之法国海军。此时克兰穆舰所处之地位,适在战场与危渊之中,前行则战,后退则沉。

况克兰穆舰对于暗礁,则船身已破漏,机关已敝落,桅樯已摇撼不宁,全失其航力矣;对于战斗,则全队之三十炮,已毁二十一,最良之炮兵已死,亦全失其战力矣。

其时天色已近晓,近晓海中乃愈黑暗。风固非狂,顾舰舵不甚听命于舵师,谓为划行,实不如言旋行之为当。盖浪旋则舰亦随之而旋耳,愈旋乃愈逼曼矶。

克兰穆舰原定之航路,本欲避克伦维而趋圣玛罗,迨炮祸一作,迷乱之中竟舍所趋而蹈所避,致陷此危险之夹道中。此时即能扬帆航行,欲返瑞寨,则曼矶障之,欲登法国海岸,则舰队尼之。

费爵士睹状大惊,继乃狞笑,呼曰:"在此则沉,往彼则战,吾曹当择一以自处矣。"

第九章　九敌三百八十

于是全舰人声寂然，惟风声浪声，与舰底漏水声，愬阗不已。白伯爵乃密令费爵士下中甲板，检阅炮位，己则持望远镜傍舵楼立。忽问贾克卦曰："此间何处？"贾克卦曰："曼矶。"曰："能碇泊乎？"曰："否，仅能趋死耳。"白伯爵举远镜，先西向察曼矶，继乃转东，凝视辽远之帆影，默数之，为数乃八，皆卓立水面缓缓来。八舰中，居中一舰最高大，为三甲板之战舰。白伯爵谓贾克卦曰："汝识此舰队乎？"曰："识之。"曰："何国？"曰："法兰西之中舰队也。"曰："全舰队乎？"曰："不全。"曰："然。我忆之，二月二日，佛拉瑞①在国约议会报告，以十中舰、六大战舰巡逻曼希群岛②，是中舰队有十六艘，今所见仅八艘耳。"曰："其馀或散处四方，作哨探。"曰："前行居中者，一三甲板之大战舰，二中舰为第一列，其第二列则五舰。"曰："我亦察之审。"曰："壮哉舰也！我昔曾统御之。"曰："我则不择何舰，悉纳之脑海矣。"

白伯爵以远镜转授贾克卦曰："船主，汝试辨大舰何名？"贾克卦熟视久，答曰："是名金岸。"曰："诸舰之名，彼等已更新，其实即从前之波哥尼舰，乃新舰也，有炮百二十八。"言时于衣囊中，出手簿，以铅笔记128之数码。复问曰："左舷第一舰何名？"曰："列格斯卑利曼。"

---

① 佛拉瑞（Valazé），今译作瓦拉舍，吉伦特党人，国民公会议员，反对马拉。一七九三年自杀。

② 曼希群岛（La Manche），今译作拉芒什海峡。

曰："是三月前曾驻防勃兰斯脱①者,为炮乃五十二。今试言左舷第二舰。"曰："名特兰达。"曰："是船在印度曾著战功,有炮四十尊。"于是俯取铅笔,于手簿上,先书52,又书40。书既,复举首问曰："今当及右舷矣。"曰："右舷共五艘,皆中舰。首一舰,名兰沙。"白伯爵止之曰："毋列举,我已悉知之,舰各三十炮也。"随言随以五舰之总数加簿上,为160。既又注目良久,口中默计曰："百二十八,五十二,四十,百六十。"时适费爵士由中甲板来,白伯爵一见即呼之曰："爵士,汝知我舰已在三百八十炮之前乎?汝今检阅我舰,能战之炮几何?"费爵士曰："九尊。"白伯爵默然,复取贾克卦手中之远镜,向外观之,则天际八舰,仍寂然不动,顾形体较大,知距离近矣。

时费爵士已至白伯爵前,曰："我今将以检阅所得,报告甲必丹矣。我曹于忙迫中,登斯英舰,为计至左。我凤用为疑,及受海岸炮之创,英舰叛我乃益显。今又复加审查,知锚铁非纯青,乃以铁杆锻接而成者。大网具,长可百二十寻,第脆薄易断。若论战斗力,则六炮兵已死,尽我之力,仅能射发一百七十一次而已。"白伯爵闻语微颔其首,而目光则坚注远镜不少移。

凡海岸炮之所长,在运动灵便,三人之力足举之,而其短处,则射发时,不如他种炮之及远而命中。白伯爵所以峕心于远镜者,即觇敌舰之远近,以验海岸炮之射程,能及否耳。

克兰穆舰对于人之不能战,犹其对于浪之不能战,白伯爵固审知之。然此时不能不悉索所馀能战之品,以为戒备。一时甲板上乃愈严静,虽号笛阗然,而人人实行备战。先以大小网具,纵横交系,以巩大桅,又立障壁以御弹丸,设治伤所以待伤人,开弹丸舱,守火药库。各水手则每人受弹盒一,匕首一,短铳二,悬诸腰鞗;或则整理枪械,或则磨治刀镰,皆默无一言,各事所事,其状乃至忙迫,至悲惨。

继乃投锚椗泊,舰有六锚,乃悉投诸海中,整列如舰队然,以抗敌

---

① 勃兰斯脱(Brest),今译作布雷斯特。

舰之入：守夜锚在前，曳近锚在后，潮锚面海，汐锚傍礁，小锚居右舷，主锚悬左舷。九尊毁馀之海岸炮，悉移置一面，当敌人之来路。

地平线上之八舰，时亦悄然无声，渐行渐近，已变其阵势，绕曼矶作半月形。譬之于弓，曼矶为弦，而八舰为背，克兰穆舰则拦入弦与背之中央。又有六锚维絷之，致不能移跬步。

维时两方皆肃然毅然，如虎豹对搏，虽不吼詈，而张口各露其狞牙。白伯爵乃顾费爵士曰："时至矣，我欲开战。"费爵士答曰："诺，如甲必丹命。"

第十章 跳走

　　自炮队长枪毙后,乡老迄未离甲板一步,目击一切举动,殊无所慑,颜色乃洋洋如平常。白伯爵备战既竣,遂趋前谓乡老曰:"舰备已齐矣,依现势论,全舰之人,已为舰队与暗礁之囚房,非歼于敌,即触于石,舍斯二者无他择。顾其沉也宁战,与其死于水也,宁死于火。虽然,此皆吾等事,非所论于将军。若将军者,蒙诸王之推戴,身负重任,脱将军有失,是不啻君主政体之失败也。是则将军宜生,吾曹以留此为尽职,将军则以去此为效忠。我敢请将军速离此舰,吾将予将军以一人一艇,乘此天色未晓,浪高月黑之时,脱险尚非甚难。但使将军得脱,纵舰沉军覆,犹凯胜也。"

　　白伯爵语既,乡老乃领首者再,以示承诺意。白伯爵遂高呼曰:"诸兵士及水手听之!"全舰闻呼,咸立止其运动,回首面白伯爵。伯爵曰:"吾党中有一人焉,为国王之代表,而文台之首领也。王位之存废,战争之胜负,胥是人是系,我曹于未死前,宜尽力保存之。救我首领,无异全救,众谓如何?"一时船员皆高呼曰:"然!然!"伯爵又曰:"然出走殊险,径达彼岸,谈何容易!欲犯巨浸,宜用大船,然欲避敌侦,则不能不用小艇。且宜随一强勇之水手,能漕善泅,兼熟习各处之途径者,乘此深夜,悄然离舰脱敌目,越暗礁,直向海岸力划,择一至安之处上陆。我众今已无术自脱,然力足脱我首领。狮自扑而罴自逸,计莫妙于此者。"众又齐呼曰:"然!然!甲必丹言当。"伯爵曰:"事急矣,宜速行。水手中孰果愿往者?"即有一人在黑暗中,应声而出曰:"我!"

第十一章　脱出险境乎

有顷，舰上一小艇，受甲必丹之命，立时下缒。艇小仅容二人，水手居前，乡老居后，中则储干饼、牛炙、淡水瓶之属。既及海，渐渐离舰，直向曼矶进行。取道虽近险，然舍此实无第二之出口。费爵士于艇之行，倚舵楼柱，狂笑送之曰："佳哉逃乎！逃固佳，然我曹之沉乃益佳！"贾克卦让之曰："爵士，此宁嘲笑时耶！"

小艇顺风浪而下，其行至迅。爵士与船主语音未绝，而此渺然一叶，已灭没于晓光浪影间。

在此一刹那间，海上沉漻之状，大类猛雨将来，万木衾息。忽焉有巨音劈空气而上捎，则白伯爵号众之声也，其言曰："我王之海军人，亟扬白旗于桅颠，俾吾曹亲见其拂末次之太阳！"言既，即继以轰然之炮声，出于克兰穆舰。于是舰中万声一致，咸高呼国王万岁，而地平线上，亦于其时隐隐闻答响，凝听之，则呼共和万岁也。旋即有千百巨雷，迸发于汪洋大海中。

由是之后，但见赤云乱舞，烟网弥天，海水为坠弹所激，沸且百丈。克兰穆舰如一座火山，尽力喷礴其烈焰，以撩八舰；而八舰则如一队火龙，蜿蜒绕克兰穆舰之周围。在风抟浪击中，船身时隐时显，脱令天文家以远镜测之，必且疑日轮中，著无数黑子焉。

是时小艇中之两人，离舰已远，绝不返顾，直向曼矶海峡中进行。

曼矶形势，本一三角形之暗礁。其海底之面积，乃较瑞寨为广，特常日为水所淹，吾人无从施其绳尺耳。其显于海面者，有一高丘，去丘之东北，则有六堆巨石，断续如坏墙，所谓海峡，乃适在此高丘与六石之中央。其处至浅至狭，仅容轻舠。涉险者第越此峡，即入自由之巨浸矣。

驾艇之水手，恃其艇身之轻且小，渐入峡中，然仍不敢猛进，礁左则艇右，礁右则艇左，扪揪而前。艇为岩石所蔽，战火已不复睹，但闻爆鸣不绝之声，犹能想见克兰穆舰抗战之烈，非竭其百七十一次偏舷射击之力，不肯沉也。

艇行峡中，历一时许，始离峡而入海，则已海波溶溶，旭日升矣。暗礁之险，敌伺之严，炮火之危，至是皆无虑。然谓已达坦途则可，谓已脱危机则不可；以无帆无樯无罗盘之小舰，浮沉高浪中，所恃以自救者惟有力划，何啻微尘漾太空，一粟填沧海，其不陷没者几希。

然此时水手，乃殊不以陷没为虑，反懈其划力，于微茫晓色中，回其惨白之面，眈视艇尾之乡老曰："汝识我乎？我乃尔枪毙者之弟也。"

第十二章　掉舌可活

乡老于黑暗中，仓卒下艇，实未暇一辨水手之面目，至是闻呼，乃徐举其首注视之，则见其人年三十许，颜貌为风日所暵，作枯叶色。眸子至瞭，然敏锐之中，时露恳恪；两拳握桡柄，坚硕无伦，望而知其腕力之强；腰鞓间县匕首一，短铳二，大念珠一贯附焉。

乡老视竟，乃问曰："汝告我以此何意？"水手立置其桡，仰首疾视曰："杀汝耳。"曰："何为杀我？"曰："汝杀我兄。"曰："我曾救若兄之命。"曰："诚然，汝救之于前而杀之于后。"曰："是非我杀之。"曰："然则孰杀之？"曰："彼之罪过杀之。"

水手乃张目视乡老久之，继乃蹙轩其眉，作恫喝状。乡老曰："汝究何名？"水手曰："我名哈孟六[1]。然汝此问殊无谓，何必于未杀之前，知杀汝者之名。"

两人问答间，适闻海峡外战炮声，忽尔中止。即偶然爆鸣一二，绝似猛兽垂毙，发其末次之狂吼。黑烟万缕，乘风四散，落于地平线上，而此渺然之小艇，既无人主张，亦遂漂泊于航路之外。哈孟六乃左手执短铳，右手持念珠，植立船首。乡老睹状，亦起立谓之曰："汝信天主乎？"哈孟六叉手作十字形，答曰："我主居天堂！"曰："汝有母乎？"哈孟六又叉其手，为第二之十字，答曰："有之。"既而曰："殿下既

---

① 哈孟六（Halmalo）。

语及此,吾当推吾主吾母之慈,假殿下以一分钟之时间。"旋言旋以火药实短铳。乡老曰:"汝乃呼我为殿下乎?"哈孟六曰:"汝为领主,我以状卜之。"曰:"汝有领主乎?"曰:"有,且大领主也。宁有为人而无领主者?"曰:"汝之领主安在?"曰:"不知,去国已久矣,人称之为冷达男侯爵先生,丰丹南之子爵①,而勃兰峒之王也。彼之领土,乃包有七树林,我虽不及见,第论分终属我之主人。"曰:"如尔见之,则听其命令乎?"曰:"此何待言?倘我不听其命令,我乃化外矣。吾人第一之本分,乃听命于天主,次则事国王如天主,事领主如国王,然皆无与今日事;今日之事无他,汝杀吾兄,我当杀汝耳。"乡老曰:"我杀尔兄,于义至当。"哈孟六坚持其短铳拟乡老曰:"我杀尔于义何亏?"乡老严静如常,徐徐曰:"牧师安在?"哈孟六曰:"汝需牧师乎?"曰:"我杀汝兄予以牧师,汝今杀我不宜阙之。"曰:"我乃无之,大海中宁有牧师乎?"

言次,适有海风吹送遥天中悲鸣之残炮声,乡老指谓哈孟六曰:"若辈被杀于炮火者,且皆有之。"哈孟六沉吟自语曰:"此语确,彼等有军中牧师。"曰:"然则汝杀我无牧师,汝非杀我肉体,乃灭我灵魂,兹事至重大。"

哈孟六立垂其首,沉思不语,乡老乃抗言曰:"汝听之,汝灭我灵魂,乃不啻自灭尔之灵魂。我实怜汝之愚,曩者我始救尔兄而终杀之,非先慈而后忍也,乃各尽我之分耳。今我又欲尽我之本分,以救汝垂灭之灵魂。汝不闻此时遥海激战之声乎?或燔于火,或溺于水,父不能复抚其子,夫不能复吻其妇,亦有兄弟如尔者,不能复肩随其兄弟。是果谁之罪欤?皆汝兄之罪也。汝适言信天主,汝乃不知天主之撄痛苦,无逾今兹。卵翼之法兰西王则囚矣,肸蚃之勃兰峒圣堂则污矣,《圣经》则毁裂矣,戒律则违犯矣,宣教之牧师则屠杀无馀矣。吾侪乃冒千危万险而至此,果何为乎?夫亦欲献流壤之力,翊赞天主也。假使汝兄奋其忠勤,不负厥职,则炮祸何自作?舰何自损?道何

---

① 冷达男(Lantenac);丰丹南(Fontenay)。

自失？何自冲入敌舰之手？窃计此时,已率我武侠之战士,攀登法国海岸,仗剑扬旗,以应文台之乡兵,救我法国,救我国王,且救我主矣。凡此规画,皆我侪所愿共图者,不意悉败坏于汝兄之手。今乃仅留我一人,然我在犹可有为也,汝乃欲并除之。论汝之所为,对于国王,则为弑逆；对于天主,则为魔鬼。汝兄创始之,汝乃成就之。汝宁不知我为国王之代表,无我则镇市之焚杀不能息,百姓之号哭不能止,国王之囚不能脱,耶稣之悲不能慰,汝乃毅然为之。我不自哀,我乃哀汝犯违天之罪也。汝受甲必丹之命而背之不义,许我以生而死之不仁,不仁不义,何有于灵魂？以灭人而自灭之,我愿与尔共投地狱中,受天主之裁判,其责任则汝自负之。况我与尔相对于孤旷无人之荒海中,欲为则为,固汝之自由。我老矣,汝则正少年；我无兵器,汝有短铳。其速杀我,毋失时！"

当乡老为此雄辩时,其声高抗,乃如天鼓张空,海涛上下为之节奏。哈孟六则愈听色愈惨白,额汗续续下,四肢震颤不止,时时吻其念珠。迨乡老言竟,即掷其短铳,跪而进曰："殿下恕我。殿下之言,不啻慈主。我过矣,我兄之过乃愈大,我愿以自赎者,并赎我兄。幸殿下有以处之,汤火惟命。"乡老颔首曰："我固赦汝也。"

第十三章　记丑抵学博

　　哈孟六固一至奇特之海军人,以感戴乡老故,乃更展其经验,益以巧捷,于呲嗟中,自辟一绕道之海程。越礁犯浪,狎弄逻人,历三十六小时之艰苦,竟安然达海岸。

　　兹述其绕道之行程:盖离曼矶后,不向法国海岸进行,而背趋瑞寨,绕出牛堤峡①,北溯下流,入一无名之小湾中。少憩,然后回梭而南,设法潜越克伦维与虚水岛②之瞭台,乃冒险经圣迷仙海湾③。是湾密迩康迦勒④,法国中舰队之椗泊港也。

　　第二日之下午一时许,舟过圣迷仙山,抵一无人之荒滩。滩沙至弱,践之立陷,无敢由此登陆者,哈孟六乃利用之。幸其时晚潮适至,遂推小艇徐行滩上,以桡探沙,得坚实之地,遂舍艇而登陆。乡老亦随之而登,立艇畔。方四顾遥瞩间,哈孟六曰:"此间乃关司农⑤海口也。舷左为蒲法,舷右为渊斯纳⑥,矗立我前者,则为亚达文⑦钟楼。"

　　乡老于是侧身向艇内,取少许之干饼,纳诸衣囊。顾哈孟六曰:

---

　① 牛堤峡(Chaussée-aux-Bœufs),此为意译,chaussée 意为暗礁,确切译之,应作野牛礁。
　② 虚水岛(Iles Chausey),今译作绍塞群岛。
　③ 圣迷仙海湾(la baie de Saint-Michel),今译作圣米歇尔海湾。
　④ 康迦勒(Cancale),今译作康卡勒。
　⑤ 关司农(la Couesnon),今译作库埃农河,在圣米歇尔山湾入海。
　⑥ 蒲法(Beauvoir);渊斯纳(Huisnes)。
　⑦ 亚达文(Ardevon)。

"其馀汝取之。"哈孟六如言，以所馀之干饼、牛炙，储一囊，负囊于肩，问曰："殿下，我导汝乎，抑随汝乎？"乡老曰："两者皆无需尔。"哈孟六愕然。乡老曰："汝勿诧，我曹宜分道。我常日登程，非率千人则宁独行，偶行非所宜也。"

乡老语至此，忽于衣囊中出一绿色丝结，形似徽章，结之中央则绣一金线之百合花。问哈孟六曰："汝识字乎？"哈孟六摇首曰："否。"曰："甚善。识字之人，至不可用。汝记忆力佳乎？"曰："至佳。"曰："只此足矣。哈孟六汝听之，汝行宜向左，我行宜向右，我趋扶善，汝则往白沙舍①。汝肩负囊，作乡人状，匿汝兵器，去汝金钮，或匍行麦陇中，或隐垣后，通衢要道则避之，渡水勿以桥，勿入彭都桑②。然此去必经关司农海口，汝以何术渡此？"曰："凫行耳。"曰："渡后当涉一浅滩。滩在何处，汝知之否？"曰："在恩塞与费安维之间③。"曰："然，汝真识途者。"曰："敢问殿下夜宿何处？"曰："我自能了，可无虑。汝何宿乎？"曰："我未入海军之先，本乡人，苔洞中固绝妙卧榻也。"曰："汝所戴之海军帽，易招人目，宜投之，易以一笠。"曰："雨帽乎？是固随地有之，或即购之老渔。"曰："汝尽识诸森林及诸地方乎？"曰："识之。"曰："悉知其名乎？"曰："然。"曰："每日能行若干里④？"曰："竭我力，能行二十里。"曰："可矣。我今将命令，汝其慎听之。汝先当赴圣都朋林⑤：在山谷中，有一大栗树，汝见树即驻足；其时必寂无一人。"曰："是间实有人，我知之。"曰："汝至是宜作一呼啸声，汝知为此声乎？"

哈孟六不答，回面向海，立鼓其颊，礣格作鸥鸣，人若于深夜闻之，必且申申詈为不祥。乡老乃大悦，即以手中所持之绿丝结授之

---

① 扶善(Fougères)，今译作富热尔。白沙舍(Bazouges)。
② 彭都桑(Pontorson)，今译作蓬托尔松。
③ 恩塞(Ancey)；费安维(Vieux-Viel)。
④ 此指法国古里(lieue)，每古里约四公里许，然各地亦小有异。后文所指均同此，不另注。
⑤ 圣都朋(Saint-Aubin)。

曰："此乃我之令符，今以付汝。此间尚无一人能知我名者，然有此丝结，不必举我名矣。结上之百合花，乃王后手绣于王寺之囚楼者。"

哈孟六闻语，乃立屈其膝，高举两手受结；欲吻之，忽惊怖中止，仰视乡老曰："我能为是乎?"乡老曰："汝既吻十字架，曷为不能吻此。"哈孟六遂俯吻百合花。乡老呼之起，乃纳丝结于怀，立乡老前。乡老曰："我今授汝以号令，令词曰：'速举事，毋姑息!'汝在圣都朋林中，如法作呼啸声者三，汝当见一人，由地中出。"曰："有一穴在树下，我审悉之。"曰："是人即柏朗轩①，人称之为王心者。汝即示以丝结，告以令词，彼自能知。汝乃循路而行，达亚士梯②林，乃跛者麻士基登所居地也。是人至残忍，汝告以我至爱慕之，且愿用其猛烈之手段，以摇动各法区。然后汝至关司朋林，如前作鸥鸣，刁二先生将出穴见汝③。是人固伯来曼之裁判官，长者也。汝语以速联合苟二侯爵④，起兵于关司朋林。汝入圣郚兰林，见顾恩⑤，谓我目中所见之真英雄，只彼一人。汝至罗瑞弗林，主是林者曰米兰德⑥，善用一种长梃，飞越于弓脊之危碛。"曰："知之，是名飞梃，勃兰峒唯一之武器也。"曰："汝擅其技乎?"曰："属勃兰峒人，无不擅之；飞梃固我曹之友也。藉其力足以扩我腕使大，续我胫使长，我昔曾用之，以抗持刀之三关吏。"曰："汝曾与国王战乎?"曰："我不知与孰战，我曾为私贩，与战者名榷盐所。榷盐所，宁即国王之事耶?"曰："然。顾是非尔宜知之急务，姑置之；且言尔家在勃兰峒何处?"曰："巴利尼⑦。"曰："然则汝知都尔基塔⑧乎?"曰："都尔基塔与巴利尼至近，乃我领主之邸第也。其建筑式为圜形，有新宫，有旧宫，中以大铁门间之。铁门坚实

---

① 柏朗轩(Planchenault)。
② 亚士梯(Astillé)。
③ 关司朋(Couesbon)；刁二(Thuault)。
④ 伯来曼(Ploërmel)；苟二(Guer)。
⑤ 圣郚兰(Saint-Ouen-les-Toits)；顾恩(Jean Chouan)。
⑥ 罗瑞弗(Rougefeu)；米兰德(Miélette)。
⑦ 巴利尼(Parigné)。
⑧ 都尔基塔(la Tourgue)，实为城堡。

无伦,脱门阖,即轰以巨炮不能破。新宫中则廋藏圣巴德雷密名籍①,为世界之骨董。草地乃多虾蟆,我儿时游戏之良伴也。地下有隧道,我亦习知之。"曰:"是何隧道?汝语我殊不解。"曰:"我闻昔者都尔基被围时,邸内之人,得脱于外者,即由此隧道,以达林中。"曰:"否。隧道惟齐贝里宫、希拿台宫与康卑翁塔有之②。"曰:"殿下所列举者,我皆不知;我所知者,惟都尔基塔耳。当罗恩③先生战争时代,我父曾与守塔之役,深知秘密,乃举以告我。故我能由林入塔,由塔入林,莫或阻之,且莫或见之也。"

乡老不语久之,既而曰:"汝必误,有则我安得不知。"哈孟六曰:"殿下执言无之,特未知塔中有一能旋之石耳。"曰:"汝等乡愚,类作旋石、鸣石等谬谈惑人,我不之信。"曰:"顾我曾亲旋之,此石……"乡老抗言曰:"是塔为最固之牲犴,若汝言,囚且尽逸。"哈孟六不服,将复置辩,乡老止之曰:"毋为此冗辩以失时,我命令固未毕也。汝由罗瑞弗林至羊山林,见裴南狄、杜畤之首领④,仁人也。……"乡老语至此,忽有所触。曰:"我几忘一要事,汝尚乏旅费。"语时,于衣囊中出金囊一,夹袋一,授哈孟六曰:"此夹袋中储三千佛郎之亚星牙,虽似赝造,顾用之值乃逾真。此金囊中则为金路易百枚,汝宜慎守之。凡此皆我所有者,今尽以畀汝,我固无虑匮乏,且不愿人窥见我旅囊之有储藏也。汝持此金钱与纸币,足以周历各地矣。汝将见福罗德先生于恩德兰,罗宣高先生于齐贝里,蒲丹院长于诺理安,狄蒲奇先生于圣勃理森,刁奔先生于穆那⑤;穆那者,一有堡之镇市也。去此镇

---

① 圣巴德雷密(Saint Barthélemy),今译作圣巴托罗缪,其人为十二使徒之一,殉道而死。圣巴德雷密名籍事,详见第四卷第二章。
② 齐贝里(Jupellière);希拿台(Hunaudaye);康卑翁(Champéon)。
③ 罗恩(Rohan)。
④ 羊山(Montchevrier);裴南狄(Bénédicité);杜畤(Douze)。
⑤ 福罗德(Frotté);恩德兰(Antrain);罗宣高(Rochecotte);蒲丹(Baudouin);诺理安(Noirieux);狄蒲奇(Dubois-Guy);圣勃理森(Saint-Brice-en-Cogle);刁奔(Turpin);穆那(Morannes)。

市,汝将顺道谒戴尔孟亲王于康田宫①。"哈孟六面呈喜色,立去其帽,曰:"我乃能与亲王语乎?"曰:"汝既有此皇后手绣之百合花,当人人欢迎汝,宁止王乎?"

"尚有数处,为山民村夫所结之秘密团,为汝所必需往者,但宜以乔装往:服蓝衣,戴三角帽,佩三色徽章。共和党人至愚,仅此为其标帜,既无制服,又无编号,不难伪为之,藉以通行各处。

"汝乃先至巴奈营:其人皆黑面,善用射石之火枪。次黑牛营,次斐德营,次富密营②,汝皆告以令词曰:'速举事,毋姑息!'然后汝乃会合王党及加特力教③之大队:若窦尔朋,若蓝士渠,若劳宣若,各有名之首领,示以绿结之令符,彼等自能会我意也。哈孟六汝勉之,汝虽水手,然汝当念王党有名之郑狄奴,亦一驭卒耳。汝瞀于识字,而不瞀于趋事,观汝小艇之潜行,实不愧沉毅之阴谋家,既能导小艇于危海,独不能导党人于丛莽乎!我以此信汝决不负我之委任。汝为我寄语诸首领,言我爱林战,甚于野战;利十万乡兵于蓝党炮弹之下,不如伏五十万杀手于林中,而我为之帅。譬之于猎:蓝党为狐兔,而我张其网罝,为胜必矣。且英吉利将遣兵助我,使蓝党两面受敌,全欧诸国踵其后,不尽锄革命种子不止也。汝解此意乎?"曰:"解此,宜悉置此革命种子于火与血之中。"曰:"汝慎之,此行蹈死乃至易。"曰:"死乎?是无与我事,宁有首途才跬步,而即忧屡之敝者。"曰:"汝真壮士。"曰:"人若询我以殿下姓名,宜何答?"曰:"我之姓名,此时尚不宜为人所知,汝言不知可耳。"

曰:"我将复见殿下于何地?"曰:"我所居地。"曰:"我何从知之?"曰:"八日之中,我将为王复仇,为宗教雪恨,名誉必大爆于世界,当无人不知我所在地也。汝第勿忘我命汝之言,此尔职也。"曰:"谨受命,无敢忽。"曰:"我言尽,汝可行矣。往哉,天主当导汝!"曰:"殿下所命

---

① 戴尔孟(Talmont);康田宫(Château-Gonthier),château 意为城堡。
② 巴奈(Parné);黑牛营(Vache-Noire);斐德(Vert);富密(Fourmis)。
③ 加特力(Catholique),即天主教。

我者,我若行之而不辱命……"曰:"我将称汝为圣鲁意之勇士。"曰:"脱我无功,则请殿下枪毙我。"曰:"如尔兄。"

乡老此时俯首若有所思。及再举目,则仅留一人独立沙岸,遥视哈孟六,殆如一点黑烟,渐远渐小,没于地平线上矣。

第十四章　沙丘之颠

乡老立岸次,目送哈孟六向蒲法,直至不见踪迹。乃返身严裹其外帔,徐步望渊斯纳进行。

未几,有一三角形之高塔,矗立于乡老之后,是即圣迷仙①山颠之亚达文钟楼也。在此钟楼与渊斯纳之中,其地有一沙丘,虽陵谷变迁,今日已难觅其遗迹,而当时则至高耸。丘之颠,树一计里碑,为十二世纪时宗教评议会所建筑。人第登丘达碑次,文台全境无不历历在目,且可于此辨方向也。

乡老行次沙丘,即奋步而登,直至丘颠计里碑旁。碑之四隅,各有界标。乡老乃背碑而坐于界标之上,纵目四瞩,似欲一审足下之地图,以定所趋之道。顾暮霭苍茫中,他无所睹,惟见十一村镇之屋顶,鳞次栉比,如烟如浪,各海岸之钟楼,则类竹林新笋,排列云表而已。

然乡老仍奋其锐利之目光,与此暮色剧战,历数分钟后,其目光忽注一处,若有所得。盖其地在丛树中,微露屋脊,高垣缭之,显然为一庄院。此时乡老为状至得,时时以手书空,若预定其经途之标的者。方犹豫间,突见庄院之正屋上,有一物随风摇漾,在黑暗中莫辨其形色。乡老暗诧曰:"此何物耶? 如为风机,不应飘忽乃尔,岂旂耶?"乡老欲下丘,一探其究竟。顾数日来忧疑劳瘁,捃集一身,不憩

---

① 圣迷仙山(mont Saint-Michel),今译作圣米歇尔山。

息时尚可,及一憩息,罢东乃愈不可支拄。于是决意安坐界标,冀以暮天之静趣,一洗伐其精神。

凡一日之中,惟垂暮之一晌为最恬静,况云烟幽靓,林壑深沉,此种光景,尤足以苏劳人之憔悴。乡老方宁神领略间,忽有微风挟人声,由丘麓来:其声轻锐而嘈杂,凝听之,则其中有妇人,有童子,渐向平原而去。先闻一妇人言曰:"佛兰宣,我曹宜趋行,但我不识途,由此间往,误否?"一妇人答曰:"否,宜由彼处。"两人之音,乃一高一低。其音高者又曰:"此时所往之庄院为何名?"低者答曰:"兰朋①庄。"曰:"距此尚远乎?"曰:"在一刻钟内当得达。"曰:"行晚餐矣!不速行,将无及。"曰:"适在途间,果太淹滞矣。"曰:"在势宜疾趋,第诸儿皆困顿,我两人又不能兼负三童。佛兰宣,汝怀中之饶善德,尤压臂如垂铅,恶能良于行,将累我以残羹冷汁矣。"曰:"非儿我累,乃尔给之履茧我足,使不前。"曰:"何不跣尔足?"继闻音低者呼曰:"若望速前!"音高者曰:"适间即因彼遇村女,絮絮作情话,致稽我行程。"曰:"夫人失言矣,彼年不及五岁也。"

音高者忽问童子曰:"若望,汝曷为与村女语?"童子答曰:"我与彼熟识也。"曰:"异哉,汝乃识此村女!"童子曰:"今晨渠猎飞虫惠我,故识之。"音高者作笑声曰:"闻汝言殊有味,我曹留此仅三日,汝体大如拳,已觅得一情妇耶?"乡老听至此,其人已渐行渐远,语音啁啾不可辨矣。既而寂然。

---

① 兰朋(l'Herbe-en-Pail)。

第十五章　有耳无闻

　　乡老独坐于万籁无声之高丘顶,暮色虽深,馀光尚耀,非如林野之完全为昏夜也。然一规淡月,已涌东方,疏星错落,恰如流萤之隐现澄波中,一种闲旷之致,乡老即身萃百忧,亦当应境而释。矧自离海登陆后,千灾万难,悉已脱离,自念孑身而来,既无人能知其名,即冒险出走时,亦出敌人之不意,未尝稍留迹兆于海上。此时心中泰然,不觉倦而思睡。

　　正朦胧间,忽有一事,立驱其睡魔,蹶然而起。其目光直射于地平线上,所射之处,则高梅雷①海岸之钟楼也。其地适当乡老之前,辨之至晰,盖实有一非常之现象,发见于钟楼中。

　　凡勃兰峒之钟楼,皆三角形之塔。塔上有冠楼,楼与塔之中央,为钟匡。匡形方,平常日中,四隅皆洞开无障风,遇事撞钟,钟动,匡亦随之而动,则四隅互为启闭。启时见天而不见匡,色白;闭时见匡而不见天,色黑。人若于远处望见钟楼中,忽黑忽白者,即为撞钟之确据。

　　此时乡老望见高梅雷钟楼之非常现象,即其黑白之形,在一秒间,变易无量次,为状至迅,乃大诧。更视其左方之巴尼钟楼,其变易

---

①　高梅雷(Cormeray)。

与高梅雷同。其右方之达尼钟楼①,其变易与巴尼亦同。不特此也,凡地平线上所有之钟楼,左则孤梯尔、柏来塞、克罗伦、亚佛伦,右则关司农、穆特兰、巴士②,前则彭都桑海岸之钟楼,其钟匡无不忽启忽闭,一白一黑,如有无数幻术师,演此奇景于圆盖之下。

此现象果何为乎?其为警钟无疑。夫击警钟何奇,惟击之若是之狂乃奇;一处击之何奇,惟处处击之乃更奇。以状卜之,此时各海岸各法区各村镇,无不嘈厷镗鞳矣。而乡老则仅能望见之,耳中乃绝无所闻。

此或为当日之海风,向海而背陆,故无论声之大小,悉驱而屏之地平线之外。然惟其能见而不能闻,其可恐乃愈甚。乡老愕视良久,且思且语曰:"各钟楼果何事乎?警钟为谁击乎?"

---

① 巴尼(Baguer-Pican);达尼(Tanis)。
② 孤梯尔(Courtils);柏来塞(Précey);克罗伦(Crollon);亚佛伦(la Croix-Avranchin)。关司农(Raz-sur-Couesnon),指库埃斯农河畔的地名,不是指河(见本卷第十三章)。穆特兰(Mordrey);巴士(Pas)。

第十六章　大号字

　　各地警钟,既如是紧急,如是齐同,是必有一重要之人,被搜捕于文台境内矣。搜捕者果何人乎?乡老纵铁石人,至此亦不能无毛戴。然按诸事实,则又决无涉于己。何也?盖己之来此,既非人意计所及,且为时暂耳。

　　共和党各地之代表委员,亦万不及通其消息。克兰穆舰又沉海中,无一人幸脱;且即有之,舍白师培、费安斐二人外,无人能识我姓名也。

　　乡老随观察,随推测,数分钟后,忽奋然曰:"是必无与我事,既无一人知我之来,又无一人识我之名,何必自扰乃尔。"遂泰然复坐,不以为意。甫坐定,忽闻身后有声飒飒然,如风飐枯叶,旋转于彼之颅颠。异之,乃返顾。忽见彼背倚之计里碑上,粘附白纸一方,形式似官中之告示。其上半为风力所撼,已脱离碑面,飐空作声。验其下半粘附处,则胶痕犹湿,似置此未久者。

　　乡老乃跃登所坐之界标,以手按告示之上半熨贴之,幸字迹颇大,得藉丘顶晚霞之馀光读之。其文曰:

　　　　国民代表委员歇尔蒲海岸监军柏理安示。
　　　　反对党魁冷达男侯爵,即丰丹南子爵,自称勃兰峒王者,闻由克伦维海岸潜行登陆。我曹已议决,置之法律之外,以重金购其首级。如有人捕送者，不论生死，立付六千利佛尔①之赏金。此项赏金，不用亚星牙，悉用现金，决不尔欺。现在歇尔蒲海岸全队，已星夜出发，四面兜拿。一切人等，务望协同扶助，是为至要。

千七百九十三年五月二号，克伦维府厅特示。

　　　　　　　　　　　　　　　　　　　押　　柏理安。

在此押下，依稀尚有一押，及字迹数行，惟皆纤细若蝇蚋，暮霭苍茫中，竟不能辨。乡老读毕，不发一语。乃立下其冠压眉际，又匿下颏于外帔中，疾趋下丘。乡老之意，盖以丘顶至高，置身其上，行道者皆能望见之，在势至危，不如避之为佳。

既下丘，近丘皆黑暗，乡老乃雅步向前。观其所向之处，即在丘顶望见之庄院，曾以指划其经途者，似此处有避险之安乐窝在。

维时途间荒寂无行人，乡老忽隐身丛棘后，特轩其外帔，取短褐反服之，表毳于外，复以一绳围系帔之项际，俨然成一乡人状。装束竟，乃取道复行。

行之一处，距丘已远，为两道之岔口。四无所障，月色照人至朗，即此月色中，忽见一石十字，巍然矗立道中。十字之下，承以石盘，盘侧粘有白纸一方，与适所见之告示，形式正同。乡老方欲逼视之，陡闻有人自后呼之曰："汝何往乎？"乡老急回首，则见一人倚杖立篱下。躯干高大如己，年老而发白如己，衣服褴褛亦如己，猝观之，几疑为己之化身。其人见乡老凝睇不答，乃复问曰："我问汝何往？"乡老岸然曰："汝询我何往，我当先询汝我在何处？"其人曰："此地名达尼，汝之领域，我为乞儿，汝则主也。"乡老愕然曰："我为领主乎？"其人曰："然，汝为冷达男侯爵先生。"

---

①　原文为 soixante mille livres，当译为六万利佛尔，作六千误。livre，法国古币单位，又译作里弗尔或锂。

第十七章　勾芒

我书屡书不一书之乡老,至是忽为篱下老人直揭其真名。吾书从此亦当以冷达男侯爵呼之,不复言乡老矣。

冷达男侯爵于不意中,被人直呼其久不挂口之姓名,意至骇怪。然容止仍矫为安详曰:"汝言然,请速捕我。"其人仍续前语曰:"我两人境地至悬绝,汝居宫殿,我处荆棘。"侯爵不耐曰:"欲捕则捕耳,奚哓哓为?"其人如不闻侯爵语,乃问曰:"汝非欲往兰朋庄乎?"侯爵曰:"然。"曰:"是不宜往。"曰:"何也?"曰:"有蓝党在。"曰:"蓝党以何时至?"曰:"已三日矣。"曰:"村庄中之居民,曾为抵抗乎?"曰:"否,已投诚矣。"侯爵微露惊异状,曰:"信乎?"

其人以手指远处一树巅高耸之屋脊曰:"侯爵先生,汝见此屋脊乎?"侯爵曰:"见之。"曰:"汝见其上之物乎?"曰:"非从风飘荡者耶?是旗也。"曰:"旗乃三色。"

是旗,侯爵已于丘顶望见之,顾辨之非晰,至是乃瞭然。侯爵又问曰:"此时各钟楼,非鸣警钟乎?"曰:"然。"曰:"为谁鸣之?"曰:"为汝无疑。"曰:"胡不闻声?"曰:"风阻之耳。"既而问曰:"汝见告示乎?"曰:"见之。"曰:"人方大索汝。"语时目注庄院所在曰:"是间驻有军队。"曰:"共和军乎?"曰:"巴黎民军耳。"

侯爵稍前一步,作欲行状。其人急掣其肘曰:"勿往,勿往……"侯爵曰:"然则汝意欲我何往?"曰:"往我家中。"侯爵瞠视其人不语。

其人曰："侯爵先生汝听之，我家屋大如鸟巢，树枝为盖，海藻为床，诚不足言美富。顾汝往庄院则饮弹，至我家则安眠，汝宜何择？且汝亦倦矣，在此暂度一宵，明早蓝党或拔队行，再往未为晚也。"侯爵闻语，迟疑久之，乃问曰："然则汝为何党？共和党乎，王党乎？"曰："我贫夫也。"曰："顾汝之意见，助王乎，抑仇王乎？"

曰："我无暇及此。"曰："汝乃助我，何也？"曰："我见汝已在法律之外。法律何物，乃能屏人于外，我殊不了了。即以我论，亦法律内乎，抑在法律外乎，我竟不自知。岂饿死乃在法律之内耶？"曰："汝以何时陷于饿乡？"曰："有生以来，未获一饱。"曰："汝今欲救我耶？"曰："然。""救我何意？"曰："我曩已言汝在法律之外，其贫更甚于我。我虽饿，尚有呼吸之权利，汝则并呼吸夺之。"曰："如汝言，汝救我真也。"曰："然，殿下须知我曹今为兄弟矣。我乞面包，殿下乞生命，两乞儿耳。"曰："尔知我首之值巨价乎？"曰："知之。"曰："何由知之？"曰："我已读告示矣。"曰："汝能读乎？"曰："能读且能书，我宁乡愚？"曰："汝既能读，又曾读告示，汝当知有人捕送我者，获六千利佛尔之赏金。"曰："胡乃不知！"曰："不用亚星牙。"曰："然，现金。"曰："汝知六千利佛尔，乃一巨富乎？"曰："然。"曰："如有人捕送我，即将得此巨富，汝胡不思？"曰："思之，且重思之。正以我思有人捕送是人将获六千利佛尔成一巨富，此我所以急欲匿之者也。"

其人言讫即行，侯爵随之，相将入一丛莽深处，其人之家在焉。顾虽名为家，实无一椽之屋。但见大榉树一株，蟠根历久，已空其心，上覆以交错之虬枝；其空心处，幽深而卑下，人匿其中，外人决不能见。其面积则仅容两人。

其人至此，乃指谓侯爵曰："是即我之家也。罄我家中所储，今夕尚足供客。"时侯爵已游目穴中，见其所陈设者，为水瓶数事；床一，乃以干藻及枯草铺地为之；破被一，实以芦花；其馀脂绳火镰之属，无不毕备。

两人乃伛偻而入，乃共坐于海藻之床上。床面穴口，是口适在两树根之中央,有门之具体,光线由此而入。是时月色熹微,斜照穴中,隐约见暗隅,有水瓮,有面包,有煨芋,似预治晚餐以饷客者。其人曰:"我侪宜进食矣。"于是互分其煨芋,及大面包,侯爵亦出其干饼以报,相与大嚼。嚼既,各就瓮而饮,旋饮旋谈。侯爵乃先问曰:"凡此享用之物,若辈生涯,皆相同乎?"曰:"大都类是。惟尔曹贵人,乃别有享用耳。"曰:"惟似此享用,终属……"其人不待词毕,即曰:"此种享用乃至高尚。"俄又易其语曰:"较此更高尚者有之,则日之升沉也,月之盈朒也,为我生平所最关心者。"言毕,狂吞瓮水咽之,曰:"美哉水也!殿下觉此水何如?"侯爵微颔其首。即问曰:"汝有名乎?"曰:"我名戴麦客,人则呼我为勾芒①。"曰:"勾芒乃乞儿之异名,勃兰峒土语也。"曰:"人孰愿为乞儿者?以是人亦称我为老人,然我年仅四十耳,人乃老之。"曰:"四十之年,乃正少壮。"曰:"我恶敢言少壮,殿下乃真少壮耳。观殿下之攀登高丘,健步如飞,直似二十许人,我则已盘跚其步矣。行不及一里,即倦而思息。我与殿下年事同而精力不同,则以殿下为富人,常日得食,食且珍馔也。"

戴麦客语至此,若有所感慨,默然者久之。既乃发言曰:"富也,贫也,乃至可恐之事也。贫者欲富,富者不欲贫,天下至悲惨至纷乱之境界,孰不由此两意造成。我生平自信,决不以此扰其天怀。不右债权者,亦不袒负债者,有债则还之可耳。故我宁愿人之勿杀国王,第不能言其所以然。我为此言时,人乃谓我曰:'汝尚梦梦乎?昔有富人无故缢人于树颠,我则闻之;又有人枪击王之囿鹿,立治死刑,置其家中一妇七儿于不顾,我则见之。'此等语,我不审其信否,然由是遂称为两党矣。"顾语侯爵曰:"殿下当解之,我识则殊不及此。觉熙来攘往,各事所事,不如我笑傲星月之下乐也。"

戴麦客见侯爵垂首不语,又续言曰:"我为医生,善接骨,能辨各种草木之性以佐我术,乡人咸目我为妖人。"侯爵曰:"汝为土著乎?"

---

① 戴麦客(Tellmarch);勾芒(Caimand),"勾芒"二字见《月令》,此借之。

曰:"我终身未逾此乡一步。"曰:"汝识我乎?"曰:"识之。我尚忆二年前,汝由此赴英吉利,乃我末次见汝之日也。适间我闲望高丘,忽见一人躯干伟岸,汝当知勃兰峒乃侏儒之乡,伟人至罕,况我已读告示,心窃疑之。及汝下丘,于月光中详审之,乃果汝也。"曰:"然我乃不识汝。"曰:"汝见我如不见耳,我则视汝至审。凡道侧之乞儿,其目光自不同。"曰:"我昔已遇汝乎?"曰:"常遇之,我既为乞儿,常日乞食于汝邸第之道旁,受汝布施者,非一次矣。凡布施不垂盼,而受施者恒仰面挹其风采。我伸我手时,汝第见我手耳,不知我乃借此布施获一宵之饱卧,有时两日不得食,一钱即生命也。我负汝生命,今乃偿汝。"曰:"汝救我生命,此言确也。"

戴麦客忽作严重态,高声谓侯爵曰:"我诚救汝生命,然吾与汝有一约言。"侯爵曰:"何约?"曰:"毋为恶于此间。"曰:"我来此乃为善,宁有恶意乎?"曰:"甚善,我曹宜眠矣。"

两人遂并卧海藻床上,未几,戴麦客即睡熟。侯爵虽倦,然仍沉思不瞑。于黑影中端详此乞儿所卧之床,不过号为床耳,其实不啻卧地上。侯爵乃贴耳于地,隐隐闻地中有鸣动之声,盖即传播之警钟声也。于此警钟不断之中,侯爵亦沉沉睡去。

第十八章　瞿文之押

当冷达男侯爵醒时,天已大明,见戴麦客已离床出立穴外,倚杖门次,初日融融,斜射其面。顾侯爵曰:"我闻达尼钟楼,报四时矣。此间得闻钟声,足知风已易向。四天严静,警钟已止,兰朋村及其庄院,皆悄无人声,蓝党非酣睡,即远飏矣。巨险已过,汝宜登程,我亦将去此。"遂遥指天涯曰:"我当适彼。"又指其对面曰:"汝则由此。"语竟,就侯爵行别礼。临行,顾隔宿之馀粮,谓侯爵曰:"汝饥可取残芋食之,我逝矣。"乃拄杖入林而去。

戴麦客行后,侯爵亦徐起出穴,依戴麦客所示之道而行。沿途晓景颇丽,林鸟群噪,似各腾欢声以迓远客。既经过昨来之小径,穿出丛莽,仍至岔口石十字旁,则见粘附之告示,依然高揭石盘。侯爵忽忆此告示署押之下,尚有细字数行,为夜来所未辨者,乃步近石盘观之,果在柏理安押下,得两行之附注焉。文曰:

　　反对党魁冷达男侯爵,宗旨不变,我誓必杀之。
　　　　　　　署名　　远征军总司令瞿文①。

侯爵读竟,愕然曰:"瞿文耶?"目注告示不少移,忽作沉思状,口

---

①　瞿文(Gauvain)。

中屡呼"瞿文"不止。既行矣,忽折回石十字旁,复诵告示一次,然后徐徐离此而去。此时若有人蹑其后者,尚能闻其一路呢喃,道"瞿文"不去口也。

离此岔口,遂入一洼道,道左有土阜,兰朋庄之屋脊,适为所阻,不复可见矣。侯爵乃依阜势,蜿蜒而进。阜上草花怒放,蔓延直达阜尖,阜下则树叶扶疏,为晓光所晃,一种天然姚冶之态,殊足令人目眩。

侯爵方欲藉此韶景,一舒其宵来之烦懑。不意一瞬间,林光花影,倏无所睹,仅闻一片呼啸之声,雷轰潮涌,弹烟四迸,溢于林表。一道冲霄之火光,由庄院所在喷礴而起,此战火也。战事匪遥,当在兰朋左右,侯爵乃立驻其足。

夫人于行道之时,忽遇伏兵突出,孰不惊而思逸。惟侯爵则好奇之心胜于蹈险,虽来势已剧,亦必欲一穷其究竟。遂由洼道中攀援而上,直抵阜尖。

侯爵既达阜尖,遥望下方,果见战势甚烈,火势亦甚盛,而兰朋庄适为战争之中心。因念此果何为,岂兰朋庄被攻耶?然攻者谁乎?或蓝党之军事处罚,差为近之。盖蓝党军法,凡大军所过之村庄,居民须将树木及荆棘一律斩伐,以便骑兵通行无阻,违者以抵抗论;火其村庄,歼其居民,谓之军事处罚,行之已屡屡矣。岂兰朋庄亦被其罚乎?执行此罚者,岂即驻于庄院之前骑队乎?

侯爵所立之阜尖,乃一棘林:猬枝虬干,围绕至密,土人称为兰朋小林。所以得此名者,则以林境至广,渐推渐远,直至庄院始止。惟其中全属深碛网径,洼道迷途,民军或一时无从发见耳。侯爵在阜尖观察既久,正当欲下未下间,忽闻鏖杀之声由聚而散,渐行渐近,由庄院直投林棘而来。鼓声隆隆,而枪声则寂然,抑似战事已毕,此来乃追逐而非对抗,搜捕而非屠杀,在势显然欲甘心于一人。且闻人人口中皆有所呼,呼声高下不同,而所呼之音则同。侯爵静聆之,则闻千声万声,无不呼曰:"冷达男!冷达男侯爵!"所欲甘心者非他,盖即彼也。

第十九章　绝处逢变

俄顷间,阜之周陆,一带棘林中,处处皆为刀光枪影所充塞,寒耀栗人,一三色之革命旗摇飏日阴中。冷达男之呼声方震于耳,而无数狞恶之人面已出现于柯阴叶罅间。

侯爵独立阜尖,其地为棘林之最高处,方彼望见诸人时,人亦无不望见之。一时万千之视线,悉环绕其面,脱枪声一发,彼乃为命中之鹄矣。

侯爵于此避无可避时,立去其冠,上轩其常日下垂之檐,囊中出一白色徽章,采棘端枯刺安插冠檐间,然后复置冠于首,使面目呈露,徽章高耸。乃号于众曰:"我即汝曹所欲得之人:冷达男侯爵,勃兰峒王,法王禁卫军之少将也。欲击则击耳,我无所避。"言时以两手擘其表毳之短褐,袒其胸以待枪弹之攻。甫垂目下视间,突见全林之人,如山崩墙圮,悉投于地。口中皆高呼曰:"冷达男万岁!殿下万岁!将军万岁!"即时无远无近,莫不举刀扬帽,尽掬其崇拜之热忱,仰面上瞻。侯爵经此变动,实为梦想所不及,不敢遽下。乃熟察面前罗跪之人,则见其人皆冠毡笠,或褐羊皮帽,帽端各有白色徽章。身悬念珠及护符,股衣宽博而露膝,毳褐革袢,赤其两足。所持械则枪刀镰铲木棍之属,无一不有。颜貌虽猛厉,而目中时露蔼然之光。诸人中有一美丽少年,此时忽起立,越诸跪者,奋步直趋侯爵立处。其人装束如众,第于短褐上围一白丝之博带,带上悬一金柄剑为异耳。

既达阜尖,乃免冠屈一膝跽侯爵前,立解其博带金剑,奉侯爵曰:"我曹觅将军久矣,不意乃于此间遇之。凡我有众,今皆属将军矣。某不才,亦当披荆斩棘,以效前驱,敬献此指挥之剑,请将军出令。"言既,举手一挥,即有一队乡人,手持一三色大旗,由林中飞越登阜,卓旗于侯爵足下。少年告侯爵曰:"是旗乃我军于兰朋庄上,夺之蓝党之手者,我为军中之司令,名贾法德,洛亚黎之侯爵也①。"侯爵闻语,额手称善。即受其剑带系腰间,拔剑扬空作口号曰:"起!"一时林内外之跽者,皆应声而起,齐呼:"国王万岁!冷达男万岁!"声震林木,枝叶皆槭槭作异响。侯爵于是率众徐徐下丘,旋行旋问贾法德曰:"汝众几何?"贾法德曰:"七千。"曰:"何由知我之至?"曰:"乡人薪胆以待将军久矣。及共和党之告示一宣布,群知将军之果来,各地王党,无不蠢动。又有人自克伦维府厅潜逃至此告密者,于是夜间处处皆击警钟矣。"曰:"警钟为谁?"曰:"为将军。"

　　侯爵恍然曰:"警钟乃助我,而非仇我也。"又曰:"汝众七千,尽在是乎?"曰:"今日则然,明日将为万五千人,皆地方之土著也。且劳宣若先生,于一夕间,鸣钟号召六法区之教兵,得万人,亦响应矣。"曰:"汝曹已攻蓝党于兰朋庄乎?"曰:"然,庄民已降蓝党,蓝党安据庄中,适风阻警钟声,未为所闻,我曹乃于今晨,袭之睡梦中,遂唾手得之。"既又曰:"我有一马,请将军乘之。"随命乡兵牵一神骏之白驹至,鞍鞯已具,侯爵乃一跃而登。贾法德至马前行一军礼,请曰:"将军屯营何处乎?"曰:"当先至扶善林。"曰:"此乃将军领域,七树林之一也。"曰:"我曹今已成军,须一军中牧师。"曰:"有之。"曰:"牧师为谁?"曰:"欧勃来圣堂②之副牧师也。"曰:"我识之,彼昔曾游历瑞寨。"其时即有一牧师出队中,应声曰:"然,曾至三次。"侯爵即回首向牧师道晨安,且曰:"先生此去,当为圣教增荣誉,俾濒死之罪人,得俾其一息之忏悔,

---

① 贾法德(Gavard);洛亚黎(Rouarie)。
② 欧勃来圣堂(la Chapelle-Erbrée),圣堂(chapelle)今译作小教堂。

然不愿者勿强也。"牧师曰："我闻盖士唐之在基曼奈,恒强共和党以忏悔。"曰："彼剃发师胡知,其实人死宜自由。"

侯爵与牧师语时,贾法德方往部勒其军队,至是乃复至侯爵前曰："乡兵待发,惟将军命。"侯爵曰："吾侪今宜分道行,会于扶善林可耳。"又问曰："汝不言兰朋庄人已降蓝党乎?"曰："然。"曰："汝已焚其庄乎?"曰："然。"曰："焚其村乎?"曰："未也。"曰："宜速往焚之。"曰："蓝党方守是村,然仅百五十人耳,焉能敌我七千?"曰："此蓝党为谁?"曰："桑坦尔之军队也。"曰："当国王缳首时,击大鼓于旁者,非此巴黎军队乎?"曰："不知,仅见其旗端书'赤帻队'三字耳。"曰："即此恶魔也。"曰："此次受伤之敌兵作何处置?"曰："毕其命。"曰："囚虏若何?"曰："枪毙之。"曰："有八十人之多。"曰："悉枪毙,毋仁慈。"曰："尚有两妇人。"曰："亦然。"曰："有三童。"曰："收养之,我将留以有待焉。"言毕,遂策马行。

第二十章　杀绝

戴麦客自与侯爵在达尼分路后,乃独行入山谷深处,徘徊于浓阴密箐之下,忽行忽止。或采草芽食之,或掬饮流泉,或向阳曝其破衲。有时俯首,谓为沉思,不如谓为遐思;盖沉思有目的,而遐想则无目的也。有时举首,若听远处之人声,其实非听人声,乃听鸟啼耳。

彼年老而步迟,不能远去,已自承于侯爵前,度此漫游,当不出一里范围,然迨其曳杖言归,已在下午矣。归途时,行经一高旷之林丘,其地可以远眺,西极海滨,无一物障,乃此时忽于无障之中,有绝大之障眼物,则冲天之浓烟也。戴麦客乃大疑。

同一烟也,有平安者,有恐怖者:风定日斜,万家罨画,有如缕如絮,徐袅树颠者,此炊烟也,平安者也;云驰雾卷,四天惨淡,有如潮如浪,直逼霄汉者,此灾烟也,恐怖者也。此时戴麦客所望见者,则为恐怖而非平安。状殆似一黑色之巨幕,笼罩于洪炉之上,为天风所煽,直举于兰朋庄之周围。

戴麦客乃疾趋,向此浓烟而进,虽喘乏亦不暇顾。有一高冈,适瞰庄院之背,乃跻其颠,急俯察之,不觉骇然。盖平时之所谓兰朋村庄者,此际已消灭于焦土烈炬中,绝无所睹矣。

人情遇火灾,无不惊心动魄,而睹茅屋之灾,其感觉更剧于宫观,盖宫观仅惊恐而茅屋悲惨也。蚯蚓至可怜,更啄以巨鹰之利啄,其伤心为何如?无怪戴麦客直视灾区,状若木鸡矣。

顾此时灾区中,乃至寂无一人号呼,并无一人喘息,所东响西应者,墙圮栋折之声耳。赤熛怒煽,烟焰迷漫,有时烟幕忽裂,使陷顶之室,处处呈露,填委其中之敝衣败篦,悉变而为火齐木难①,布地作奇彩。傍屋有一栗树园,火势方延,时见赤舌舐舐伸缩于枝叶间。

兰朋庄撄如此巨灾,而村中竟不闻一人声,见一人影,然则村民果何往乎?此非绝奇之事耶?戴麦客至此,遂不得不下冈,一穷其原委。甫抵庄门,即见庄院之围墙全圮,与平日绕庄之村市,已混而为一。庄之广庭中,隐约见有黑物积叠如阜,幸其时月升于东,耀火于西,得辨此积叠者为人阜。顾谓为人阜,犹非当,直尸阜耳。绕此尸阜皆巨潴,不借火光之返照,自然作深红色,谛视之,乃人血也。

戴麦客行近尸阜——审察,见所有之尸皆横卧,皆为兵士,足皆赤,手皆无兵器,惟身则服蓝色之制服,首则冠三色徽章之冠,此明明革命军也。即昨夜驻宿于兰朋庄者,何时为人所攻,乃竟全覆其军,无一获全。且遍验各尸,又无一不贯弹而死,然攻者今何在耶?岂匆匆杀之,即匆匆去之,无暇瘗埋耶?

戴麦客方臆度间,一回顾,忽睹院墙之最低处有四人足,横悬墙角,其足皆有履,第较他人纤细。及逼视之,实为两妇人并卧其上,皆中弹矣。一妇人衣军服,腰悬击破之空酒筒,从军之女酒保也,首洞四弹死矣。其一妇则状似村妇,时虽严闭其目,然颅际无伤痕。衣固褴褛,几袒其胸。戴麦客徐启其破缝观之,则一圆形之弹伤,适在肩上,锁骨已断,且见其乳柄作淡白色。戴麦客微语曰:"此乳母也。"以手按之,体尚非冰,心房犹跃跃动,固未死耳。戴麦客即起立狂呼曰:"此间宁无一人耶?"忽闻空中有至低之音曰:"勾芒,是汝耶?"即见一人首由破屋洞中出,旋由对面之败壁中,亦露一人面,盖两乡人也。当祸作时,彼等以藏匿独免。此时审为戴麦客之声,乃敢坦然出现,

---

① 火齐,宝石名,或云玫瑰珠(见《文选注》);木难,宝珠名(见曹植诗)。原文为 le brasier montrait tous ses rubis,意思是"大火烧得像红宝石"。曾译用火齐木难,颇古雅。

然肢体尚震颤不止。

戴麦客在此悲惨中虽能狂呼,然见两乡人来,仅以手指身畔之卧妇,不能发一语。一人曰:"彼尚生乎?"戴麦客略颔其首。一人曰:"尚有一妇生乎?"戴麦客摇首者再。一人悲呼曰:"天乎!此间人非尽歼乎?我在土窟中,固悉睹之。敬谢天主,我亦从此无家矣。人焚我屋而赤我族,惨哉!"言时指卧妇曰:"此妇有三儿皆稚,我在窟中,闻儿呼母,母亦呼儿,凄楚至不忍闻,人乃杀其母而掠其儿,遂飘然远飏矣。此时彼果未死乎?勾芒汝速告我,岂汝力能救之,欲我助汝荷檠床耶?"戴麦客又颔其首。

兰朋庄距林至近,彼等乃截取枝叶及野蕨,咄嗟中构成一檠床,卧妇于上。两乡人荷之,一举首,一持足。戴麦客则支起其膊,时时诊其脉搏,穿小径而行。

维时一轮皓月,适射此妇渍血之面,闪闪作碧色。两乡人则且行且作惨呼。一人曰:"全杀矣。"一人曰:"全焚矣。"曰:"噫,天主!果孰使我至于此极耶?"曰:"一老贵人欲之,可奈何?"曰:"然。我知之,此乃彼之命令。"曰:"当屠杀时我未见之,彼果在此乎?"曰:"否,彼已先行,然凡此皆遵彼之命令而行。"曰:"然则不啻彼自为之。"曰:"我闻彼临行之命令曰'杀!'曰'焚!勿仁慈!'"曰:"彼乃一侯爵也。"曰:"且为我曹之领主。"曰:"彼何名?"曰:"即冷达男先生。"戴麦客闻冷达男名,忽仰面视上,作微吁曰:"我宁知有今日耶!"

第二卷

第一章 巴黎

　　吾书今将述巴黎矣。巴黎自路易十六处死刑后,国民骤脱峕制之轭,其热狂之状大类骄子离抱,猛兽出柙,一纵不可复羁①。人人以公众为家,有衣衣公众,有食食公众。男子则号于众曰:"吾曹宁忍须臾,行见革命之成。"女子则窃窃相语曰:"赤帻之下,益显我侪之美丽。"日耳曼兵,临国门矣,风鹤纷传:谓普鲁士王,旦夕将幸王家戏园观剧。此种流言,何等可惊可怖,然竟无一人惊怖,但见熙来攘往,人人作忙迫状。圣堂之阶下,妇人群聚缝军衣,且缝且歌《马塞伊斯》②。各冲衢皆设制兵厂,日夜工作,造枪械于万目共睹之地。每一械成,则行人拍掌欢呼以贺之。圣若克街③,有一群工人,方跣足敷道石,见货郎之贩履者,群尼之,醵资购十五双,送国约议会,以助军装。市中巨肆殆罕,然骨董摊则日增月殖,所纷然罗列者,大都为王冕僧帽,金色之木笏,百合花之组物,争相购致,归以饰犬项或为马衣。孟沙散步场④,为演武厅矣;列森波⑤园林,为戍卫所矣;谛兰里宫⑥,为屯田处矣。各处名贤及诸王之石像,皆毁灭无馀;而家家所丝绣而瓣祝

---

① 此数句是译者添出,意在提挈。原文无。
② 原注:法国革命歌。编者按:即《马赛曲》(la Marseillaise)。
③ 圣若克街(Rue Saint-Jacques),今译作圣雅克街。
④ 孟沙散步场(le parc Monceaux),今译作蒙梭公园。
⑤ 列森波(Luxembourg),今译作卢森堡。
⑥ 谛兰里宫(Tuileries),今译作杜伊勒里宫,其花园为市民所喜往。

者,则为福兰克林,为罗梭①,为白理狄,又益之以马拉。曾于格鲁街,见一家窗次,悬一马拉之半身象②,围以绣檀,护以琉璃,而马拉自署其馀白曰:"嗜血之马拉"。王宫喷泉之上,支一彩色之画幔,幔上绘路易十六在法兰纳谋出奔,为国人护归状:王仍御宝辇,但辇下承以绳缠之板,两兵士荷枪负之以行。行人过幔下者,相与指点而嘲笑之。是时王位既倾,平日攀龙附凤之贵族,至是大都流窜死亡,即偶有留者,亦蛰伏不敢现形。某缝裙妇,纫袜于道周之板屋中者,为一伯爵夫人。某女裁缝,倚门揽顾客,有识之者知为某侯之命妇。有名之波佛兰③夫人,舍其邸第不居,而隐于马厩。沿门卖唱,藉爱国歌以博市人之喝采者,则旧日伶官毕佗④也。政体改革,一切事物,亦无不改革:旧日呼男为壮士者,今则称公民矣;呼妇为夫人者,今则称为女公民矣。李虚留街⑤,改为法律街;圣恩都⑥市,改为荣光市。毁天主像,别立巍大之三石像于巴士的狱之旧址,上尊号曰天理⑦。人人皆服蓝衣,冠赤帻,帻端则饰以宝石之针,红白蓝三色咸备,号自由冠。百业俱废,而叶子戏⑧独盛行于时,十字街之界标,且为公众聚博之地。其名称亦一律更新:代王以才能,代后以自由,代将军以平等,代一点以法律⑨。废旧历,用罗玛所造之共和历,易耶稣纪元为共和纪元。改定十二月之名,曰稽月,露月,霜月,雪月,雨月,风月,芽

---

① 福兰克林(Franklin),今译作富兰克林。罗梭(Rousseau),今译作卢梭。
② 马拉(Marat)。格鲁街(rue Cloche-Perce)。
③ 波佛兰(Boufflers)夫人,今译作布佛莱,布为有名贵族,大革命时逃往波兰。
④ 毕佗(Pitou),今译作皮图,保王党人,专作歌曲攻击革命。
⑤ 李虚留(Richelieu),今译作黎塞留。
⑥ 圣恩都(Saint-Antoine),今译作圣安东尼区,在巴黎市郊,为大革命时有名之区。
⑦ 原文为il y avait sur la place de la Bastille une statue de la Nature,意思是"在巴士底广场上竖一座自然之神的雕像"。巴士的狱(Bastille),今作巴士底狱。
⑧ 叶子戏,指扑克牌(carte)。叶子戏也是纸牌,据学者考证,实为扑克牌之鼻祖。
⑨ 扑克牌中的K(roi,即王),用génie(才能)代之;Q(dame,即后)用liberté(自由)代之;J(valet,即将军)用égalité(平等)代之;A(as,即一点)用loi(法律)代之。

月,花月,牧月,禾月,热月,果月①。以旧刑律为不善,颁行杜哀新造律,史家所谓嫌疑律者是也②。其律繁密无伦,自此律行,而人人颅顶皆戴一无形之断头机矣。今日杀十人,明日杀百人,几以杀人为改革中惟一之要政。伶官毕佗,以歌词讽刺,被拘于革命裁判所,行坐斩刑矣,毕佗乃呼曰:"我本无罪,有首乃我罪也③。"审官赦而释之。山仑院长④,晨方服衮衣倚楼抶箞,而夕已缳首刑场矣。贵族死爵,巨商死富,僧侣死教。著名之市街,如沙德兰、尼哥拉、底田等⑤,每日囚车之赴断头台者,络绎不绝。每一车来,则市人咸高呼曰:"若曹又赴红弥撒⑥矣。"画师鲍时,令其十三龄之娇女,服赤色之衷衣而袒其肩,命名曰断胆妆⑦,人争效之。是时巴黎全市,殆为杀气所弥纶,生计垂绝,面包缺乏,石炭缺乏,肉食亦无不缺乏。山羊每斤值十五佛郎⑧,食牛则由府厅出一告示,定每人每旬准食牛肉一斤,逾此者论罪。薪一巨束,价四百佛郎,人宁锯床木代之。严冬时,喷泉凝冻,一盂之水,为值乃二十沙⑨。人人争作担水夫矣。街车一往复,索资六百佛郎,人以为廉,若赁全日,则费更不资。曾闻一乘客谓御者曰:"我负汝车资几何?"御者答曰:"六千利佛⑩。"一柴草商每日收柴价,达二万佛郎以外。物价翔贵至是,政治暴乱至是,外患内忧交讧叠乘至是,

---

① 原文无此一节,是译者所添。一七九三年十一月颁布法令,废除旧历,代之以共和历,自穑月至霜月,为秋季三月,其后三月为冬季,又三月为春,三月为夏。此历施行至一八〇五年年底,拿破仑废除之。
② 杜哀新造律,为杜埃的梅兰(Merlin de Douai)负责制定,其人为当时的法律家。嫌疑律,今译作"嫌疑犯法令",一七九三年九月十七日颁布。
③ 毕佗每闻人言 civisme(公民责任感)一词,即拍其屁股,用示嘲弄。后被逮审讯,亟大呼云: Mais c'est le contraire de ma tête qui est coupable(有罪的是吾头之对立物也)! 此语殊滑稽巧妙,审官为之破颜,遂释之。曾译语误。
④ 山仑(Séran);院长(procureur)今译作检察长。
⑤ 沙德兰(Chatelet);尼哥拉(Nicolas);底田(Didier)。均为人名,此译作市街名,误。
⑥ 红弥撒(la messe rouge)。
⑦ 鲍时(Boze)。原文为画其女作断胆妆,非真令其着衣如此。
⑧ 原文为 quinze francs la livre,意为每磅十五法郎,此以斤译之。后文同,不另注。
⑨ 译者原注:法国辅币名。编者按:沙(sou),今译作苏。在当日,一里弗尔合二十苏。
⑩ 利佛(livre),前译作利佛尔,见第一卷第十六章。

而一般热狂演说家,绝不以为意,犹日驱一种有轮机之演台,巡历巴黎街市,发为愤词激论以作国民之气。此种演说家,在当时颇夥,而其中有杰出之一人,为国民所最欢迎而又属吾书之重要人物者,则曰薛慕丹①。

---

① 薛慕丹(Cimourdain)。编者按:此章原文极铺张之能事,译则削烦甚多。

第二章　薛慕丹

薛慕丹,牧师也。贫困时曾为某村小教正,嗣受一巨室之聘,为私家教师。迨中年以后,忽袭得小小遗产,遂居然为自由人矣。其为人恳悋峕一,第性褊阴沉,所蕴道德未尝不盎盎满怀,而为色黝然,比于天象,殆为黑夜中之星光。为学好覃思,不为古今成说所囿,一以己意研钻之,不达底蕴不止。当其达一新境界,则立改其旧思想,屡达屡改,不觉冲破宗教之网,而闯哲学之樊。

薛慕丹非真心奉教,顾以身为牧师久,不能改业,乃即利用牧师之清净,以自丰其学。人绝其家族,彼乃卵育一宗国;人禁其娶妻,彼遂爱恋一人类。彼之父母,本乡人,令为牧师,欲其出乎平民也;而彼乃既出平民外,复返平民中,对于平民之受痛苦者,抱非常之隐恨,名虽牧师,实已成为哲学家矣,且为激烈之哲学家矣。当路易十五时代,已隐然具共和思想。

彼尝驱除一切爱根,而悉置之于恨:浮俗可恨,君权可恨,神权可恨,返顾己身,被牧师之服亦可恨;觉现在之世界,不当名世界,当名恨窟。所日夕呼吁而求其速现者,意象中璀璨之未来也。顾此璀璨之未来,必先有恐怖之境界为之开幕,为人类雪旷古之仇者乃能为人类造永安之业,彼已逆知之,瞥见之,默待其机之成熟也久矣。

人谓牧师之生涯,较他人为易老,年复一年,薛慕丹已行年四十矣①。顾其年齿增长,而思想中蕴酿之时机,亦随之而发育。驯至千七百八十九年,彼所默待之恐怖境界,逐年发现。是年七月十四日,巴士的狱之攻破,为平民苛刑之末日;九十年六月十九日,废十一税及各种特权,为封建之末日;九十一年,法兰纳之役②,为王权之末日;九十二年九月二十一日,国约议会成立,于是共和之新产儿,遂践祚而临法国矣。

鱼非水不能乐,人非空气不能生存,薛慕丹非恐怕不能安身而适志。革命之初起,彼犹惴惴焉恐其不成就,及其渐得势力,又窃窃然惧其无结果。默观静察,直至九十三年,彼乃曰:"可矣。"遂跃然而起。

九十三年,为何时代乎?欧罗巴之联军,以全力攻法兰西而败于法兰西;法兰西之王党,以全力攻巴黎而败于巴黎。是各世纪中最恐怖之时代也。

九十三年为飓风,而薛慕丹则似飓风中之海鹰,镇定其内而冒险其外,能翀举,能搏噬,平时雌伏,若无所能,一届天愁地惨之际,万类震聋,而彼独头角崭然,睥睨于太空之表。

薛慕丹之赋性如是,宜若偏于残忍而非仁慈矣,殊不知彼之残忍,正从仁慈之极端发生。其对于一般无告之人类,所以妪煦而拯拔之者,往往为人所不能为。一日者,在旅舍中,遇一病人,患巨疡,脓血蕴隆,坟起如悬壶,不治将扼喉死,他人厌其恶臭而传染也,皆避而莫之顾。薛慕丹独恻然昵就之,以口吮其疮口,旋吮旋吐,尽吸其脓血而止。是时薛慕丹尚为牧师,人谓之曰:"子若为国王吮之,大僧正不足为矣③。"薛慕丹曰:"我宁死不为国王吮也。"此言一传播,而薛慕丹之声誉,遂鹊起于巴黎惨社会之中。

---

① 原文作五十岁(il avait cinquante ans),此译作"行年四十",或是失检。
② 原注:路易十六谋出奔至法兰纳,为民党所获。编者按:法兰纳(Varennes)之役,即史称"瓦伦潜逃"。
③ 原文为 vous seriez évêque,意思是"你可以做主教了"。"不足为",即不难为,是《汉书》中字法。

维时巴黎民情愤激，尤饮恨于垄断之巨商，往往以剽劫为雪恨地，官吏无术禁止之，惟薛慕丹独得此等人之信服。彼出一言，重于令申。曾于圣尼哥拉海口①，见盗劫一石硷②船，彼乃叱止之；又于圣拉散③关，见群无赖尼一货车，彼立驱散之。

薛慕丹以偏宕之行，感召此愤激之民，隐然具一种伟大之魔力，使人乐为之死。八月十日，王宫既破之后，薛慕丹创议毁诸法王铜象，百姓踊跃从之惟恐后。芬陀玛宫④，有路易十四像，巍然立百年矣；一妇人名紫后⑤者，系绳于项力曳之，象颠为韲粉而紫后亦成肉糜。康哥德宫⑥，有路易十五像，一男子名盖葛禄⑦者，椎碎之，盖葛禄亦压毙于象台之下。是象之碎铜，当时悉用以铸钱，独留一肘，薛慕丹乞诸百姓，以赠赖底德⑧。赖底德者，巴士的狱之囚人也。当路易十五时代，赖底德项枷而腹锁，沉埋狱中者垂三十年。其入狱时，路易十五署囚籍既，指己象谓之曰："此象颠时，汝乃出狱。"今其言果验。薛慕丹以为是肘曾囚赖底德，赖底德既脱囚，则是肘宜永囚于赖底德之手，报复之公理应尔，故求而归之。

薛慕丹之为人，谓为无所不知可，谓为一无所知亦可。盖其无所不知者学问，而一无所知者生活也。夫人至不知生活为何事，则不自觉其日趋于惨酷之途。彼常日瞠其两目，然其视线，则恒为直线而不能旁瞬，大类弩箭离弦，仅知赴的，的以外，皆瞀矣。薛慕丹之的非他，恐怖之革命是也。

薛慕丹所抱持之革命主意，实为极端之革命主意。当时革命党之重要机关，曰国约议会，曰府厅。薛慕丹则既不入议会为议员，亦

---

① 圣尼哥拉(Saint-Nicolas)；海口(port)，今译作港口。
② 石硷(savon)，即肥皂。
③ 圣拉散(Saint-Lazare)，今译作圣拉扎尔。
④ 芬陀玛宫(Place Vendôme)，今译作旺多姆广场。
⑤ 紫后(Reine Violet)，此为人名意译。
⑥ 康哥德宫(Place de la Concorde)，今译作协和广场。
⑦ 盖葛禄(Guinguerlot)。
⑧ 赖底德(Latude)。

不入府厅为理事,而彼所组织而维持者,则曰寺会①。

寺会者,以结社性质论之,殊不足称会,直一平民之聚欢所耳。以其场所,在大僧正之本寺中,故称为寺会。会中人物,大抵类府厅,惟府厅限于巴黎市民,而寺会则五方杂处,无奇不有。凡贩夫、贱竖、囚徒、警吏,苟其改革之热心达于沸点者,一切罗致之。巴黎为平民之百沸锅,而寺会则平民之喷火山也。以寺会较府厅,府厅仅为微温,若国约议会,则寒冰沍雪矣。

寺会尚以攻击反对党为天职,其残暴恣睢,为当时各机关之冠。自薛慕丹执是会之牛耳,权力乃益伸张。巴黎人常以巨炮拟府厅,而比寺会于警钟。盖府厅为监督国约议会之机关,而寺会又为监督府厅之机关。薛慕丹得此凭藉,遂尽掬其平日严峻孤僻之理想,一一见诸实行。其潜势力之所及,直使罗伯斯比敛手,而马拉寒心。

薛慕丹为状至冷酷,面常含怒容,颡宽博,目光奕然而不润泽,眶中若从不蓄滴泪者,发微灰而秃,遥望之俨然老人。发语至简,然音节凛然,能令闻者震慑。衣无常式,但非褴褛不服,盖欲以己身示贫民之标本尔。

薛慕丹之学问行谊如是,实足为恐怖时代之主动家,而今日谈者已无复知其姓氏矣。我述薛慕丹,我叹从来历史中,埋没无名之伟人,固无量数也。

---

① 寺会(l'Évêché),今译作"主教会"。

第三章　英雄之踵

　　凡属人类,莫不有爱情,薛慕丹虽负瑰异之质,然固圆其颅、方其趾,有灵魂,有意识,俨然人相也,既尝以情爱公诸人类,宁无私爱钟于一人。
　　薛慕丹所私爱者伊何?即彼为教师时所教育之学生也。学生系出贵胄,其贵殆与王族埒,薛慕丹平生仇视贵族,而独恕此学生,盖恕其童稚也。以性真之纯洁,恕其种族之罪恶;以体魄之弱小,恕其阶级之崇高。人类娇丽之晓光,往往能摄取不可思议之爱恋,其魔力或胜于少艾。薛慕丹以孤冷之性,战胜群魔,而独不能胜此学生。其爱之也,无所用其肫挚,即谓此学生为其克家之肖子,于事亦无迕,第非肉体之遗传,而为智识之胎儿耳。彼尝乘其家人之不备,悉倾其平生之学问思想,注射于学生之血管中,而恐怖之毒质,亦随之而入,于是贵族之脑部,遂盘踞一平民之灵魂矣。
　　教师,乳母也;思想,乳汁也。教师之以思想输学生,无异于乳母之以乳汁哺婴儿,故往往学生之似教师,胜于其似父,犹之婴儿之肖乳母,必甚于其肖母也。
　　况薛慕丹之学生,本为无父母之孤儿,褓襁时,鞠于瞽目之大母。大母殁,家中亲属,仅有一叔祖父。然其人为当时之名诸侯,以善战有宠于王,常日供职非色野宫,未尝一之国。独遗此孤儿于荒寂之旧邸中,俾薛慕丹得乘此时机,主宰之,构造之,盖虽师而实父之矣。

此学生儿时，尝患病而笃，薛慕丹以一身兼保母、医师，日夜将护而调治之，卒拯其垂绝之微命。是薛慕丹之于此学生，不特以学问思想改造其灵魂，且以心力再造其生命也。夫生命既为所手造，其爱之也固宜。

　　无何，学生渐达成年，教育之事已毕，其家循例解教师之任。薛慕丹不得已，遂舍此可爱之学生而去。挥手一朝，云泥顿判，一则凭席门业，出门一步，遽绾上将之符；一则飘落天涯，削迹自甘，返我山僧之服①。贵贱之交界间，有不可破之高垣隔阂之，从此薛慕丹之眼中，不复映此学生之影矣。

　　及革命事起，薛慕丹已牺牲一切，从事于救国，而独此学生，独此孤儿，则永永贮于恐怖之脑海中，未尝一日忘之。

---

① 原文为 appelait le bas clergé，意思是"做下层神职人员"、"做小教士"。

第四章　三巨头

巴黎巴翁街①有一酒肆,当时所称为珈琲馆②者,馆中有一复室,为历史上著名之记念地。其地居馆之后方,幽邃便于密语,党人有重要事发生,往往密议于此。其前有关系者,则为九十二年山岳党与吉龙特党两党之媾和③,即以此室为之坛坫。然此皆已往事也,今兹所述者,则为九十三年六月二十八日之事。

是日下午,当日落时,此复室中,忽来三人,围坐室中之案上。案之四隅,各设一坐,三人各据其一,而独虚其第四坐。其时门外晚光犹朗,而室中则昏黑如夜,幂板上悬一古式之灯,灯光下照案上熊熊然。

于灯光中,辨此三人之状貌至晰:其第一人乃一少年,面作苍白色,薄唇而锐目,意态凛然,面部有至韧之拘挛筋,常日束其两颐不使开口而笑;傅粉膏发,手套及钮饰皆整饬,蓝衣鲜丽,通体不作一折叠痕;股衣为红棉布所制,袜则白色,履端系以银环,光闪闪如明星。其二人,一人躯干伟岸,一人乃侏儒。伟岸者,剑眉电目,厚唇巨齿,满面痘斑历落,两手粗犷如耕夫;衣紫褐,领巾不结,钮亦脱落殆半;颅颠则发蓬蓬猬立,不复成鬐形,仅留鬐之残址。侏儒者,则状尤丑怪,

---

① 巴翁街(Rue du Paon),今译作孔雀街。
② 珈琲馆(café),今作咖啡馆。
③ 山岳党(la Montagne);吉龙特党(la Gironde)。

面惨白,遥望之,几疑其皮膜外,蒙以亚铅,口巨无伦,两目睒睒如火齐;帕裹发而露其额,衣连足裤,胴衣则白色;胴衣上,有一坟起之折纹,形直而坚,不问而知其怀中挟有匕首焉。

其第一人名罗伯士比①,第二名丹顿②,第三名马拉。三人皆恐怖时代之主动者,此时乃共聚复室中之案上。在丹顿前置玻璃杯一,酒瓶一;马拉前置珈琲杯一。惟罗伯士比前,则置数叶之纸,纸旁有毛笔,有墨壶,纸上乃镇一铜玺,玺纽雕镂作宫堡状,乃巴士的狱之雏形也。法兰西之地图则陈列案之中央。

复室之门外,马拉令其党员罗伦白士③守之。罗伦白士为《民友报》馆之校字人④,效忠于马拉,出入必随,当时号为马拉之守狗者。是夜令其守门,且命之曰:"凡非国约议会、府厅、寺会三机关部之人员,不得令一人擅入。"维时群籁俱寂,灯光炯然,数叶之纸,已展列案上,罗伯士比且读且语,丹顿、马拉亦相继发言,于是声浪嘈杂,达于户外,三人之争辩起矣。

---

① 罗伯士比(Robespierre),今译作罗伯斯比尔。
② 丹顿(Danton),今译作丹东。
③ 罗伦白士(Laurent Basse)。
④ 原注:《民友报》为马拉之机关报。

第五章　箭锋相拄

丹顿跃然离坐曰："尔等亦知今日有一急务乎？即共和前途陷于至危极险之地位也。我今一切皆不之计，苟得一术焉，能脱我法国于仇敌之手，我宁死为之。我之性质类牝狮，所遇之境愈恐怖，而搏噬之志亦愈猛挚，苟且粉饰之计，皆无所用之。我曹之愚宁如象，以一足掩鼠穴，而遽庞然自大乎？盖非尽歼仇敌不止也。"罗伯士比霭然答曰："汝论至当。但今日所当研究之问题，即先定仇敌之究在何处？"丹顿曰："在外，我驱逐之。"罗伯士比曰："在内，我监守之。"丹顿曰："我亦将驱逐之。"罗伯士比曰："内仇不可驱。"曰："然则奈何？"曰："歼灭之耳。"曰："我意亦然。但今日之仇敌乃在外，乃在边境。"曰："不然，我谓乃在内，乃在文台。"

斯时忽有第三人抗言曰："毋哗，汝等皆误也，仇敌实处处有之。"抗言者，盖即马拉。罗伯士比闻语，顾之曰："吾曹且勿以口舌相尚，观此足知我言之非无据矣。"言时以手指案上所列之纸。马拉嗤以鼻曰："竖儒！竖儒！"罗伯士比不顾，仍续言曰："此为歇尔蒲海岸监军柏理安之告变书。其书中所述者，为秘密党员单伦伯之报告。依此报告论之，则今日之大患，诚在内而不在外。外患不过肘腋之微伤，而内乱则心腹之疾也。丹顿，汝知告变书为何语乎？文台散布之各叛党，自今以后，将统一而属于一大甲必丹之部下。其大甲必丹为谁？即六月初二日在彭都桑左近登陆之人也。文台潜伏之林兵，蔓延本广,得一人焉,发踪而指示之,势已莫御,矧有英吉利之侵入随其后耶?汝不忆我曹搜获王党皮叟①之密书乎,言以二万之红衣兵,分配于林兵中,立可得十万人。当林兵四方响应之时,英兵即长驱入矣。此间有法国地图,我为汝指陈其大势。"

罗伯士比旋言旋以手指地图曰:"自刚嘉勒至贝堡各海岸②,皆足为英兵登陆之地点,而圣勃里克及圣喀斯德两海湾③,尤为敌人所注目。且罗尔河左岸,恩衰尼以北④,直达彭都桑,二十八哩之对径中,包有脑门豆⑤四十之法区,皆为文台叛军所据。英兵一日登岸,此四十之法区,必同时援应之。我度英兵登陆后,必先取柏兰灵、伊斐尼、柏兰诺三城⑥,然后由柏兰灵至圣勃里克城,由柏兰诺至伦巴尔府,第二日即可达狄南矣⑦。狄南既下,则圣舒杭、圣曼恩必随之而下⑧。第三日,英人可分兵为二队,一队由圣舒杭趋培丹,一队由狄南趋培歇来⑨。培歇来者,天然之堡垒也,敌人得之,将筑炮台以攻我。至第四日,栾纳⑩不可保矣。栾纳为勃兰峒之锁钥,栾纳失守,沙都纳⑪、圣玛罗无独完之理,且栾纳城中,有远征队之巨炮四十尊,药弹百万颗……"

丹顿听至此,瞿然曰:"彼将据而有之?"罗伯士比曰:"然。彼既至栾纳,势必分三路进攻:南袭扶善,北略勒塘,正东取费德雷⑫。扶善既得,则亚佛伦探囊而取矣;勒塘既据,则恩衰尼不刃而定矣;费德

---

① 皮叟(Puisaye),今译作皮塞,其人为逃亡贵族,旺代叛乱的组织者之一。
② 刚嘉勒(Cancale),前文译作康迦勒、康加勒,见第一卷第十三章。贝堡(Paimpol),今译作潘波尔。
③ 圣勃里克(Saint-Brieuc),今译作圣布里厄。圣喀斯德(Saint-Cast)。
④ 罗尔河(la Loire),今译作卢瓦尔河。恩衰尼(Ancenis),今译作昂斯尼。
⑤ 脑门豆(Normandie),今译作诺曼底。
⑥ 柏兰灵(Plérin);伊斐尼(Iffiniac);柏兰诺(Pléneuf)。
⑦ 伦巴尔(Lamballe);狄南(Dinan),今译作迪南。
⑧ 圣舒杭(Saint-Jouan);圣曼恩(Saint-Méen)。
⑨ 培丹(Bédée);培歇来(Bécherel)。
⑩ 栾纳(Rennes),今译作雷恩。
⑪ 沙都纳(Châteauneuf)。
⑫ 勒塘(Redon),今译作勒东。费德雷(Vitré),今译作维特雷。

雷既入，则剌佛尔随风而靡矣。勒塘通道于裴伦①，扶善通道于脑门豆，费德雷通道于巴黎；不半月间，彼将挟百万之叛兵，全力逼我，勃兰峒之野人，一跃而登佛兰西之王位矣。"

丹顿曰："我宁称为英吉利之王。"罗伯士比曰："否，佛兰西王也。然惟其为佛兰西王，我尤恶之。吾曹之计画，不特宜于半月之中尽逐外人，且宜于千八百年中尽铲天下之君主。"

丹顿不语归坐，以肱承首作沉思状。罗伯士比复曰："汝观费德雷将为英人通道于巴黎，其危险为何如？"丹顿忽举首，以其粗犷之手狂击地图曰："若汝言，岂威尔登②不为普鲁士通道于巴黎耶？我逐普鲁士后，不惧不逐英人。"言时即起立，状至愤懑。罗伯士比按其手曰："汝且少安视地图，毋徒饱以老拳。须知商巴尼③人不助普鲁士，而勃兰峒人则助英吉利；失威尔登不过为外患，失费德雷则内乱也。两者利害至不同。"

丹顿曰："祸患在东，而汝必以为在西，我且不与汝辩。汝言英吉利将起于大西洋，汝宁不知西班牙窥伺于比兰奈④，意大利觊觎于阿勒伯⑤，日耳曼眈逐于莱因⑥乎？危险如一大圜，而我居圜之中央，外有联军，内有叛将，南方则山尔文⑦，通款于西班牙；北部则窦慕连⑧，助饷于敌国。瑞麦、樊密两次剧战后，兵额残缺，每大队往往不及四百人；基服脱城⑨之屯粮，所储仅五百斛。苟兰培虽骁勇，为奥将斐木

---

① 剌佛尔（Laval），今译作拉瓦勒。裴伦（la Vilaine），今译作维莱纳河。
② 威尔登（Verdun），今译作凡尔登。
③ 商巴尼（la Champagne），今译作香槟省。
④ 比兰奈（Pyrénées），今译作比利牛斯山，在法国南部，与西班牙交界处。
⑤ 阿勒伯（Alpes），今译作阿尔卑斯。
⑥ 莱因（le Rhin），即莱茵河。后文或作来因，同此。
⑦ 原注：名若瑟弗，九十二年为陆军大臣。编者按：山尔文（Servant），今译作塞尔旺。
⑧ 原注：革命时代拒联军之名将。编者按：窦慕连（Dumouriez），即后文狄慕连，见后文（本章）。
⑨ 基服脱城（Givet）。

赛所窘,已退兵至狼台①;守麦野纳之满尼,守樊朗西之商山尔,守康台之费鲁特②,皆健将也,而今死者死,败者败矣。糜伦丹叛于曼士达黎,樊朗士叛于勃来达③;其馀如史登喜,如兰那,如李高尼之属④,怀贰心者,踵相接也;即瞿斯丁之退军,我亦疑之。夫我军日益退,而伯伦斯威克之军⑤日益进,法兰西之城市,行见处处卓日耳曼之国旗,脱吾曹不汲汲自救,则法兰西之革命,将不为巴黎为柏灵⑥矣。即杀法王,非利国民,利普鲁士王耳!"

丹顿语毕作狂笑,罗伯士比默然,马拉则仰面微哂曰:"嘻!汝两人殆如小儿争饼,各择其一,丹顿则择普鲁士,罗伯士比则择文台。我今亦欲有所择矣,我谓汝曹所择,皆未睹真危险耳,真危险乃在巴黎。"

马拉之微哂,力足制丹顿之狂笑。马拉哂未毕,丹顿遽敛笑为怒曰:"汝嘲我耶?"马拉立赪其两颊曰:"丹顿国民,汝以我为嘲汝耶?汝在国约议会,呼我为贱民马拉,我尚恕汝,汝至今尚未识我为何如人耶?议长毕西雄⑦之罪,告发者我也;苟森⑧之罪,告发者我也;尚松那⑨之罪,告发者亦我也。他如皮龙公爵、狄慕连将军诸人之逆迹⑩,大半为我所刺探,宁有一次误耶?我善侦叛徒,能获罪人于犯罪

---

① 斐木赛(Wurmser),今译作维尔姆泽,为奥国将军,后败于波拿巴。狼台(Landau)。
② 麦野纳(Mayence);满尼(Meunier);樊朗西(Valenciennes),今译作瓦朗谢讷;商山尔(Chancel);康台(Condé);费鲁特(Féraud)。
③ 曼士达黎(Maëstricht);勃来达(Bréda)。
④ 史登喜(Stengel);兰那(Lanoue);李高尼(Ligonnier)。
⑤ 原注:普之大将率同盟军。编者按:伯伦斯威克(Brunswick),见后文(本章)。
⑥ 柏灵(Berlin),今作柏林。
⑦ 毕西雄(Pétion),今译作佩蒂翁,一七九一年任巴黎市长,又任国民公会主席。后与罗伯斯比尔分歧,倾向吉伦特党。后自杀。
⑧ 苟森(Kersaint)。
⑨ 尚松那(Gensonné),今译作让索内,一七九三年为国民公会主席,反对山岳党,后被杀。
⑩ 皮龙(Biron),今译作比隆,一七九三年五月受命镇压旺代叛乱,指挥不力,七月被解职,十二月被处死。狄慕连(Dumouriez),今译作杜穆里埃,曾任瑟堡国民自卫军司令。一七九二年任北路军司令,取得热马普等战役胜利。一七九三年叛国,投奔奥军。

之先,汝曹所欲迟至明日言者,我常发之于前日。质言之,我乃议会中刑法草案之起草人也。我捕系无数流亡之贵族,我拘留可疑之地方代表,我悬赏以购奥伦公之首,我撤伊士那①之坐位。凡此皆足致党员嫉视,议会侧目,故或欲驱逐我,或欲捕逮我,或欲以革囊蒙我口,或且于议会中,宣告我为疯人。丹顿,汝曹胡为令我与此秘密会议乎?非以我有意见耶?若我则固不愿与若曹叛徒伍也。今姑尽我忠告以导汝,汝与罗伯士比,皆不知政治二字为何字,一目视伦敦,一手指柏灵,龈龈不已,其实皆误也。今日危险之大者莫如巴黎,莫如巴黎各党之倾轧不已,各争权利以便私图,而其祸实由汝等二人狗彘不食之智识、无政府之政策造成之。"

丹顿怒曰:"无政府耶?造之者非汝而谁?"马拉如不闻,仍抗言曰:"罗伯士比,丹顿,汝等听之!危险乃在各珈琲馆,各俱乐部。约瑟尔珈琲馆为郁可彬②,巴丹珈琲馆为保王党;伦丹珈琲馆欲攻护国兵,圣玛丹珈琲馆则拥卫之;娄纯珈琲馆反对勃黎苏③,高拉珈琲馆则崇拜之。各俱乐部,如那尔、弗来特力、恩巴宣等,皆人树一帜,势不相下。汝罗伯士比之郁可彬俱乐部,汝丹顿之科特里俱乐部,尚不在此数也。粮食之缺乏,危险也;亚星牙之低贱,危险也。圣堂街④有人遗一百佛郎之亚星牙于地,一路人蹴而过之曰:'是不值我一折腰之劳也!'危险在近,在巴黎,而汝等乃一切熟视无睹,反远觅之。罗伯士比非于各机关皆置有汝之秘密侦探乎?府厅则巴雄,革命裁判所则高斐讷,公安委员会则达微⑤,然扰扰者,于汝何益,尚不如我一人之耳目为长。我今实告汝,危险乃压汝首,绕汝足,全巴黎人,皆协而

---

① 伊士那(Isnard),今译作伊斯纳尔,为吉伦派议员。一七九三年五月任国民公会主席。

② 原注:当时革命党之俱乐部,罗伯士比激烈派所组织。编者按:郁可彬(jacobin),今译作雅各宾。

③ 原注:吉龙特党之首领。编者按:勃黎苏(Brissot),今译作布里索,其人与罗伯斯比尔自一七九一年起,即长期争论,亦尝责马拉。后吉伦特派垮台,被捕,死于断头台。

④ 圣堂街(Rue du Temple)。

⑤ 巴雄(Payan);高斐纳(Coffinhal);达微(David)。

谋汝,行道之人,虽目视日报,然各领首以递杀机矣。凡无公民护照者,大都为潜返之贵族,伏匿之王党,或藏地窟,或隐厩楼,约言之,亦达六千人以外。汝毋谓蜷伏治事厅中而重钥其扉,即无人能窥汝之行藏！我今且举一证,以示我言之非诳。汝昨日不私语圣许士德①乎,曰:'白巴鲁②患腹疾,此著恐碍其出奔。'故我谓危险固处处有之,而巴黎乃为危险之中心。迨反对党并起,贵族合谋,吾恐爱国男子,将无立锥地,而边境驾炮之马,将返奔而碾我曹于通衢,斯时罗伯士比,亦遂送丹顿于断头台矣。"

丹顿且听且摇其首曰:"謷言！咒诅！"罗伯士比此时,仍俯首视地图,一语不发,抑若舍地图外,无足措意者。马拉乃高呼曰:"我谓当今之急务,乃需一独裁官也。罗伯士比,汝知之乎？我意欲得独裁官。"罗伯士比徐举其首曰:"知之,非我即汝。"马拉曰:"然,非我即汝。"丹顿啮齿震震作声曰:"独裁官乎？汝等欲为之耶？"马拉见丹顿盛怒,乃徐言曰:"汝毋厉其狞牙,作啮人状。国势艰危若此,欲救国者,要著即在吾曹之和睦。五月三十一之役,吾曹因攻吉龙特党而媾和,今兹问题,较吉龙特党尤为重大：南有弗来特烈党③,西有保王党④,巴黎则国约议会与府厅之暗斗,边境则窦慕连之谋叛,瞿斯丁⑤之退军。汝等所虑者固属不虚,而我所言者,祸尤切肤。不听我言,则分崩离析,患起肘腋；能听我言,则国利民福,安若泰山⑥。若曹毋

---

① 圣许士德(Saint-Just),今译作圣茹斯特,雅各宾派领导之一,一七九四年与罗伯斯比尔同时被捕,旋被处死刑。
② 原注：吉龙特党员。编者按：白巴鲁(Barbaroux),今译作巴巴卢,反对罗伯斯比尔与山岳党,后吉伦特派垮台,逃往诺曼底,组织暴动,败死。
③ 原注：即指普鲁士,弗来特烈,普帝名。编者按：弗来特烈党(fédéralisme),今译作联邦主义。此指吉隆特派垮台后,其馀党在外省建立组织,对抗巴黎。普鲁士在法国北。原注误。
④ 原注：即文台。
⑤ 瞿斯丁(Custine),今译作库斯丁,为法国将军,曾参加美国独立战争。后任莱茵部队、北方军、摩泽尔军司令。一七九三年被召回巴黎,旋被捕杀。本书第一卷第四章已及之。
⑥ 此语为原文所无。

再悻悻争小意气、小权利,其速建一完全革命政府于巴黎,所谓革命政府者,即我曩所言独裁官也。当独裁制度成立,即以我等三人为之代表。我等三人,殆如三首犬①:一首发言,汝罗伯士比是也;一首狂吼,汝丹顿是也。"丹顿曰:"一首噬人,即汝马拉。"罗伯士比曰:"三首并噬,为力益伟。"

  三人语至此,室中寂静者半响。既而罗伯士比复言曰:"马拉,吾曹今既言和矣,言和之先,宜各掬忱以示。我语圣许士德之言,汝究安从知之?"马拉笑曰:"我固善知,尤善知叛党之秘密,我处复壁中,日张其公民之巨目,以烛舞台,何状不睹?何声不闻?汝以我知汝语圣许士德者为异乎?宁独此也,汝不尝称颠覆王权者,为人类之疯汉乎?"罗伯士比闻语色变曰:"马拉,汝苦不自知。汝宁不忆八月初四以后②,汝《民友报》五百五十九号中,主张留贵族之爵位,其言:'公爵不妨永为公爵。'"马拉曰:"尚不如汝于十二月七日会场中,显然助罗兰夫人③,反对郁可彬也。"罗伯士比曰:"十月二十九日,汝且于此间抱白巴鲁之腰。"马拉曰:"汝则语皮苏德④曰:'共和何物耶?'"罗伯士比曰:"八月初十之前夕,汝曾宴马寨⑤叛党三人于此馆中。"马拉曰:"九月之审判⑥,汝如野雉,自匿其首。"罗伯士比曰:"汝则如淫娃,自荐枕席。"

  罗伯士比与马拉,方持矛陷盾,各不相下。丹顿乃狂呼曰:"罗伯士比,马拉,汝曹勿哗。"马拉平生,最恶人呼名而列诸第二,乃怒回其首曰:"丹顿,何与汝事,乃妄干涉。"丹顿奋然离坐曰:"我干涉何事

---

  ① 原注:三首犬见神史,乃地狱中之守门犬,有三头,故名。编者按:神史,指希腊神话。
  ② 原注:破王宫之前六日。
  ③ 罗兰夫人,原文 le femme Roland,意为"罗兰老婆"。
  ④ 原注:吉龙特党员,罗兰夫人之友。编者按:皮苏德(Buzot),今译作蒲佐,被马拉控告与杜穆里埃勾结叛国。一七九四年自杀。
  ⑤ 马寨,即马赛(Marseille)。马赛为地名,在地中海北岸。
  ⑥ 原注:即九十二年九月,马拉、丹顿倡杀王党之说,悉杀都中狱囚,史称为九月之虐杀。编者按:即史称"九月屠杀"(Massacres de Septembre)。

耶？我干涉汝曹为此阋墙之争。外患内乱，相逼如是，要著在我曹之和睦，汝已言之。不谓汝言之，汝乃自犯之，我实不愿以我手创之革命事业，为竖子所败耳。"马拉仰面微吁曰："汝欲干涉他人，汝先干涉汝报销之簿计。"丹顿曰："我宁报销有不实耶？"马拉不语而笑。丹顿见马拉笑，乃益怒曰："阴险哉汝也。我平生乃坦白无所隐，汝常日处地窟中，不与一人交通，我则裼身通衢，无论何人，皆能面我语我。狮虎固不甘伍蛇蝎也。"马拉乃正容厉声曰："汝为沙丹兰主事时，国王授汝三万三千之银币①，汝用之何处乎？"丹顿曰："我以为七月十四日破巴士的狱之费。"曰："王宫之重器，及王冕之钻石，今安在乎？"曰："我以充五月六日攻非色野行宫之费。"曰："胡为贷金于孟登仙②？"曰："为法兰纳之役③。"曰："汝为司法卿，乃耗十万利佛尔之秘密费。"曰："是即八月十日，破志哥业王宫之用也④。"曰："议会中二百万之经费，汝已取四分之一。"曰："我用以阻碍敌军之进步，解散诸国之同盟。"

马拉戟手指丹顿曰："汝言无耻，汝真娼妇。"丹顿立而自捶其胸曰："然，我乃公众之女儿，愿卖我腹以救世界。"

丹顿之笑如电，马拉之哂如刺，罗伯士比则既不能笑，亦不能哂，此时见二人之交讧，惟默坐啮指甲而已。丹顿复呼曰："我之为人，如大西洋，有上潮，有退潮。退潮时，人见我礁；上潮时，人见我浪。"马拉曰："浪乎，微沫耳！"丹顿曰："有时为飓风。"

二人愈争愈怒，皆离坐而立。常日人拟马拉为水蛇，至是亦夭矫如神龙，张口作异声曰："罗伯士比！丹顿！汝二人听之，汝曹不听我言，为计失也。汝曹柄政之期，以我观之，其命运之苟延，尚不及晨曦

---

① 沙丹兰(Châtelet)。银币指埃居(écu)，法国古币名，当日值六里弗尔。
② 孟登仙(Montansier)。
③ 法兰纳(Varennes)之役，指国王与王室潜逃，至瓦伦(即法兰纳)被扣事件。其事在一七九一年六月。亦见本卷第二章。
④ 原文为：J'ai fait le 10 août. 意思是"我造成了八月十日"。八月十日，为革命军攻破王宫之日。志哥业王宫，已见第一卷第一章，应指杜伊勒里宫(Tuileries)。

中之残露。前途之千门万户,一一皆自钥而自杜之,所洞开而迎汝者,独墓门耳。"

丹顿不答,立耸其肩,作轻侮态。马拉曰:"丹顿汝慎之,费尔纽①颅硕类汝,厚唇巨齿亦类汝,乃不免五月三十一日之祸,与吉龙特党人同上断头台。汝毋轻耸其肩,有时耸其肩,即所以坠其颅。我观汝领巾不结,头鬟不修,罗意散②将为汝整饰之。"罗意散者,马拉平时锡断头台之嘉名也。又顾罗伯士比曰:"若汝则粉其面,膏其发,服御丽都,芬芳袭人,俨然画中人也。然画中人,恒足为刑场之装饰品。读伯伦斯威克之檄文③,汝且为弑逆之首,今日饰汝身之四针,他日或易以裂汝身之四马。"

语至此,目睛上指,眶中全呈铅色,惨淡无人相。罗伯士比面苍白,丹顿则全绎。其实二人心中,已寒慄不禁矣。然丹顿犹勉自振作,壮语曰:"马拉言独裁,言和睦,其实彼仅有一种能力,解散耳。"罗伯士比掀其薄唇曰:"我意即有独裁官,亦无马拉为当。"马拉答曰:"我意即有独裁官,决无丹顿,亦无罗伯士比。"言时目睒睒睨二人,即旋身向门欲出,乃向二人为最后之敬礼,曰:"二君珍重,我别矣。"

斯时罗伯士比与丹顿各相视失色,方无所为计,忽闻复室之暗陬有人高呼曰:"马拉,汝误矣。"④

---

① 费尔纽(Vergniaud),今译作韦尼奥,吉伦特派领导之一。一七九三年一月任国民公会主席,十月死于断头台。
② 罗意散(Louisette),即小路易丝。
③ 伯伦斯威克(Brunswick),今译作不伦瑞克,一七九二年普奥反法联军司令。其在科隆发表宣言,声称保护路易十六王室,即此处所谓檄文是也。
④ 以上二节,原文属下章,译者移至此。

第六章　不速客

室中交閧剧烈时,有一人排闼而入,三人均未之见也,闻呼乃各愕顾。马拉先呼曰:"国民薛慕丹,是汝耶?"盖入室者,果为薛慕丹,马拉密迩室门,故先众人辨之。薛慕丹答曰:"然,责汝误者,即我也。"马拉铅色之面,陡现暗绿。薛慕丹又曰:"汝固有用才,然罗伯士比、丹顿,亦皆重要,汝胡为恫喝之?凡我公民,允宜和睦。和睦,乃国之福也。"

薛慕丹此来,殆如于百沸汤中,灌以一勺之冷泉,立止其上沧。内部之暗潮,或未尽平,而表面则渐现澄清气象矣。

薛慕丹语既,即徐行就案旁。罗伯士比、丹顿,固常睹薛慕丹于国约议会之公台中,知其得一般人民之信仰,有绝大之潜势力,夙畏惮之,见其来,乃共延之坐于第四坐之虚位中。罗伯士比问曰:"国民,汝何以得入此室?"马拉羼言曰:"彼乃寺会中人也。"言此时,语音至郑重,人聆其音,即可证其中心之憎伏。盖马拉平日,固睥睨于国约议会,而唱导于府厅,独于寺会,则震慑焉。丹顿见马拉已为薛慕丹所屈,意少安,乃伸手与之为礼曰:"薛慕丹国民,汝真解事人也。今有一待决之问题,我三人争持不决,汝来适当其时。我可代表山岳党,罗伯士比代表保安会,马拉代表府厅,汝则代表寺会,四人共决此问题。尚待汝一言,即认为多数,以息吾曹之纷争。"薛慕丹曰:"问题安在?"罗伯士比曰:"在文台。"薛慕丹曰:"文台耶?兹事果重大,脱令共和有灭亡之日，亡共和者必文台也。十普鲁士不足惧，一文台已足使我慄魂而破胆。欲法兰西之生，必先死文台。"

薛慕丹此数语脱口，实不啻为罗伯士比之政策奏其凯胜之铙歌。顾罗伯士比则殊镇静，不形得色，从容问曰："汝非旧时之牧师乎？"薛慕丹曰："然。"丹顿曰："牧师何病？牧师之热心，较常人为尤烈。今日璀璨之革命时代，其基础大半由牧师建筑之。唐舒①，牧师也；杜诺②，牧师也；林丹③，为欧佛栾④之僧正；郄保⑤，乃方济各教会之修士；立打球之盟约者，僧官单勒也⑥；要求三民议会之成立者，院长乌特伦⑦也；高德院长，则撤路易御座之宝幢；葛兰古，则倡议王权之永废⑧。牧师果何负革命哉！"马拉冷笑曰："宁止牧师，狂剧俳优，黑尔巴⑨，厥功尤伟。牧师推倒王位，优伶则掷王于地，革命事业，微牧师与优伶不为功。"罗伯士比曰："若曹勿刺刺作骈指语，且论文台。"薛慕丹问曰："文台近日有何举动？"罗伯士比曰："彼新得一首领矣，首领滋可惧。"曰："首领为谁？"曰："即保守党冷达男侯爵，自号勃兰峒王者也。"薛慕丹愕然曰："冷达男乎？我固识之，我昔尝游彼邸中为牧师。"罗伯士比曰："彼实可畏，彼已入文台境，焚村市，戮伤人，杀俘虏，枪毙妇人。"曰："枪毙妇人乎？"曰："然。闻彼枪毙妇人中，有一三幼儿之母在，三幼儿则掠之而去，不知何往。且汝知是人，固一大甲

---

① 唐舒（Danjou）。
② 杜诺（Daunou），今译作多努，为国民公会议员。后为法兰西学院教授。
③ 原注：国约议会议员，摄政时代为大藏大臣。编者按：林丹（Lindet）。
④ 欧佛栾（Évreux）。
⑤ 郄保（Chabot），今译作夏博，为首批参加宣誓忠于宪法的神职人员之一。一七九三年成为救国委员会成员。曾下令逮捕很多嫌疑分子，索取贿赂后给予释放。一七九四年被送上断头台。
⑥ 原注：八十九年六月二十日平民代议士立誓约于打球场。编者按：单勒（Gerle）。
⑦ 乌特伦（Audran）。
⑧ 高德（Goutte）；葛兰古（Grégoire），今译作格雷古瓦，主教。一七九二年选为国民公会议员，并任主席。晚年退出政界。
⑨ 黑尔巴（Herbois）。

必丹,夙以善战闻乎?"曰:"我固知之。亚奴佛①之战争,彼与李喜罗②将军,同时建功,而彼之战功尤卓卓,真将军也。彼以何时至文台乎?"曰:"三星期矣。"曰:"宜置之法律之外。"曰:"已为之。"曰:"宜悬重赏以奖捕彼者。"曰:"已如法为之。"曰:"不用亚星牙。"曰:"用现金。"曰:"宜往决其首。"曰:"将为之。"曰:"孰往为之?"曰:"汝也。"曰:"我乎?"曰:"汝将为保安会之委员,赍全权出使。"曰:"甚愿,谨受命。"

罗伯士比以政治家之敏腕,叱嗟之间,选任薛慕丹。且言且于彼案前纸类中,特揭白纸一页,在是纸之引首,上有预印之题字一行。文曰:"法兰西共和国保安委员会。"薛慕丹则仍续前言:"冷达男虽狞恶,我亦狞恶人也,我将与彼决死战。以恐怖敌恐怖,赖天主之灵,必获是人,以报命于共和政府。"既而曰:"我牧师也,造次必称天主。"丹顿曰:"愚哉!天主今已老朽矣。"罗伯士比则颔首示许可意。薛慕丹问曰:"然则我出使至何人处乎?"曰:"讨冷达男远征队之总司令处。顾我当预告尔,是队之总司令,乃一贵族也。"丹顿呼曰:"贵族之无害,一如牧师。圣许士德非贵族乎?沙尔黑士③为科特里俱乐部中永不缺席之会员,非王爵乎?马拉之密友孟都④,非侯爵乎?"薛慕丹曰:"国民丹顿,国民罗伯士比,汝等纵信任,国人必将疑之。疑之非过也。夫以一牧师监督一贵族,其担负之责任,当倍常人,必其牧师为强毅不挠者。"罗伯士比曰:"信然。"曰:"又严酷不慈者,乃可胜任。"曰:"至哉汝言。此贵族乃一少年,汝年长于彼且倍,足以指导而范围之。我历观各处之报告,佥言其人聪明勇侠,为杰出之军人。彼由来因河分兵,直趋文台,不半月间已叠败冷达男,驱逐之,穷蹙之,使不得逞志于海岸。冷达男为狡狯之老将,而此少年以忠勇克之。

---

① 亚奴佛(Hanovre),今译作汉诺威。
② 李喜罗(Richelieu),今译作黎塞留,为大仲马《侠隐记》中黎塞留主教之弥甥。
③ 沙尔黑士(Charles Hesse)。
④ 孟都(Montaut)。

然因此遂招诸将之忌,与之为仇者不少矣,副将楼希尔①尤龉龁之。"

丹顿哑然曰:"楼希尔不过欲为大将耳,宜戏告之曰:'欲晋汝级,宜乞怜于沙娄德。'盖彼与沙娄德战,必败也。"

罗伯士比曰:"楼希尔不愿冷达男为他人所败,遂起忌心。夫将帅不和,用兵所忌,不幸文台适丁斯厄。且我军之在文台者,大半皆散乱无纪,故久而无功。楼希尔所恃者,仅一柏兰②,然弃北海岸不守,而独守南海岸,是不啻开门以延英人。一旦乡兵突起,英人影响而入,冷达男之计画,将一一见诸实行。此少年司令独窥破之,以全力迫冷达男,不使近海岸,功至伟也。顾以此举未经楼希尔之允许,楼希尔目为擅专,至欲治以枪毙之罪,而监军柏理安,则又以为其才足代楼希尔为副将,以是意见遂致参差。"薛慕丹曰:"以我观之,此少年实一将才。"马拉曰:"特其人有一病。"曰:"何病?"曰:"仁慈。彼勇于战时,而弱于战后。尝保护僧尼③,或营救贵族之妇女,或纵俘虏,或予牧师以自由。"曰:"是病至巨。"曰:"非病也,罪也。"丹顿曰:"有时足为罪。"薛慕丹曰:"苟关于国仇,即罪也。"马拉曰:"然则共和军之首领,有故纵王党首领之事,汝将何以处之?"薛慕丹曰:"我即赞成楼希尔之意见,枪毙之。"马拉曰:"不如斩之。"曰:"是在临事之选择。"丹顿曰:"等治罪耳,枪毙与斩首,我乃无择。"马拉斜睨之,低语曰:"我料汝必择一以自处。"既又顾薛慕丹曰:"共和军之首领一有贻误,汝即决其首乎?"曰:"于二十四小时必行之。"马拉曰:"甚善。我今亦与罗伯士比同意,宜速遣国民薛慕丹,以保安会委员出使海岸远征队总司令军中。伹此总司令为何人,罗伯士比汝宜宣布矣?"

罗伯士比闻语,乃揭其案前之纸,且揭且语曰:"我言乃一贵族。"丹顿曰:"吾曹以牧师监视贵族,为计良佳。夫独任牧师不可信,独任贵族亦可危,今兼任之,我无所惧矣。"罗伯士比此时目注案上曰:"薛

---

① 楼希尔(Léchelle)。后文又作楼歇尔。
② 柏兰(Parein)。
③ 僧尼,指修士与修女。原文为:protège les religieuses et les nonnes。

慕丹，汝听之！在汝全权下之总司令，乃一子爵名瞿文者也。"薛慕丹闻瞿文名，如触电然，色陡变。曰："瞿文耶？瞿文子爵耶？"罗伯士比曰："然。"马拉见薛慕丹色有异，屡目之，乃呼薛慕丹曰："适间之约，非汝自承乎？监守瞿文之职，非汝自受乎？"薛慕丹曰："然，无异言。"言此时，虽矫作静穆状，然颜色乃益惨白。

罗伯士比则取案旁之笔，徐徐蘸墨，书端楷四行于白纸。其所书之纸，即引首有预印之保安委员会题字者。书既，乃署己名。署后，以纸笔授丹顿，丹顿授马拉，各署名讫。罗伯士比复于各人署名之下，附以年月，然后以授薛慕丹。薛慕丹乃得读之，其文曰：

  共和二年，授国民薛慕丹为保安委员会出使委员，得以全权监督海岸远征队总司令瞿文，此令。
罗伯士比。丹顿。马拉。
一千七百九十三年六月二十八号。

薛慕丹读此委任状时，马拉之目光，绕其面不少移，忽颔首自语曰："此事必得国约议会确定之法案，或保安会正式之公文乃妥，我当尽力为之。"

马拉言此，语音至微，罗伯士比与丹顿均未闻之。罗伯士比曰："薛慕丹，汝寓何所？"薛慕丹曰："寓商务院。"丹顿曰："我亦寓此，然则汝为我邻。"罗伯士比曰："吾曹趋事不宜失时，当即以明日为汝正式授职之日。汝之委任状，全体委员，皆须署名；以汝此次之委任，与柏理安等各监军不同，汝之权力，乃无限：授瞿文为上将，听汝；送之断头台，亦听汝。明日三时，汝可莅会授职，授职后，以何时行乎？"曰："三四时即行。"罗伯士比曰："善。今日吾曹可暂别。"语毕，四人遂纷纷出此复室而去。马拉抵家，则预戒其守狗白罗伦士曰："我明日当至国约议会也。"

第七章　马拉定议

　　马拉于巴翁街珈琲馆返家时,预戒白罗伦士,明日将赴国约议会,前章既述之矣①。至次日,果如言往。当其步入会场时,郄保适先彼而入,直趋马拉党孟都侯爵所,戏呼曰:"保守党……"孟都闻呼,举首睨之,曰:"汝胡呼我以此?"曰:"以汝为侯爵也。"曰:"我非侯爵,我父为军人,我祖则织工。"曰:"然则胡以人称汝为孟都,孟都乃侯爵之采地。"曰:"我不名孟都,我名马黎波②。"曰:"为孟都,为马黎波,皆无与我事,第非侯爵可耳。"

　　时马拉已入会场,驻足左廊,窃听两人之谈话。而会场下方背阴处之议席上,有一群议员,见马拉来,皆回其首。一人曰:"嘻,马拉至矣!"一人曰:"彼非病乎?"曰:"然,汝不见彼尚御褻衣乎?"曰:"彼敢御此临会耶?"曰:"此何奇? 彼有一次莅会,纽端且簪月桂花。"曰:"面何可怕耶? 色似铜,齿则似铜绿。"曰:"褻衣甚新,何布所制?"一人曰:"似棉布。"一人曰:"非也,斜纹布耳。"曰:"衣里为何?"曰:"兽毳。"一人曰:"虎皮。"一人曰:"不似虎皮,为貂鼠。"一人曰:"貂鼠乃伪。"曰:"履端有环。"曰:"然,环乃银也。"

　　此处议席,方窃窃作耳语,而他处则未见马拉入。有名桑都南

---

① 此节之前,削去一章未译。
② 马黎波(Maribon)。

者,向其邻席议员狄苏①曰:"汝知一事乎?"狄苏曰:"何事?"曰:"保守党白莲音②伯爵之事。"曰:"白莲音伯爵非与费兰公爵,同囚孚士狱③中乎?"曰:"然。"曰:"两人我皆识之,今若何?"曰:"彼等居狱,平日事狱丁至恭顺,一日与狱丁作叶子戏,狱丁令彼等以枪刺王与后,彼等乃不允。"曰:"不允奈何?"曰:"昨日已送诸断头台矣。"曰:"两人俱斩乎?"曰:"胡为不然?"曰:"今日处置贵族,何者宜治禁锢罪?"曰:"卑怯者。"曰:"何者宜送断头台?"曰:"强勇者。"狄苏乃狂呼曰:"与其怯生,毋宁勇死。"

其时议场之议台上,议员巴雷④方报告文台事。谓波尼克⑤已为乡兵三千人所据,勒塘、南德⑥则围攻甚急,劳尔河⑦左岸,自恩格伦至穆尔⑧,王党于此已遍筑炮台。今我曹已就近遣慕卞恩⑨之驻军九百人,携巨炮数尊,先援南德,命海军巡逻曼德兰⑩,以阻英军登陆。既又宣读桑坦尔之报告书曰:"乡兵七千人攻樊纳⑪,我军击退之,获巨炮四尊。"一议员起问曰:"获俘虏几何?"巴雷答曰:"桑坦尔之牍尾,曾声明此次无俘虏。"

报告甫毕,马拉已由左廊行近孟都、郄保两人席旁,两人仍絮絮语不休。郄保曰:"马黎波或孟都!汝知我方从保安会来耶?"孟都曰:"会中有何事?"曰:"会中遣一牧师,监督一贵族。"曰:"信乎?"曰:"信,汝即贵族也。"曰:"我非贵族,汝则牧师,牧师殆即汝。"曰:"我亦

---

① 桑都南(Santhonax);狄苏(Dussaulx)。
② 白莲音(Brienne),今译作布里埃纳,曾任图卢兹大主教,后任财政总监,迫于形势,颁布过一些财政措施。三级会议后引退。
③ 原注:孚士狱在巴黎,为九月虐杀之地。编者按:费兰(Villeroy);孚士监狱(la Force)。
④ 巴雷(Barère),今译作巴雷尔,为国民公会议员。属丹东派,赞同实行恐怖。
⑤ 波尼克(Pornic),今译作波尔尼克。
⑥ 南德(Nantes),今译作南特。
⑦ 劳尔河(la Loire),今译作卢瓦尔河。前文又作罗尔河,见本卷第五章。
⑧ 恩格伦(Ingrand);穆尔(Maure)。
⑨ 慕卞恩(Morbihan)。
⑩ 曼德兰(Maindrin)。
⑪ 樊纳(Vannes),今译作瓦讷。

非牧师。"两人皆哑然失笑。孟都曰:"吾曹勿谑,愿明告我。"郄保曰:"一牧师名薛慕丹,以全权出使,至一子爵名瞿文者之左右,此子爵方统率海岸远征队。出使之目的,欲使贵族不能变,牧师不敢叛。"曰:"是何难?但定一法案,有意外即处死刑足矣。"马拉乃接语曰:"我来正为此也。"两人出不意,皆睁视马拉。郄保曰:"马拉无恙,汝久不临会矣。"马拉曰:"我病,医生命我浴,故不得暇。"郄保曰:"汝在浴室中,宜慎之。塞尼加①即死于浴室。"马拉笑曰:"幸此间无奈龙。"斯时忽有一猛厉之声,出于席次曰:"汝或有之。"盖丹顿方出席过其前也。马拉不顾,仍与郄保、孟都语曰:"我来有一重要事,今日宜于我党三人中,择一人提出议案。"孟都曰:"谢不敏。我为贵族,人必不以我言为重。"郄保曰:"我则方济各教会之修士,发言更无价值。"马拉曰:"我若发言,人必曰,此马拉之言也,皆将掉头不顾矣。"

马拉方沉思不语,孟都问曰:"汝欲提出者,属何种议案?"马拉曰:"我欲提议,凡各路统兵将领,有故纵叛虏者,处死刑。"郄保曰:"此议案,议会中本有之,票决在二月杪。"马拉曰:"虽有实等于无,至今文台各处,擅脱俘囚,或私匿逃人者,时有所闻,未尝罚也。"曰:"然则此议案,不啻废止矣。"曰:"然,宜提出宣示,悬为现行律。故我来议会。"曰:"是不必议会,谋之保安会足矣。"孟都曰:"第令保安会将此议案,揭示于文台境内之各府厅,或实行一二次,以示鉴戒,我曹目的达矣。"马拉闻语,颔首者再,曰:"诚哉言也。保安会足了之,但孰可往保安会者?"郄保曰:"汝自往言之。"马拉目视郄保曰:"保安会不啻罗伯士比之家,我决不往。"孟都曰:"是奚害,我往可耳。"

三人定议各散,至第二日,保安会果发布一特别之命令,揭示议案于文台境内之各市府各村镇,无论统兵将领,及一切人等,有纵囚庇虏者,一律处死刑矣。

---

① 原注:塞尼加为罗马帝奈龙之傅,哲学家也。后奈龙欲夺其财,杀之。编者按:塞尼加(Sénèque),今译作塞涅卡。奈龙(Néron),今译作尼禄。

第三卷

第一章　小客店[①]

九十二年之夏,法国患淫雨,而九十三年则骄阳扇毒,大似天公妙解缵事,特为此狞恶之时代,加以渲染。然在旅行于勃兰峒省者,则与其泥泞于棘林网径中,宁晞日之炙背也。

是年七月杪午后一时许,虽炙蒸犹酷,而日影西斜,微飔已动。有一骑客,适从亚佛伦坌息而至,近彭都桑之市门,见距门数武,有一酒家名圣十字馆者,乃驻马读其门次所揭之广告。

其人首高冠,冠章三色,身裹宽博之外帔,后袪至覆马尻,项际结束綦严,独留两臂于外,以事控纵。有时外帔因风轩举,人以是得瞥见其腰鞬之亦为三色,两手枪柄则微露鞬外,且有匕首横悬其上。

驻马时,蹄铁触阶石,为声铿然。馆门立启,一酒保手携提灯,探首门外,仰面见骑客之帽章,即呼曰:"国民欲止宿乎?"骑客曰:"否。"曰:"然则曷往?"曰:"陶耳城[②]。"酒保急摇手曰:"不可!不可!汝不返亚佛伦,则留彭都桑。"骑客曰:"何故?"曰:"陶耳方战也。"曰:"信耶?"既而曰:"汝且秣我马。"

酒保乃挽马傍槽枥,倾其囊刍,徐徐为脱羁勒饲之。马来远道,饥甚,得刍乃狂啮。两人得暇,谈声又纵矣。酒保曰:"此马为役马

[①]　此章之前,节去数章未译。
[②]　陶耳城(Dol)。

乎?"骑客曰:"否,我价购之。"曰:"汝从何处来?"曰:"巴黎。"曰:"汝径至乎? 抑绕道乎?"曰:"绕道。"曰:"我知各处道途,均已阻梗,惟邮车尚有行者。"曰:"我抵亚伦森①,即舍邮而骑。"曰:"此马购之亚伦森乎?"曰:"然,马价至昂。"曰:"汝今日已奔越竟日乎?"曰:"破晓即行。"曰:"昨日何如?"曰:"宁止昨日,前日亦如今日。"曰:"我计汝经途,当从亚伦森至唐佛龙,从唐佛龙至穆尔墩②。"骑客接语曰:"又从穆尔墩至亚佛伦。"曰:"然则汝行倦矣,汝马亦瘏,我劝汝少住为佳。"曰:"我马瘏矣如汝言,人则否。"

酒保乃端详骑客之面,见其状貌严肃端静,灰色之发,髯髯下被;继又四瞩道周,舍骑客外,荒寂无一人。乃曰:"汝以独身行长途乎?"曰:"我有扈从。"酒保讶曰:"何在?"骑客指腰际曰:"一匕首两手枪。"

维时马食刍已果其腹,乃昂首而嘶。酒保复取一水筒饮之。方其饮马时,屡屡偷视骑客,微语曰:"若人为状类牧师。"骑客曰:"汝不言陶耳方战乎?"酒保曰:"此时当已开战矣。"曰:"战者何人?"曰:"贵族与贵族战。"曰:"汝言何谓,我殊未审?"曰:"我言一助共和党之贵族,乃与一助国王之贵族战也。"曰:"今日何处复有国王?"曰:"冲王尚在③。"既又曰:"此次战争之奇特,不仅在两贵族,乃在两贵族为一血统也。"

骑客听至此,为状极注意,乃倾其耳,若惟恐声浪之飞溢于耳轮外者。酒保曰:"两贵族:一为少年,一为老人,少年实为老人之侄孙。叔祖为王党,率白军;侄孙为共和党,率蓝军。两人皆置家族不顾,日日作死战。"曰:"死战乎?"曰:"国民汝不信,汝且观彼等祖孙相见礼之赘物。"言时,即高举提灯,照其门之左扉,上粘白纸一方,形似广告。曰:"此广告,即为老人设法遍揭于各处者,市屋或林木皆有

---

① 亚伦森(Alençon),今译作阿朗松。
② 唐佛龙(Domfront);穆尔墩(Mortain),今译作莫尔坦。
③ 冲王即幼王,指路易十七(Louis XVII),一七九三年,彼仅七龄。此句原文为:Il y a le petit. 直译是:还有个小孩。

之,且及我门。"骑客见广告字迹綦巨,马上就读之,乃至便。其文曰:"冷达男侯爵敬告其侄孙瞿文子爵,脱侯爵一日邀天之幸,得手缚子爵,当以枪弹奉饷。"

酒保曰:"此处尚有答词。"乃移灯向右扉,骑客视之,果有同式之广告在焉。其文曰:"瞿文预告冷达男,我若获汝,立毙汝于枪下。"酒保曰:"左扉之广告为昨日所粘,右扉则今晨见之。"骑客读次,冷酷之面,微呈喜色,曰:"革命之战,不特起于一国中,且起于一家中,伟大国民,当如是也。"言既,举手冠式,注目右扉之广告,向之施一敬礼。

酒保闻骑客言,状颇感动,曰:"国民汝知此间情势乎?此间名城巨镇,无不赞成革命,惟乡人则反对,贵族、牧师皆助乡人。"骑客动容曰:"或不尽然。"酒保旋易其词曰:"客言当。反对冷达男者,即一子爵也。"语时随背面私语曰:"若人果为牧师。"骑客曰:"汝毋絮絮,且告我以两贵族之事。"酒保曰:"此两人皆属老瞿文家之苗裔。瞿文家共分两支:正支之家长,称冷达男侯爵;旁支之家长,即瞿文子爵也。冷达男侯爵,在勃兰峒贵族中,势力最伟,乡人视之,不亚于王。自彼登陆入勃兰峒境,一呼而集者八千人,不及一月,三百法区,同时响应。第令夺得一海岸,英军即源源至矣。不料其侄孙瞿文乃起而抗之,处处阻彼之进路,且瞿文之所以能得志者,不尽瞿文之能,实以巴黎赤帻队之来会张其势也。赤帻队以骁健著,自兰朋庄受创后,深憾侯爵之残杀其同党,枪毙其妇人,掠夺其收育之三童,遂收集馀众投瞿文军,誓为死妇复仇,且欲夺回三童。瞿文军心,因之大振。"

酒保方滔滔语,忽中止,问骑客曰:"我几忘之,国民得毋饥乎?"骑客曰:"我无需此,欲食,我携有水礨及馎饦在,汝第告我以陶耳果何事者。"曰:"冷达男侯爵,实与英相比脱①合谋,欲引英兵二万人,由海岸登陆,以助文台。故入境后,先据此间,不意第一著即为瞿文所

---

① 比脱(Pitt),今译作庇特。一七八三年至一八〇一年任英国首相,一八〇四至〇六年再次任首相,对法国大革命颇为敌视,多次策划反法联盟。

败。不能守,乃走亚佛伦;又不能守,走甸城①;欲借甸城进窥克伦维,瞿文又败之。于是冷达男之势稍杀矣。在瞿文之意,欲驱冷达男入扶善林,然后围而歼诸,为计至毒。昨日瞿文方率其军队驻此,忽得警信,知冷达男已趋陶耳。陶耳为海之要隘,敌人得之,第于陶耳山筑一炮台,以阻援军,英军立登陆矣。瞿文即询得其实,遂不待命令,星夜拔队往。计此时两军当交绥矣。"曰:"由此达陶耳,为时几何?"曰:"以军队往,至迅需三小时,然此时必已达矣。"

骑客忽倾其耳,若有所闻曰:"隆隆者似炮声。"酒保亦作凝听状曰:"非炮,铳战也,陶耳已作战场矣。国民宜留此度夜,往必无幸。"曰:"我宜趋程,不能留此。"曰:"异哉!冒此大险,脱非彼间有汝平生挚爱之人,如……"骑客不待词毕,曰:"事实如是。"酒保竟前语曰:"如汝子者②,必不若是悾急。"曰:"似之。"

酒保微露惊异色,自语曰:"我审若人为牧师,牧师奈何有子?"骑客呼曰:"酒家,汝速羁我马,刍值我当偿汝。"语毕,探囊予以数钞。酒保受值,乃向骑客曰:"汝既坚欲行,我不敢尼汝,顾有一语奉饷,揣汝行程,殆往圣玛罗者。往圣玛罗有两道:一由陶耳,一由海滨。陶耳既不可行,汝宜取道海滨。海滨为程,不较陶耳远,在陶耳之南,刚嘉勒之北,中间经圣邵舒、歇留堧等处③,即得达。汝出此街口,见有两岔道,往陶耳者在左,往圣邵舒者在右。汝慎取之,向左即陶耳,将陷汝于战火中。汝宜向右也。"骑客曰:"谢君。"语已,即策马行。

骑客行后,酒保犹时时倚扉遥望,顾夜色已深,一瞬间,人马之影已浮沉于夜海中,不可辨晰。计其将达岔口,犹高呼曰:"向右!向右!"而骑客则竟向左而去。

---

① 亚佛伦(Avranches);甸城(Villedieu)。

② "如"字接前"如……",表示"记言中断",吾国古文学中,早有其例。参观钱锺书《管锥编》第一册211—213页。

③ 圣邵舒(Saint-Georges),今译作圣乔治。歇留堧(Cherrueix)。

第二章　陶耳

陶耳为勃兰峒之古城,在陶耳山麓。号为城,其实乃一峨特式^①之市街。街宛延而宏敞,左右皆缘以石柱之广厦,顾建筑法至参错,在街中望之,或突如岬,或洼如湾。街之外小巷纵横如织,皆连属于街,如汉港之赴大河然。街之中央,则旧市场在焉。

城无雉堞,无关隘,陶耳山瞰临其上,设遇围攻,无险可守。所能守者,乃在街之一方。去今四十年前,游其地者,犹见有两步廊,在广厦之石柱中,布置缜密坚固,平时为栋宇,战时则俨然堡砦也。陶耳之形势,大概如是。我今当述战事矣。战事之起,适在圣十字馆酒保与骑客对语之时。战者即为蓝白两军。盖是日白军以晨至,而蓝军则出其不意,袭之以夜。两军相接,一则猛攻,一则死守,热狂之度相等,而军力则至不侔,守者有六千人,攻者仅千五百人耳。

然此六千人,则为散漫之乡兵:服兽皮褐,冠白章之圆帽,肩甲上横斜书戒律,念珠累累悬腰鞊间,手持巨叉,或荷无铳刀之枪,炮则以绳曳之。伍列不整,设置不备,舍人心愤激外无可恃。而千五百人,则皆训练之军队:冠三角,饰三色之帽章,蓝衣博裾,肩襒灿然,腰悬短剑,肩荷新式之枪,枪端刀光闪闪如列星。中杂志愿兵一队,装束大致相同,惟衣稍褴褛,足不纳履为异。前之六千人为白军,其

---

① 峨特式(gothique),今译哥特式。

首领为一老者,即冷达男也。后之千五百人为蓝军,其首领乃一少年,即瞿文也。

瞿文年三十许,神采奕奕有壮士风,目光敏锐而威,然䩑然微笑时,犹留娇稚态。平生不嗜烟,不饮酒,不妄语,容止修整,虽战时不少苟。见人音吐至柔和,惟发令声,则凌厉能辟千人。遇敌猛进,腾踔乱军中,所向披靡,人亦莫能伤之。总之瞿文之为人,平时温醇闲雅若书生,迨雄剑一动,则立易其至可爱者,为至可畏者,将材殆天授也。

及革命事起,仓卒演成恐怖之时代,而此少年实为恐怖之骄子,神鱼得水,苍鹰遇风,遂投身革命军中为巨率。其军队则自募集之,部勒悉依罗马法,步队、骑队,咸备其中。又有候卒、工兵、坑手、橇手等,罗马兵有掷弹机,而彼乃有巨炮,虽不成师旅,而拔帜独出,足称雄于一时。

至若冷达男,则亦久历戎行之老将也。以百炼之机智,又济之以胆勇,其可畏或甚于瞿文。盖从来老人多冷酷,不似少年之温蔼,以其距朝气远也;又轻于冒险,不似少年之恋系,以其去死日近也。况冷达男之怒瞿文,乃百倍于其他之革命党,以瞿文与彼有天属之关系。冷达男无嗣,瞿文乃其法律上正当之继续人,虽曰侄孙,其实孙也。乃不谓平生勤王之大计,入境未久,不败于他人而败于己孙之手,其饮恨为何如?尝咄咄书空曰:"脱我一日得手缚此顽童,杀之如一狗耳。"

且焉彼自圣迷仙海湾登陆后,一二日间,文台全部无不闻风摇动,不啻置一导火线于药库中,不崇朝而爆裂。凡棘林之长,坑谷之豪,平日自为风气,互相猜忌者,至是无远无近,皆辐辏来会,听命于冷达男。冷达男遂骎骎焉有为文台中央政府之势。

然其中有独自离贰者,乃是首先来会之贾法德。贾法德,刚愎自用人也,其胸中所蕴者,仅有邃古野蛮之战术,然尝自诩为不传之秘,用以部勒其军队。冷达男偶裁制之,变易之,彼遂怫然谢去,往投彭商。

冷达男真军人也,其用兵固不愿为劳宣若之野战,亦不愿效顾恩之林战。彼自贾法德离贰后,益知文台之乡兵,忽散忽聚,聚则舞飞梃,跳荡涧谷,散则蛰伏土穴,类蛇鼠,虽慓悍可用,但过于流动,并其慓悍之力亦失之。用之之法,势必别辅以节制之师,然后以乡兵为轮辐,而以节制之师,为旋转轮辐之枢轴。假令此策得行,文台散漫之乡兵,立成不可敌之雄师矣。

顾此节制之师,仓卒安从得之,盖舍英吉利莫属矣。欲英兵之登岸,必先夺得一海岸,海岸为瞿文所阻,不可骤得,乃思夺得一滨海之地。陶耳,滨海地也,又适无备,冷达男乃率军疾赴之;欲由陶耳进据陶耳山,陶耳山既据,则海岸在掌握矣。

盖陶耳山势据险要,设于山岭筑一炮台,其炮程所及,一面为福兰诺,一面为圣勃来特,则可令刚嘉勒之舰队①,不能飞越而出,而关农楚至圣梅洛诸海岸②,皆足为自由入犯之地点。冷达男几经相度,始择定此要塞,乃于乡兵中选出丁壮六千人,并悉其炮队以行。在冷达男之意,以为此役必达目的。彼虽明知瞿文在彭都桑,然料其决不敢以千五百人攻己之六千人。是时楼希尔大军二万人,驻狄南,顾以狄南距陶耳,为程且二十里,势亦弗及。遂长驱进。

既及陶耳,陶耳人出不意,且夙震冷达男残酷名,皆走匿莫敢拒,竟不戮一人,不折一矢,唾手得之。入城之后,此漫无纪律之六千乡兵,皆露营大街,或则造饭于烈日中,或则持念珠赴圣堂,庞杂如趁集然。冷达男亦不暇部勒,急率其炮队士官数人趋陶耳山,相度炮台之地势,而以留守之责委诸其副将高伯伦。

高伯伦者,又名黎麦尼③,文台之骁将也。文台人皆野人,而黎麦

---

① 福兰诺(Fresnois);圣勃来特(Saint-Brelade);刚嘉勒(Cancale),已见前(第二卷第五章)。
② 关农楚(Raz-sur-Couesnon),前文译作关司农,见第一卷第十五章。圣梅洛(Saint-Mêloir)。
③ 高伯伦(Gouge-le-Bruant);黎麦尼(l'Imânus),意为"丑八怪"。

尼则直为蛮族,状奇丑无人相,雕镂肉体,作圣十字及百合花形,五色烂然;性慓悍而残忍,人言其毒性蟠曲,作螺旋形,舍蛇虺实无物足以拟似之;遇战凌踔无前,尤能于危急之中显其神勇,顾战略及御兵之术,则非其所长。冷达男初莅文台,即信任之,以为己副,兹赴陶耳山,审为暂无战事,乃令其代己为监军。

　　冷达男在陶耳山观形势,度阴阳,几尽一日之力,暮色苍然,乃竣事而返。行未半,途中忽闻炮声,仰视天空,则浓烟缕缕出城中,此战火也,陶耳有警矣。冷达男愕然,且行且思,不解来袭者何人。其瞿文乎?决不敢以千五百人,来敌六千人。然则楼希尔乎?又恶能有此捷足。偶遇避难之市民问之,皆曰:"蓝党!蓝党!"震慑莫敢尽言。冷达男不得已,乃策马急行,及至陶耳,形势乃大变。

第三章 以少胜多

乡兵之入陶耳也，既无营垒，亦不设哨候，随各人之意散处人家，前章已述之矣。迨冷达男行后，黎麦尼乃以辎重安置旧市场之穹屋下，命炮队环守之，以为设备如是，大足高枕一宵矣。日色垂暮，人人倦而思息，一条峨特式古街，自东徂西，不下三里馀，此时几成一大卧榻，纵横枕藉殆无尺寸隙地。且有携妇人并枕呢喃作昵语者，此著在文台，殊无足诧，盖文台乡人出队，妇人多从行，且往往用为间谍，著奇效。维时适当七月之季，入夜暑退，凉风乍生，虽无月色，而繁星在天，各微启其倦眼，引此六千人渐入于平安之梦境。正恬适间，忽闻众中有人失声呼曰："谁乎！"乃各张目视，则见街口人影憧憧中，有巨炮三尊，炮口准对街心，众乃大惊。方欲觅枪自卫，而轰然一声，巨炮之第一击，已贯人群而过。炮声甫息，继以排枪，于是六千星光下之酣眠人，皆醒于弹声中矣。

来袭者非他，即冷达男料其不敢以少攻多之瞿文也。彼以迅雷不及之势，乘敌人鼾睡中，掩然入城，达街口，立发大炮轰击。乡兵皆于睡梦中惊醒，张皇不知所措。但见巨弹舞空如火鸟，皆鼓翼而下，择肥以膏其吻。枪声一发，肉林中血瀑奔注，作潺湲声。一时号呼者，奔突者，此起彼仆，互相践踏，儿啼母哭，马嘶犬嗥，惨状殆非人间所有。

顾乡兵非绝无抵抗力者，特以不意之中，受此巨创。纷乱一时许,人心略定,黎麦尼乃率众退入旧市场。其地深邃而黑暗,且石柱如林,势足负隅。令乡兵一面发枪还击,一面急取车辆辎重,及市场中本有之木桶瓦甃,层累而坚筑之,留方孔为铳眼。叱嗟间,旧市场顿成一不可破之防障矣。

市场中本有巨炮守之,但良好之炮兵,悉随冷达男赴陶耳山。此时乡兵中,无能发之者,惟有奋力发连珠枪以击瞿文身。

初瞿文见袭击之得手,意颇自诩,以为摧陷廓清,指顾间耳。及睹防障立,乃大愕,即下马按剑,立于炮架旁之列炬间,仰面观察。瞿文躯干至高,巍然火光中,在防障上人视之,直不翅树之以的;然瞿文乃绝不虑此。当敌弹愈麕集,则沉思愈甚,揣彼沉思之意,大抵以敌人虽有防障,而无巨炮,第以巨炮攻之,久必破,无惧焉。

瞿文思潮未落,忽见旧市场之暗陬,火光一耀,如闪电然,电过即继以輷磕之巨雷,一大口径之炮弹,适从瞿文颅顶,飞越而过,洞其背倚之屋。馀震隆隆中,第二第三弹衔尾至,一弹中墙,一弹乃突落其帽。一炮兵呼曰:"将军慎之,敌今鹄汝。"言时,投其列炬灭之,瞿文徐徐俯拾其帽曰:"然敌乃有炮。"

此时防障上,果有一人以瞿文为鹄,如炮兵言,盖即冷达男侯爵也。侯爵由陶耳山归,见事急,乃绕道趋防障,黎麦尼逆之,呼曰:"殿下,我军被袭矣!"侯爵曰:"袭我者谁乎?"曰:"不知。"曰:"走狄南路未梗乎?"曰:"或未梗。"曰:"然则我军宜暂退。"曰:"此著我方备之,顾乡兵逃者甚夥。"曰:"宜退不宜逃。汝曷为不用炮?"曰:"迷惘中未及此,且炮兵悉随殿下去。"曰:"我今当自往为之。"曰:"我则卫送最要之辎重走扶善,随军之妇女无用,悉弃置之,惟三童扆宜何置?"曰:"童子乎? 此我军之重质也,宜置之都尔基中。"

言讫,即疾趋登防障。乘障之守兵,见首领来,军气为之一振。顾防障为地至隘,充其量仅足容两炮,侯爵乃取最巨之联队炮二尊安置之,又于防障上洞一巨穴,以炮口向之,乃伏身炮背,由巨穴中窥探敌军。适睹瞿文立列炬中,怒呼曰:"不意败乃公事者,竟此乳臭儿。"

斯时侯爵愤甚,力倾其药囊实炮,目射瞿文之面。连发三炮,皆不中,第三炮尤猛,结果乃仅脱其帽。失声惋惜曰:"苟下以寸,我碎其颅矣。"列炬忽灭,防障下弥望皆昏黑,侯爵顾炮兵曰:"且发霰弹盲击之。"

霎时间,防障上炮弹如雨而下,声势至汹汹。瞿文竭力仰攻,仅乃敌之,知不可以骤胜也。返顾己军,可用者仅存千二百人,而敌军则舍死、逃者不计外,为数尚不下五千。以少攻多,全恃乘其不备,若老师久顿,万一敌军突围而出,攻守之势可立变,败无日矣。为今之计,缓则变生,利在速下,顾以千二百人欲下五千人,在势又恶能速,是不可不用奇师矣。

瞿文土著也,陶耳之形势,平日固了若指掌。彼见敌军设防障处,适背倚曲折之小径,意忽动。乃呼其副将名苟桑①者,谓之曰:"我今命令汝,汝宜竭其炮力以击防障,勿使炮声中绝。"苟桑曰:"诺。"曰:"汝又宜暗集各队,使人人满贮药弹,以待剧攻。"既乃附苟桑耳,告以数语。苟桑曰:"将军意,我知之。"瞿文曰:"我军鼓队皆跣乎?"曰:"然。"曰:"鼓队九人,汝留其二足矣,七人皆予我。"言未既,七鼓人由队中出,皆鹄立瞿文前。瞿文乃呼曰:"赤帻队安在?"即有一军曹率十二人至。瞿文曰:"我需汝全队。"军曹曰:"全队在此。"曰:"全队乃十二人乎?"曰:"然,我曹仅留十二人。"曰:"善,只此足矣。"

盖是队乃兰朋庄虐杀后逃亡之残队,其军曹则即在沙达兰林收养三童之赖杜伯也。方瞿文与赖杜伯语时,一秣车自暗中推毂出,瞿文指谓赖杜伯曰:"汝命尔众,取草绹绳索缠缚枪之四周,勿使相触作声。"赖杜伯承命,如法为之,既乃走告瞿文。瞿文曰:"诸兵士今当去汝履矣。"赖杜伯曰:"我曹固无履也。"

于是鼓队七人,赤帻队十二人,共十九人皆立瞿文前听令。瞿文曰:"汝曹宜纵列作直线形随我,鼓队居我后,赤帻队则随鼓队,军曹

---

① 苟桑(Guéchamp)。

率之。"

当两军炮火震天之际,而此二十人之小队,竟由暗中悄然出发,直趋小径而来。小径夙为民居所聚,至是乃四窜无人踪,即有留者,亦皆蛰伏土窟不敢出。有门皆杜,无户不扃。小队蜿蜒而进,殆如行隧道中,莫或阻之,亦莫或知之。

行十分钟后,遂达小径之彼口,此口通大街,适在防障之后。方乡兵仓卒设防障,但顾一面,而小径一面,则殊忽略之,不意瞿文乃适由此而入。

其初至焉,防障上人,方以全力注前敌,绝无知者。瞿文乃密令军曹去其缠枪之索,列以十二人一队,依径隅而阵。七鼓队则高举大槌以待。

未几,两军炮战声忽少敛。瞿文乃突然扬剑而起,出其巨雷之声高呼曰:"二百人在左,二百人在右,馀为中权,速攻!速攻!"呼声未绝,而枪声鼓声,同时并作,声震天地。仓卒间,人孰辨其枪为十二,而鼓为七者。

防障上之乡兵,猝受此意外之猛击,黑暗中几疑有千军万马之压其背者。且同时在其前之苟桑,亦率其全队鼓行而进,猛扑防障。乡兵此时见前后受敌,惊愕不知所措,舍逃逸外无万全之策矣。

俄顷间,旧市场之守兵,殆如风摧枯叶,浪逐浮萍,纷纷四散。黎麦尼虽手刃数人,亦不能羁其逸足,但闻一片呼啸声,皆曰:"速逃!速逃!否则无幸!"冷达男方手抚巨炮,睹此败衄,知无策可挽,乃徐徐而退。且退且言曰:"乡兵果不足恃,非英军莫济也。"

第四章　亦师亦父

瞿文既获全胜,顾赖杜伯曰:"汝众仅十二,为用乃逾千人。"随命苟桑出城追袭,已则秉炬入城,搜捕馀党。是时城中,伤者死者固枕藉大道中,而溃馀之众,豕突狐窜者,尚复触目皆是。瞿文所至,随抚随剿,扫荡殆尽。最后蒞一处,忽见一人,为状颇骁健,一手持刀,一手执枪,纵横奔突,力护逃人,迨逃人尽而是人已身负巨创。行踣矣,顾犹倚石柱,手握刀枪不释,众莫敢近。瞿文心壮之,乃挟剑往,谓之曰:"汝宜降矣。"其人闻语,怒目视瞿文,然血潮汩汩缘衣下,绕足皆成红潦矣。瞿文又曰:"汝今为虏,奈何不释兵?"其人仍不语。瞿文曰:"汝何名?"其人高呼曰:"我名唐杀龙①。"瞿文曰:"汝真壮士。"方欲伸手礼之,腰微折,其人猝然呼曰:"国王万岁!"即在此狂呼声中,彼忽猛鼓其濒绝之馀力,两手同时并举,一手以枪击瞿文心,一手则以刀斫瞿文首。

此时唐杀龙取势之迅疾,大类苍鹰搏兔,猛虎扑人,虽百瞿文无幸免理。乃不意有一人为势更疾于唐杀龙者,其人乃一骑客,适从城隅来,突见唐杀龙举手向瞿文,即跃马羼入两人中。但闻轰然一声,瞿文无恙,而马中枪击,人受刀斫,俱踣地作哀啸矣。同时倚柱之唐杀龙,亦不支而颠。

---

① 唐杀龙(Danse-à-l'ombre)。

设无是人,瞿文死矣。顾其人何人?适从何来?乃舍身救之。瞿文且惊且诧,亟就察之,见马已洞腹毙,人乃伤面,伤剧而晕,此时血被面,如戴赤面具,颜貌万难鉴别,仅见垂秃之发为灰色耳。瞿文曰:"是人为谁,乃拯我命,若曹中有识之者否?"一兵士曰:"是人之来,我见之,为时暂也,其来处乃由彭都桑之大道。"

一军医负药囊由队中出,瞿文命详诊伤人。军医曰:"伤虽剧,无害也,八日中能履地矣。"伤人身披外帔,腰束三色带,带上悬两手枪,一短刀,军医乃为脱衣解带,卧诸罊床,徐徐以清水洗濯其血污,血污尽,真面乃呈露矣。瞿文目注之,作惶惑状,问曰:"渠身畔有纸类乎?"军医乃探其衣囊,得一夹袋,立奉瞿文。

瞿文展夹袋,见一纸叠作方胜形,拆读之,其文开端曰:"授国民薛慕丹为保安委员会出使委员。"瞿文惊呼曰:"薛慕丹耶?"

伤人得冷水之冲刺,已徐复其生活力,目微动,闻呼乃立启,直视瞿文,虽不吐一语,而一种怡乐之光,渗漏于残馀之血影中。瞿文乃跽伤人前,哽噎曰:"吾师,乃汝也。汝拯我命,今为第二次矣。"薛慕丹曰:"胡云师,乃汝父耳。"

初蓝军入城,即占市厅为行军病院,至是瞿文命于院中公厅旁,别辟一室,以处薛慕丹;己则以军事方旁午,不敢离,乃谆托军医将护以归。

既至院中,军医乃卧薛慕丹于床,复施治疗法一次,安置妥帖乃出。于是孤冷之斗室中,遂独留一热狂之病客,其热力之发生,不独以伤重而燎体,且以乐极而灼心,两热交攻,遂致力驱睡魔,掷诸衽席外。

薛慕丹固不寐也,顾亦不名为醒,无以名之,名之为颠倒梦想。彼念瞿文,童子也,今再遇之,已成为伟大狞猛之人矣!遇伟大狞猛之人于他时不足喜,遇之铙歌奏凯之日则大可喜;铙歌奏凯之出于他人不足奇,出于其造就之学生则大可奇。就现势而论,瞿文已巍然为文台之砥柱矣,而己则为树此砥柱之建筑家。是瞿文之幹略,不翅己之幹略;瞿文之功绩,不翅己之功绩。瞿文固具有牧师之半体也。是名迷想,迷想梦也。彼又念瞿文具如是惊人之战略,觉上古下今之英雄,皆不足当其一映,脱令假以军事全权,其所至殆未可量。当时有力之革命家,孰不欲得一大将军出其卵翼之下,丹顿则属意威士丹蒙,马拉则属意罗西雄①,而薛慕丹此时,则以为舍瞿文莫属矣。迷惘之中,立见瞿文擐甲执兵,指挥万众,驱英吉利于大西洋,逐普鲁士于来因河,败西班牙于比兰奈,服罗马于阿勒伯,威声震一世,勋名勒景钟②。是曰妄想,妄想亦梦也。薛慕丹大慈善家也,然亦至残酷人也。彼恒欲以残酷之手段,达其慈善之目的。彼见瞿文之雄迈,彼乃立见瞿文之恐怖,足蹴现世之黑暗,手护未来之光明,头戴正义之冠,肘傅进步之翼,长剑在手,赫然神也,然非降福之神,乃为饮血之神。是曰幻想,幻想亦梦也。

薛慕丹发此种种梦想于高度之体热中,其能帖然宁睡乎?方宛转枕席间,恍惚闻比邻之公厅中,门訇然启。继闻有人谈话声,细聆之,则瞿文声也。是声为彼所谂闻,虽隔绝数年,而袅袅馀音,犹留耳鼓,不意今日复冷然飘坠于病枕旁。喜极,乃勉支其剧痛,侧耳听之。

此时瞿文忽寂然无语,但闻革履声橐橐然,有数兵士入室,报告曰:"此人即枪击将军者,当众人纷扰时,彼乃逃匿土窟中,今为我曹索得,执以来,惟将军处之。"瞿文不答,有顷,忽闻瞿文问曰:"汝受创乎?"即闻一人答曰:"我创胡与汝事,速枪毙我!速枪毙我!"

瞿文曰:"汝等速卧此人于床,与伤兵同疗治之,毋歧视。"一人狂呼曰:"我乐死不乐生也。汝曹胡为?"瞿文曰:"汝欲死,我必生汝,汝称王名以杀我,我则称共和之名而施恩于汝也。"

薛慕丹听至此,忽如巨雷一击,立破其迷梦,中心戚戚若有重忧之突压者,自语曰:"马拉言验矣,是即仁慈也。"

---

① 罗西雄(Rossignol),今译作罗西诺尔,共和派将军。一七九三年,受命率军平息西部王党叛乱。后被免职。

② 景钟,晋景公所铸大钟,用以嘉魏颗之功。事见《国语》。此句原文所无,为译者添出。

第五章　心伤

　　薛慕丹之伤,面伤耳,治之至易,其愈也当亦甚速。今且上述。我今欲述一人,其伤更重于薛慕丹,为读者之所悬系而不忍恝然者。其人何人？盖即戴麦客由兰朋庄上血潴中载归之佛兰宣也。

　　佛兰宣之中弹也,伤势颇剧,一弹贯肩,一弹碎锁骨,皆洞穿成巨穴,惟幸未伤肺,故尚非不治。戴麦客,药师也,自辇致佛兰宣于树穴中,卧之海藻床上,出其秘授之海上方①,竭力治之,两星期后,骨之折者渐续,穴之开者渐合,居然日有起色矣。

　　一日晨起,佛兰宣已能步,戴麦客扶之出穴,坐树下,冀吸阳光,以苏其病体。戴麦客以胸伤之宜静养也,当病者欲语,辄止之。顾病者则殊不耐,若有巨鲠在喉,时欲一吐为快。至是晨,戴麦客见其矫健,喜乃过望,微笑语之曰:"汝能立矣,伤已痊愈。"佛兰宣曰:"吁!胡云痊愈,伤在我心,汝乃不知彼等何往耶？"戴麦客曰:"彼等何人？"曰:"我儿耳!"佛兰宣之骤发此问,殊令戴麦客难于置答。非不能答也,盖彼所能答者,仅为一被枪之妇人,由彼拾得于战地之破墙中,其拾起时,不当名人,乃一尸耳。此尸有三儿,二男一女,冷达男侯爵已毙其母而虏其儿,虏去后若何处置,生乎死乎,彼皆茫然。脱彼以此

---

　　① 海上方,原指仙方、灵丹妙药,中国古医书中,有《海上方》、《海上仙方》等。此则指偏方草药。原文 des simples,意为药用植物。

直答初起之伤人,医生之看护为何？故自佛兰宣呼我儿二字后,立掩其笑靥,默而沉思。佛兰宣睹状,益惊异之,莫测其所思之何在,乃厉声怒呼曰:"吾儿究何如者？"戴麦客竟垂首无一语,若罪人之临审判然。

此时戴麦客心中,固别有所思,彼思冷达男侯爵,别后当不念我,或已忘之矣。大凡贵人之恒情,当其遇危难时,亦能暂抑视天之目,俯而媚人,迨危难一过,则又觍面若不相识矣。彼即自问曰:"当时我曷为救之？"继又自答曰:"以其为人类也。"忽又自责曰:"为人类乎,今若何？"遂自怨曰:"我宁知有今日耶！"

反复深思,知世人之所谓善恶者,实至无定程,有时至善之举动,其结果乃成至恶。救一狼,遂以杀羊群,修鹰鹯之残羽,已乃代爪距任过,此妇之怒我宜也。我实有罪,我救此妇,谓足赎我救冷达男之罪矣。然其如群儿何？

戴麦客方自怨自艾不已,佛兰宣愤气几欲破臆而出,奋然曰:"汝宁以挢舌毕乃事耶？"戴麦客急掩其口曰:"默！默！"佛兰宣曰:"汝救我,乃误我也。如是而生不如死,我死之后,我魂魄犹能见我儿,迹其所在,飞越其旁。我闻之,死母往往能护生儿也。"

戴麦客乃坚握其腕,试其脉搏曰:"汝且少安,热病又至矣。"佛兰宣曰:"我何时乃能去此？"曰:"去此乎？"曰:"然,我欲行。"曰:"汝躁卞若是,行乃无期,果其少安,则旦暮间耳。"曰:"汝欲我少安耶？"曰:"我之热忱,天主鉴之。"曰:"天主耶？彼置我儿曹于何处耶？"言次,神智似瞀乱,音浪乃渐涉温和。向戴麦客曰:"汝知之乎？我万不能永羁于此,我有儿曹,不同汝之孤子。凡人于己所未历之事,恒不能鉴其甘苦,以处境异也。汝非无儿者耶？"曰:"无之。"曰:"我则有之,无儿我将何赖？我愿人明告我以失儿之故。人杀我夫,又枪毙我,今且并我儿夺之,我实不解我所遭之何蹇也！"

戴麦客旋诊旋止之曰:"勿再言,体热加重矣。"佛兰宣乃直视不语。自是日始,佛兰宣不复发言矣。顾不言之痛苦,乃较言时为尤剧,语不以唇而以目,哭不以目而以心;梦中哽咽,睹儿影也,被底呢喃,数儿名也。戴麦客默然看护其旁,一一目击而意会,知此妇虽不言,行志决矣。越数日,伤渐平复,戴麦客谓之曰:"我老矣,步弱不任远行,不能伴汝以尽我分。且我伴汝,无足益汝,适增危险。我一生见屏于人类,蓝党疑我为乡人,乡人又疑我为妖巫,以我伴,不如其无。"

戴麦客为此温言,以待答词,乃佛兰宣竟俯首不作一语,惟常日寂坐凝思而已。戴麦客恐其以此致疾,于败篾中特觅得针线数事,令作女红,以分其心。佛兰宣且思且作,缝衣制履,日不暇给,即此趋事之勤,足征其体力之恢复矣。有时闻啼鸟声,则侧耳听之,娇唇微动,若曰:"时至矣!我将去之。"顾终不发声,汲汲缝一巨囊,满贮熟栗以待。一日忽破晓而起,徐步出穴,注目弯远之深林中。戴麦客见之,问曰:"汝何往乎?"答曰:"我往觅儿曹也。"戴麦客不语亦不留,听其入林而去。

第六章　各执一端

陶耳一战,蓝军以千五百人破白军六千人,由是军威大振,屡战屡捷。未几又有离娄维伦①之役,杀获尤夥,文台党众,虽不能立就消灭,然势亦稍稍衰矣。渐战渐远海岸,越数星期,乃相持于扶善之野。

斯时有一至奇特之现象,出于战胜之蓝军中,乃喧传于扶善之道路。盖以同治一事之两人,而持极端反对之意见,无事不冲突,无语不抵触。同一共和主义也,一则为恐怖之共和派,一则为温醇之共和派。恐怖者,惟以威力取胜;温醇者,则以道理自持。两人地位不同而权势相等,一为国民之委员,一为军中之司令。顾委员所恃以护持其说者,壁垒至坚,府厅之授桑坦尔以口令曰:"勿市恩,勿纵敌!"一也;国约议会之决案:"凡故纵或误逸叛党之首领者,不论何人,一律处死刑。"二也;受保安会之命令,以全权监督远征军,司令之生死在其掌握中,其委任状则由罗伯士比、丹顿、马拉三人同意署名,三也。有此三者,其权力乃伟大无伦。而司令所恃以仅自卫者,有人心自具之权力,曰仁慈而已。

然两人一方面方为剧烈之反抗,一方面即为密切之交亲,于意见上视为冰炭之仇者,于情谊上乃认为水乳之友。两人何人?盖一即薛慕丹,一为瞿文也。

---

① 离娄维伦(l'Ille-et-Vilaine),今译作伊勒-维莱讷,法国省名。

一日者薛慕丹面伤已痊愈,方与瞿文共率军队赴战,薛慕丹乃问瞿文曰:"吾曹今将何往?"瞿文曰:"吾师固审知之。冷达男之大队,已屡溃于我,今穷走扶善林,随行者仅十数枭杰耳!八日之内,围之必矣。"曰:"围之奈何?"曰:"擒之。"曰:"擒之奈何?"曰:"吾师未睹我之揭示乎?"曰:"睹之。汝将若何?"曰:"我将践我揭示之言,枪毙之耳。"曰:"此尚仁慈,我谓宜坐斩刑。"曰:"我军人也,但知军法。"曰:"我谓不然,当以革命裁判所之死刑处之。"

薛慕丹语至此,忽以惨碧之目光,注视瞿文之面久之,卒然问曰:"汝前者胡为擅纵圣玛克①隐修院之女尼?"瞿文曰:"我平生不愿与妇女为敌。"曰:"汝乃不知此辈妇人,翘怨于国民,一妇人固胜十男子也。然则汝在罗维尼②,俘获无算之老牧师,何以不送之革命裁判所乎?"曰:"我固不愿与老人为敌也。"曰:"汝误矣。老牧师之恶,浮于少年,鼓吹叛乱风潮者,往往不在娇婉之妙舌而在飘萧之白发。汝毋作假惺惺,汝须知今之弑逆者,皆救世主也。汝曷不回其如电之目,一照王寺之囚楼乎?"曰:"脱我至囚楼中,必脱王子于险,以我平生不敌童子也。"曰:"汝论或当。第汝当知若妇人而名马利③,老人而名比安第六④,童子而名路易加贝⑤,皆宜敌之。"曰:"吾师恕之,我固非政治家也。"曰:"汝慎之,徇汝所为,或将自陷于危险。汝不忆攻高寨营乎?叛徒德兰东⑥,已窘迫待毙,惟馀一刀自卫,行就获矣,汝乃突呼开队,俾德兰东得乘机兔脱,此何说耶?"曰:"以五百人战一人,杀之不武,我不为也。"曰:"丹士颠之役,文台健将裴旋⑦,已受伤踣地矣。

---

① 圣玛克(Saint-Marc-le-Blanc)。
② 罗维尼(Louvigné)。
③ 原注:路易十六之后。编者按:马利(Marie-Antoinette),今译作玛丽·安托瓦尼特,为奥地利公主。
④ 原注:九十三年时之教皇,五长官政府时代被拘于法京,未几死。编者按:比安第六(Pie Ⅵ),今译作庇护六世,罗马教皇(1775—1799年)。
⑤ 原注:路易十六之王子。编者按:路易加贝(Louis Capet),今译作路易·加佩。
⑥ 高寨(Cossé),今译作科塞。德兰东(Jean Treton)。
⑦ 丹士颠(d'Astillé);裴旋(Joesph Bézier)。

一兵士往诛之,汝乃呼曰:'速前!速前!我自了此人。'而汝枪乃向天而击,曷故?"曰:"我誓不杀踣地之伤人。"

薛慕丹怫然作色曰:"此着汝乃大误,裴旋与德兰东,今日皆为文台之巨帅,汝救此两人,不翅为共和树两大敌矣。"瞿文曰:"我为共和缔友谊,曷尝树敌?"曰:"伦丹①之捷,三百之俘虏,汝曷为不枪毙之?"曰:"以彭商曾赦共和军之俘虏,故我亦赦王党之俘虏以报之。"曰:"然则汝获冷达男,亦将赦之乎。"曰:"否。"曰:"汝既赦三百乡兵,何独于冷达男乃靳之?"曰:"乡兵无知,冷达男则知而为之。"曰:"顾冷达男乃汝之亲属。"曰:"法兰西乃我之大亲属。"曰:"冷达男乃一老人。"曰:"冷达男一外人耳,已无年龄之可言。彼召英兵,乃寇也,国仇也,我誓与决死战。非我杀彼,即彼杀我。"曰:"信乎?汝宜永矢斯言。"曰:"言出我口,我必践之。"

两人相视不语者久之,瞿文忽浩然叹曰:"吾曹不幸,丁兹九十三年。九十三年者,实历史上血污之纪年也。"薛慕丹呼曰:"瞿文汝慎旃,汝身为恐怖中之骄儿,勿肆诋諆,以慢斯神圣之年。汝亦知今年为何年乎?乃大革命之年也。吾曹欲缔造此大革命,第一方针,即在无慈悲心。譬诸病者受手术之痛苦,岂医生之罪乎?革命有一大敌,旧世界是也,剪除之惟恐不速。犹之医生有一大敌,腐肉溃脓是也,恶能以煦仁孑义,不施刀圭耶?吾曹倒王位,铲贵族,废苛刑,夺武胄之霸权,破牧师之迷梦,是何等可惊可恐之手术!脱非运稳练之健腕,草薙而禽狝之,曷克有济?破巨痬不能不流血,灭大火不能不耗水,造革命不能不恐怖。神医之未奏效也,肉眼或诬为屠侩;殊不知不经脔割之惨,即无以竟其救济之功。汝欲为毒菌求恩乎?我见汝适为疮痏之功臣而作健全之蟊贼耳!"

瞿文凄然曰:"吾师乎!我见医生类皆和平,不似今人之残暴。"薛慕丹曰:"欲建革命之基础,非佐以狞恶之工师不为功,柔肩脆腕无

---

① 伦丹(Landéan)。

当也。汝试回盼巴黎恐怖漩涡中，罗伯士比则坚如铁，圣许士德则韧如革，丹顿则猛烈如火，马拉则锐利如刃。瞿文汝宜慎记之，兹数人之威名，直抵雄师百万，第令耸眉摇舌，已足震慑全欧。”瞿文曰：“若论淫威，宁止震慑全欧，来禩流闻，犹当毛戴。”既而曰：“吾师谓我诋諆革命，乃误会也。我谓今日之革命，直无功过之足言，固无一人无罪，亦无一人有罪。路易十六譬诸一羊，而革命党则譬诸群狮，以一羊投群狮中，羊见不敌，乃思逃逸，逃逸不能，乃奋其困兽之斗以自卫。夫自卫者，有生之恒情也。顾以是遂翘群狮之怒，佥指其外露之狞牙曰：‘是叛也，有罪之铁证也。’遂扑而食之，于是他羊不平，羊狮乃交恶。一部革命史，质言之，仅一羊狮互鬩图耳！”薛慕丹曰：“羊乃畜类。”瞿文曰：“然则狮为何物耶？”

薛慕丹沉思半晌，既乃徐举其首答曰：“维此群狮，为人类天良之代表，思想之雏形，道理之正鹄。”瞿文曰：“亦恐怖之元素也。”曰：“诬革命为恐怖乎？我知必有昭雪之一日。”曰：“汝亦惧人以恐怖诬革命耶？其实凡革命家恃以号召天下者，不过三标的：曰自由，曰平等，曰博爱。三者皆和平中正之道，我侪惟求恢廓此道，俾一切人民，共享共和之幸福斯已耳！何必演恐怖之面目惊人乎？宝座推倒矣，而断头机乃巍然代立；王室毁矣，而万众之首，各不安于颈。至善之事业，乃以至恶之手段济之，从此革命二字，将为万世所诟病。非革命之果病也，惟革命成于不仁者之手，斯病耳！我军人也，惟知掷性命以争一胜，若既胜之后，不有恩意以拊循之，胜亦何功？吾人须知人类皆一体，当其战时，不得已乃暂认为仇敌耳，一罢战则皆昆弟矣。”

薛慕丹听至此，蹙额言曰：“瞿文慎旃，我爱汝犹子，不得不警告汝。我曹处此时代，仁慈即叛逆罪之媒介也。汝宜慎旃。”

两人一问一答，词锋相当。斯时若有人窃听其旁，不啻闻一斧一剑铿然相触于自由之空气中。

第七章　寻儿

佛兰宣既以访儿故,毅然别戴麦客而去。至儿之究在何地,访儿之道宜何向,佛兰宣亦殊不自知,惟奋其两足之力,日夜盲进。饥则摸索囊储之熟栗,熟栗尽,则沿途乞食,有时乞亦无得,乃啮野蕨以自救。若倦而思息,则以天为幕,以地为床,酣然偃卧于星月之下,或风雨之中。

一路探访而来,不知经几许村落,几许镇市。所到之处,或悯其困苦而赒恤者有之,或恶其褴褛而驱逐者亦有之,顾彼乃落落,绝不以人之爱憎萦其坚定之怀抱。脱人不令其近街市时,彼则径趋深林。

佛兰宣固非地理学家也,舍其所居之西四官庄外,殆一无所知。彼之旅行,又无预定之里程,有时沿道间之敷石,有时辨车行之辙迹,往往欲南望北,终日奔命于枉道中。初行尚以履,继乃以赤足行,终竟以血足行。

斯时文台全境骚乱,既无警吏,亦无官长,处处皆在战火中。彼乃奔越而过,绝无闻,绝无见,亦绝不趋避。彼所常悬于心目中者,惟有爱儿之娇影,掩映于前路之林光烟影间。

彼于途次遇行人,辄问曰:"汝曹有人见三童子乎?"行人举目凝睇之,彼又曰:"三童子,乃两男一女。"行人不答,彼乃呼曰:"若望,阿兰,饶善德,汝曹未遇之乎?"俄又曰:"长者四岁有半,幼女仅二十阅月耳,人掠之往何处乎?"行人不解所谓,辄掉头不顾而去。彼见人之不顾也,则立而自搥其胸。

一日遇一乡人,长者也,闻彼哀呼,乃谛听之,且作沉思状。既乃问曰:"汝问三童子乎?"曰:"然。"曰:"三童中有两男。"曰:"且有一女。"曰:"此即汝所访求者耶?"曰:"然。"曰:"我闻一领主,曾掠三童子,今已携之去矣。"曰:"携之何往?"曰:"往都尔基。"曰:"然则我往彼间,即能获我儿乎?"曰:"或然。"曰:"都尔基何物乎?"曰:"乃一地名。"曰:"村落乎? 抑镇市乎?"曰:"不知,我平生未尝往也。"曰:"离此远乎?"曰:"匪近。"曰:"近何处?"曰:"近扶善。"曰:"若往彼间,宜由何道?"乡人乃举其手指西方曰:"汝第向日没处行,当得达。"乡人西指之手未下,而佛兰宣已奋步行。乡人疾呼曰:"汝宜慎之,彼间战方剧也。"佛兰宣不答,转瞬已入暮霭苍茫中,不见踪迹矣。

第八章　都尔基塔

　　都尔基至今日,已渺不可睹矣,然追溯四十年前,旅人之经扶善林者,行及林陲,将入巴利尼境时,犹见有动魄惊心之一物,巍然矗立云表者,即都尔基是也。

　　顾此都尔基,非生都尔基,乃死都尔基,非金汤铁甕之都尔基,乃秃顶洞腹之都尔基。雄伟之建筑,颓废百年,但存此残址,亦犹人之枭杰者,虽形骸萎化,而毅魄恒足吓人于死后。

　　都尔基形圆而体方,盖一罗马式之巨塔也。塔之建立处,为一陡绝之高岩,相传为第三次十字军时代之遗构。人之欲游是塔者,第攀登高岩,即望见塔之下部露一缺口,经此缺口,乃达塔之内部。其内部廓然而空,黝然而深,丰基锐首,俨然覆置一巨大之石喇叭于地上。由巅至末,无楄层,无顶盖,无幕板,无敷石,卤磋倾,炮眼塞,藻棁雕石,咸破裂不存形模,惟馀一二巨梁,横亘空中,赖此得验塔中原有之层级。布满梁上者,乃为鸟粪蛛网而已。四围坚壁巉立,基部厚达十五呎,渐高渐薄,然至薄处尚不下十二呎也。通体无不龟裂,有时或凿巨穴如栲栳,穴所在,即门所在,旋螺梯乃隐于门后之复壁中。脱有游人,于深夜入此塔中,则其耳所闻者,为鸱鸣蝠啸、蛙鼓蚓笛;足所践者,为镢棘剑石、蛇涎人髑;首所戴者,乃一窈黑无极之悬井,张其不缄之口,以纳眈眈之星光,有不栗肤指发耶!

　　其缺口处乃一深坑,曾经地雷剧烈之轰发者。药窖作僧帽形,其容积之强，与塔之碉楼相称，约计之，至少能储火药百斤，其导火线蜿蜒作沟状，达碉楼下之窖中。窖雷突发时，遂破此坚堡，成今日之缺口，而当日之围兵，即赖此为入塔之道，其情形可目按也。此塔固著名之堡砦，受兵火之猛攻者屡矣。观其碉楼及堡壁所存之弹伤，其形式至为错杂，自十四世纪之石弹，至十八世纪之铁弹，靡不森然罗列，如弹谱然。

缺口之内部，即为塔之下室，其径对缺口之塔墙，上设一门，门启而窟室现。然此窟室乃凹入岩腹，殆斫岩石成之，衮延绕塔基，直达下室之下。

此窟室实一地牢也，各堡砦皆有之。共分两层。其第一层，即在塔墙之门内，室宽大而顶作穹形，与下室相并。人入此室，见壁面之上，有并行之两凹线，依穹盖之势，由彼壁直下此壁，深陷如轨道然。顾开凿此轨道之成绩，不由于车行之力，乃出于两轮之旋转，盖封建时代有裂刑，此室即实行裂刑之地也。人置两巨轮于室中，而以罪人之四肢分系两轮，机括一动，使两轮各为剧转，而罪人四裂矣。今日睹斯深刻之壁痕，犹能想见当时运转之力至伟大也。

是室之下层，乃别为一室，方为真地牢。无门闼，仅有一穴，开于上室之敷石间，凡罪人之宜入此室者，往往裸其体，由此穴縋下之。若不欲遽夺其生命，则每日以粮糒投之。

此穴为风所自入，而地牢下层，凹入于塔下室之下者，又常为水所潴。有时寒风凝水，地牢乃立成冰井，下层牢囚，被杀于此风者至夥，而上层牢囚，则每赖此风以通其呼吸。顾上层牢囚，若摸索暗中，偶一失足，即由此穴坠入下层，永永不得复出。故凡入地牢者，若犹有恋生之心，则此穴为其陷阱；而自厌世者观之，乃不啻趋死之捷径矣。

塔之内部，当日所可踪迹者，仅此耳。至塔之外，则缺口之上，有洞开之巨穴一，较他炮眼独长而阔，虽枢腐键落，而隐约间犹留门之轮廓。径对此门，横跨于大壑之上者，则有一三环拱之大桥，四十年前,环已如玦,而拱则成浮标,分裂不相连属矣。然其分裂处,犹时时发见巉立之残础,半焦之断柱,以此可推见桥上固有屋宇,经兵燹后,焚毁略尽,仅存此建筑之枯骨,植立于死塔之旁。

法兰西语,称塔为都尔。都尔基者,即都尔瞿文之省音,译言瞿文塔也。此塔在四十年前,乃一古迹,而今日则为模糊之远影矣。若当九十三年之顷,则固巍然一坚固之堡砦,为扶善林西口独一之保障也。

狄南、扶善间,其地质多片剥石,往往有壁立奇峰,突起于棘林丛灌中者。都尔基所建立处,即此类突起峰之一。高据峰巅,势至峻险,峰麓乃横一巨壑,春颠水溢,汪洋如大河,至夏则涸。

瞿文家之初建是塔,视为不可破之堡砦。未尝设桥也,其渡壑恒用徒杠,不用时,一斧之力足断之,累世不敢变更,以自撤其防盾。迨其后由子爵浡升侯爵,门阀渐隆,奢惰之风亦渐中之,以徒杠为朴僿不便,乃建一三环拱之大桥,跨壑而过,直达平原。

塔之对面,本有一高丘,下接平原,而与塔相逼处,中间仅隔一壑耳,桥乃横贯而过,适为高丘与堡砦之连画。桥墩至高,墩上建有峨特式之屋,较塔屋尤为宏丽,俨然具宫观之雏形。复道绵亘,达一杰阁,即近塔处也。阁分三层,下层为卫舍,储戈矛;中乃书楼,藏图籍;最上层则仓屋,积刍粮。皆琉璃为窗,文杏为柱,雕琢墙壁,穷极研巧。

都尔基,一狞恶之建筑也,而是桥乃雅丽绝伦。以现象言之,直不啻以天上安琪儿与魔鬼把臂而行,一颦一笑,亦作喷雷激电观矣。顾以军人之目光视之,此桥之设,实大为堡砦之弱点。盖堡砦一面临大壑,一面倚森林,固天险也。今跨壑建桥,则壑险已失,敌人脱以一军由平原进窥,则高丘与桥皆可不战而陷矣。况桥上书楼、仓屋,所储藏之图籍、刍粮,皆为引火之品物,敌人第利用火攻,堡砦即无可守之理。

依此缺点而论,都尔基直一废堡,非用武地矣。然何以勃兰峒战史中，犹卓卓以坚堡称？则以建筑此桥者，固早计及之，曾设有两种之补救法也。一备火攻，乃造一极巨之救命梯，其长等于阁之高，急则缒而下之，亦等于阁之广，无事时则收而藏之。一备袭击，乃造一低而且厚之铁门，以隔桥塔，门堡为穹窿形，键门之锁，则用一秘钥，其启闭法，独主人知之，他人虽得钥，无益也。第令此门一闭，即以万钧之炮弹轰击之，亦不能损其毫末。

然入塔之要道，必先由桥，由桥而门，由门而塔，无第二之入口。此门不破，塔亦终不可破矣。

桥阁之第二层，其桥墩独高，与塔之二层相联属，铁门即安置其间。越此铁门，达桥则为书楼，入塔则为中心柱之穹室。此穹室，即碉楼之二层也。室形如塔之圆，绕壁辟炮眼，通天光，壁裸无涂垩，叠石齿齿可数，顾甚整饬，人若欲于下层攀登是室，则有一螺旋梯，隐于厚壁中。此梯各层皆具，梯道旁隘而上低，非侧身俯首，不能过也。脱在围攻危急时，第令一人持枪立道口，虽百勇夫亦趑趄不敢进矣。

穹室之下，有同式之室二：一即第一层，一即下室也。穹室之上，有小顶屋，由顶屋直达塔顶，顶口以石板封之，可以登眺，状似平台然。

塔壁厚十五尺，我前已述之矣。铁门之穹盖，一半即凿此壁为之，其一半乃嵌入桥墩。铁门则设于穹盖之中央，门闭时，乃划分穹盖为二，塔与桥各占六七尺，开则混而为一，绝类天然之洞府焉。其穹盖之嵌入桥墩处，墙上乃辟一矮门，以螺形阶，下达书楼下卫室之廊次。其桥上之复道，亦非直接高丘，近高丘处，乃立一峭壁隔之，桥亦嶄然中绝。别于峭壁之下，置一方形之户，建旋转桥于户外，以接高丘。其户内则通卫室之长廊，假令攻堡者欲至铁门，必先破峭壁，复突过螺形阶之矮门，始能登密迩铁门之书楼，其险阻为何如？

书楼为长方形，与穹盖为连体，舍铁门外，别无室门。室之上下，悉蒙以文木，四壁皆置玻璃之书柜，雕镂配置，精雅绝伦，于此足显十七世纪时班倕之巧①。室中有文窗六扇,洞开时,下瞰高丘,历历在目,而室中之秘,在高丘上亦能窥之。各窗皆独立不相衔接,其距离之空壁间,各立一文石之半身像,像数与窗数等。书柜中牙签玉轴,无美弗备,而尤著名者,则为一四摺八页装之古书。书中罗列各种之雕像,其标题乃用极巨之金色字,文曰:"圣巴德雷密②。"此书为当时惟一之孤本,古董中之赤刀大球③也。观其独据柜之一槅,古色烂然,大有睥睨群书之概。

至书楼上层之仓屋,室形与书楼同,构制极单简,实为一楼顶屋也。中储刍秣及粮食,几无尺寸隙地,顶设天窗六,赖此以通光线。门上则刻一圣像,上列罗甸文④之古诗。文曰:Barnabus Sanctus falcem jubet ire per herbam⑤。

我今骤括言之,都尔基乃一六级之巨塔。级有碉楼,楼之周陁,皆凿炮眼如蜂巢,前瞰高丘,后倚森林,塔与高丘间,则建有三环拱之大桥。桥上有屋,宏丽如宫观,桥之出口,独有一旋转桥,而塔之进口,则惟铁门耳。桥下乃一大壑,冬日为湍,春日为沟,至夏乃成石濠,凡此即所称都尔瞿文者也。即瞿文家之爵邸,而外省之巴士的也。

---

① 班倕,指鲁班、舜臣倕,并古之巧匠。原文为 beau goût de menuiserie,意思是品味高雅的细木工活。
② 原注:Saint Barthélemy。
③ 赤刀大球,指奇珍异宝。赤刀,见《尚书》;大球,见《诗经》。此句原文所无,为译者添出。
④ 罗甸文,即拉丁文。
⑤ 其意为:圣巴纳贝,挥镰刈草。

第九章　人质

　　人生日月,至飘忽耳!而恐怖之日月,则较恒时为尤飘忽。七月逝矣,八月即继至。斯时法兰西革命之舞台上,忽演一悲惨之剧。盖女杰哥德①,已刓刃于马拉之腹,而以螓领昵就断头机也。至文台之形势,王党败耗四传,恩衰尼一战,死者乃八千人,弃南德,走沙密,丧丁壮于杜窪,焚辎重于嚣雷②,大队窜散略尽,惟各狙伏深林危谷中,东起西灭,为不规则之野战,以遥应冷达男。而海上英国之军舰,亦时时游弋于奇南寨、瑞寨间,待冷达男凯胜之消息,以践登陆之计划。第令一日登陆,则王党百败之损失,将以一胜恢复之。然此一胜之希望,乃终为瞿文所阻,驯至八月之杪,而都尔基遂被围矣。

　　一夕晚霞初落,繁星渐吐,天固无风,林间柯叶,皆寂然作偃息态,平原草色,则一碧无际。于此至恬静之初夜中,忽闻一喇叭声,飞坠于塔上,而同时塔下,乃亦有一喇叭声应之。

　　斯时凝睇黑影中,塔上有一人武装植立,而绕塔之四陡,乃有蠕蠕浮动之人群,此人群非他,盖露营也。万灶初炊,火光荧荧然,散布于林间草际,大似缀繁星于地面,与天盖争其绚烂。吾人赖此星光,

---

　　① 哥德(Charlotte Corday),今译作科黛。其刺马拉,在七月十三日,十七日,彼亦被处决。
　　② 沙密(Saumur),今译作索米尔。杜窪(Thouars),今译图阿尔。嚣雷(Cholet),今译作绍莱。

得辨悉露营所占之地域至广漠，而军容亦至盛。塔之一方，自森林高岩桥之一方，自平原至大壑，皆为围兵所密布，如张巨网然；而巍然之古堡，已坠此巨网之方罨中矣。未几，塔上忽奏第二次之喇叭，塔上之声甫止，塔下之喇叭，又应之如前。

此盖当时两军会晤之暗号，殆如海军之旗语然。第一声先表明暂时休战之意，其第二声则发问也。若曰我将语汝，汝愿闻之乎？敌军不答，则为拒绝，脱愿承诺，则必应声。

时则塔下已应声矣。忽闻塔上一人，向下抗言曰："汝曹听之，我乃高伯伦，性嗜杀，似恶神黎麦尼，故人又以黎麦尼呼我。汝曹杀我父，戕我母，肢裂我十八龄之弱妹，汝曹已饱饮我一家之血矣，我则欲吸汝全群之血，以酬先灵。汝曹视之，我今在此，在我侧者，乃勃兰峒王冷达男侯爵殿下，我之主人也。我今奉主命警告汝，汝毋谓破此塔，便足竟乃功也。当侯爵入塔之前，已分遣骁将六人，各率精锐，散伏四方，待时而动。勃兰斯脱及哀南为一路，以窦连当之①；剌佛尔与罗哀②为一路，以德兰东当之；霍梅林则有若苟③，康田宫则有高连，以克龙付之裴旋④，以扶善委诸蒲丹。勿论汝未必遽破此塔，即破矣，冷达男殿下死，国王与天主之文台，终不死也。"

语至此，声浪稍抑，旋又言曰："汝等今乃征集州郡之兵四千五百人，以全力围塔，兵力不为不厚矣。而我曹之守塔者，自吾主冷达男殿下外，有若狄尔慕院长，有若祁那苏，为斐德营之甲必丹；有若尚丹宸，为黑牛营之甲必丹；有若米山德⑤，为富密营之甲必丹，其馀随行敢死之士，并我计之，仅十九人耳！然汝有雄师，我有人心，汝有巨炮，我有坚堡，我何惧乎汝。汝虽以地雷轰塔基，下壁已成缺口，汝将

---

① 哀南（Entrée）；窦连（Delière）。
② 罗哀（Roë）。
③ 霍梅林（Haut-Maine），今译作上马恩，省名。若苟（Jacquet）。
④ 高连（Gaulier）；克龙（Craon）。
⑤ 狄尔慕（Turmeau）；祁那苏（Guinoiseau）；尚丹宸（Chante-en-Hiver）；米山德（Musette）。

由此进攻矣。顾于未攻之先,我曹犹欲托慈主之灵,以和平之语饷汝。汝知我曹手中有三俘虏乎?此三俘虏皆童子,为汝军中赤帻队抚育之孤儿,常日所誓欲夺回者。今我与汝约,脱能立解重围,许以自由,则我曹即献出三童子,以答嘉贶。若其否也,我主不敏,亦有以处之矣。汝曹思之,欲攻此塔,著手处仅有两道,不由森林一面之缺口,即由高丘一面之大桥。汝不见桥上三层之杰阁乎?我今于阁之下层,已置石油六大桶,干蕨百束,上层则有刍秣,中层则为图籍,塔与桥交通之铁门,则严键之,键钥贮诸吾主殿下之衣囊,我乃于铁门下凿一穴,以过导火绳;绳之一端,垂于石油桶中,其一端则我手执之;我虽身处塔中,然无论何时,苟一星之火,脱我掌中,桥阁乃立成灰烬矣。汝今不允我约,我即置此一童子于阁之中层,在石油之上,刍秣之下,铁门之中,汝若攻桥,则汝自焚之,攻缺口,则我焚之,两面并攻,则我与汝共焚之。总之不攻则已,攻则三童子无幸全理。汝今速答我。允乎?否乎?允则我曹自由,不允则童子死,两言决耳!速言!速言!"

于是塔上寂然不复语,旋闻塔下发一严猛之声曰:"吾曹决不允汝。"继又闻一人发言,声浪较前人为温和,曰:"我允汝二十四句钟不攻,以待汝降。"既而曰:"至明日此时,若犹不降,则必攻汝。"一人羼言曰:"攻汝,决不为姑息也。"

此人语音甫止,塔上之炮眼中,忽现一狞猛之面,望而知为冷达男。方斜出半身,注目塔下黑影中,高呼曰:"吁!牧师,我谓何人,不意乃汝也。"此人狞笑答曰:"叛徒!汝犹识我乎?"

第十章　休战廿四句钟

　　塔下发言之两人,严猛者为薛慕丹,温和者为瞿文,冷达男侯爵辨之固不误也。
　　薛慕丹之入文台,仅数星期耳,顾自彼之至,共和军之残暴,乃百倍于前。于是无远无近,咸震其威名,比之马拉之在巴黎。即彼与冷达男侯爵所据之党,虽如南北极之相对,而一权之以人类平情之大衡,其愤恨之重量,当居同等。所以柏理安方于克伦维悬赏购冷达男之首,而同时沙娄德乃于脑门豆亦悬赏购薛慕丹之首也。
　　迨瞿文既逐冷达男于扶善,薛慕丹恐兵力单薄,不足操胜算,乃为征调各处民兵及戍兵,共得四千五百人,俨然成一军矣。薛慕丹即欲尊异瞿文为将军,瞿文坚辞曰:"冷达男未获,我乃何功?无功受荣名,不祥,师且迟之。"遂率四千五百人,及巨炮十二尊,迫冷达男于都尔基围之。以六炮埋林中向塔,以六炮置高丘向桥,复掘地道,以地雷轰塔基,使成巨大之缺口。
　　以形势而论,围者有众四千五百人,而守者仅十九人,众寡之数悬殊,虽金城汤池无益也。冷达男知之,顾冷达男又知瞿文仁慈人也,三童子,敌人之重质也,乃利用为济变之策,以牵制之,冀得稍缓其势。果焉瞿文乃许以二十四句钟之休战,虽然二十四句钟,为时暂耳,过此以往,都尔基将在猛烈之战火中矣。

都尔基此时之命运,乃至奇特,一瞿文攻之,一瞿文守之①。顾爱护都尔基而愿保存之者,守者反不如攻者之甚。何也?盖以冷达男宿卫非色野王宫,历有年矣,此虽祖构,平生未尝一日居之,不过穷无所归,藉为藏身之窟耳,毁灭之亦何所惜?而瞿文则不然。

都尔基之弱点在桥,欲攻都尔基,必先攻桥,瞿文固习知之。顾以桥阁之书楼中,多藏先德之遗物,假令攻之,必先火之,火之则书楼不能独免,是瞿文不啻自焚其遗物也,亦不啻自攻其先德,忍乎不忍?且都尔基固瞿文家之邸第也。瞿文生于斯,长于斯,其幼时之摇床,或尚废置于书楼之墙隅,即此峨峨坚壁,亦曾屏卫其苒弱之生涯,以有今日,奈何不食报而反施攻乎!以是种种怅触,瞿文对于桥之一方,纵明知为战略所必争,亦不能无所瞻顾。仅于其间,严列炮队,以防敌人之窜逸,而独移其攻击之全力以注塔下。

薛慕丹,残刻人也,平生于破坏之事,从未一茧其蕴怒之眉,而独于桥阁,则亦未免恻然心动。彼念身为巴利尼小教正时,曾于此阁,授瞿文以读,婴婉在抱,婉娈动人,娇口嘤咛,拼读字母,此景此情,宛其在目。今瞿文成人矣,且成为伟大之人矣,脱无此阁保卫其体魄,恶能发育其精神。因爱瞿文之心,不能不推爱于此阁,彼见瞿文舍桥而攻塔,彼已默会之而默许之。

---

① 原注:冷达男亦瞿文氏,故云。

第十二章 防守策

当塔外为攻击之预备时，塔中亦竭力经营防守之策。是时塔之下基，已为地雷所洞，厚壁穿漏，成不规则之穹形门，直达塔之下室。此下室亦圆形而有中柱，广不下四十尺，与塔之各层室，规制相似，第较广耳！他室咸具炮眼，此室独缺，且并气穴天窗亦缺之。日光空气，终古未尝一临，名为室，实一坟墓也。室隅有一门，即地牢之门，虽木制，坚乃逾铁。又有一门，隐于厚壁中，乃螺旋梯之门，通上层室者也。此门各层皆有之。

今此室之壁上，已开缺口，敌人即能入之，入之则此室被据矣。此室被据，即为全塔被据之张本。

然则塞其缺口乎？顾此室夙不利呼吸，凡入室者，往往闷懑而死。今开缺口，固导攻者以进路，乃亦饷守者以生机，塞之不便，且何益？我能塞之，敌不能复开之乎？

冷达男固勇于战而巧于守之老将也，彼知与其塞缺口，无宁设防障。其所设之防障为凹角形，角倚塔中心柱，而伸两翼于左右壁，障面穴孔为铳眼，以备击敌，独留缺口于防障之外。室中及下层地牢，亦节节置备。门则以坚栅护之，惟螺旋梯之门则不杜，以便上下层之交通。

侯爵年事虽高，顾此时乃健硕不倦如少年，运砖石，举椽桷，皆躬亲之，以厉众人。且戒之曰："诸君勉旃无馁，昔沙尔十二被围于奔丹①,以瑞士兵三百人,抗土耳基之二万人,终不为屈,汝曹当效之。不论汝曹中无思叛者,即叛者达半,我亦不惜枪毙其叛之半,而与不叛之半共守也。"以是人皆钦服之,如神明焉。

---

① 沙尔十二(Charles Ⅻ),今译作查理十二,瑞典国王、军事统帅。其事在一七一三年。奔丹(Bender)。

第十三章 黎麦尼

方侯爵在塔中设备时,黎麦尼乃至桥阁中,三人随之:一曰祁那苏,其二人则毕耿白①兄弟是也。黎麦尼手提灯,启铁门而入,遍历桥阁之三层。先至顶层,悉倾刍秣囊撒布地上。次至下层,以火药函加于石油桶上,移干蕨使与桶逼处,然后安置通塔之导火绳于各桶中,而蜿蜒于蕨束之下,倾石油如潴,浸润之。布置竟,乃入中层书楼,置三摇床于楼中。摇床中卧三童子,即若望、阿兰、饶善德,佛兰宣所苦索,而共和军所誓欲夺回者也。移置时为状至轻和,三童方酣然恬睡,竟未之觉。摇床为柳木所制,形如篮而矮,几与地平,卧童醒时,可匍行而出,不需人之扶掖。各摇床之旁,黎麦尼则置汤碟,辅以木杓。是时楼窗上横悬之救命梯,侯爵已先命黎麦尼收入楼中,卧于西墙下,三摇床安设处,乃在东墙,首尾相衔,适与救命梯遥遥相对。黎麦尼恐小儿呼吸弱,不堪夏日炎威之蒸迫,乃洞开六窗,以通空气。

既又遣毕耿白兄弟二人,分往上下二层,尽辟其窗。桥阁三层皆有窗,而下层之窗,独护以三重之铁栅,虽洞启时,人亦无由出入。阁西有一长春古藤,自下而上,蔓延阁屋之周陲,遂绕窗棂,如鱼之被鳞然。黎麦尼视为无害,亦遂听之。设置讫,黎麦尼遂偕三人同出桥阁,随手闭铁门,且下键焉。由是桥塔顿隔绝,所赖以交通者,独一导

---

① 毕耿白(Pique-en-Bois)。

火绳耳。是绳始于塔之圆室中,伏行铁门下,穿穹盖,下螺旋石阶,入卫室之长廊,乃蜿蜒达蕨束下之石油潴中。人若于塔中火其绳端,其火力可于一刻钟内,传至石油桶中,黎麦尼固已预测定之。既返塔中,见侯爵报告毕,遂献铁门之秘钥,侯爵受而纳诸衣囊中。

　　黎麦尼乃腰系喇叭,登塔顶平台,私探敌军之举动。是时晓日一轮,已涌现于地平线上,曈昽四映,万象昭苏。其在森林中,则有八列之军队,皆持刀负枪,弹函在背,纪律森然,蓄勇以待。其在高丘上,则有巨炮六尊,炮兵一队,弹车药囊,陈列左右。其在堡砦中,则有十九亡命之王党,亦各奋拳揎袖,或执土铳,或御手枪,敢死之气,凛然逼霄汉。斯时无论攻者,守者,强者,弱者,人人胸中,皆云涌潮上,嚣然不靖。而独有摇床中之三童子,则泰然酣卧于积薪之上,鼾声咻咻相答和云。

第四卷

第一章　三小儿

　　旭日升矣，童子醒矣。夫童子，乃人类之花也。其睡也如花之合，其醒也如花之开，星眸乍展，恒若有冉冉温麈，渗漏于醇白之灵魂中，令人挹之不尽。

　　其先醒者，乃为女童，即三童中之最幼，五月间犹哺乳，所称为饶善德者也。此时乃转侧摇床中，徐举其小首，张两目视己足，若甚惊其创获者。口中则呀呀然作学语声。晓光缕缕，直射其足，摇床中乃姚冶夺目。其姚冶之由来，为足乎？为晓光乎？人亦莫能辨之。

　　其两童则仍酣然熟睡，一任饶善德之咿唔其旁，薯然无觉。若望最壮健，坦腹仰天而卧，张两拳遮其目，望之有力士风；阿兰则伸其两腿出床外，为状至恬适。

　　三童衣皆褴褛，即昔时赤帻队所给予者，历久乃失其衣形，成破片矣。两童几裸，惟饶善德尚披一百衲之裙。盖彼等自兰朋庄离其母怀，度林越壑，间关至此，顾复而将护之者，仅赖此狞恶之乡兵，饥则食之，渴则饮之而已，谁复为之缝纫补苴耶！然被体之外饰，去之愈净，而真体之光明乃愈弥满，人不觉其魑丑，但觉为妩媚耳。

　　饶善德之学语，嘤咛如鸟鸣，顾鸟鸣恒含乐趣，而人语则为忧患之根。今日娇哳于摇床中者，明日或且绝音于墓窟，脱饶善德早知之，将立挢其舌，不为此不祥之声矣。然此时饶善德则胡知者，观其面则微笑也，其口则微笑也，其两靥则微笑也，即此微笑之中，足知其无淬之婴魂，固深信造物之慈爱，阳光以煦我，长林茂草以育我，雕墙画栋以护我，固安然于不识不知之天然中，无忧无惧。

饶善德微笑时，阿兄若望乃亦瞿然醒。若望已四龄矣，非如饶善德之荏弱。其下摇床，乃距跃而出，见汤碟，立取之，踞地上以木杓送诸口中，狂嚼不已。

饶善德之呀呀，不足以惊醒阿兰，而若望之杓碟相触声，乃立启其倦眼。阿兰弱若望一岁，骁健乃远逊之，见汤碟，惮于下床，仅伸臂取之，置膝上，以口就杓食之。

饶善德此时，则绝不问两兄之何所作，惟力张其两目，仰视头上之穹盖。夫谓为穹盖，吾人意中则然，在童子目下，或且认为苍苍之天。

未几若望食既，乃以杓叩其碟，为声铿然，岸然自喜曰："我已饱食矣。"若望为此言，乃使饶善德惊悟，立回其视天之眼，视两兄，见若望已食竟而嬉，阿兰则食兴方浓，于是微呼曰："波波①！"亦徐摸其床畔之汤碟，顾不知用杓，仅以手指乱握，羹汁淋漓，涂其面耳几遍。斯时阿兰亦食毕矣，效其兄叩碟作声，叩已，即随若望后，跳跃而去。

两小儿方竞走楼中，作食后之运动，忽闻楼下林中，飞来一喇叭声，林中之喇叭甫止，而塔上之喇叭声继作。如是者两次，林中即有人高呼曰："叛徒听之：脱于日没前，汝曹犹不降者，我即施攻。"塔顶平台上一人答曰："汝欲攻则攻，何喋喋为？"

是种语音，虽不能远达童子之耳，而两面喇叭声，则固闻之至晰。其第一声即惊饶善德，立昂其首；第二声遂辍食听之，且频频伸屈其小食指，若按拍然。口中则唧哝曰："妙、妙、西克②。"盖其意欲言密西克而讹其音③。

若望、阿兰，乃绝不留意于喇叭，顾彼等别有留意之事在，则其时

---

① 原注：小儿亲爱之呼声。
② 原文为 misique。
③ 原注：密西克译言音乐。编者按：密西克为 musique 译音。

适有一地鳖疾走于书柜下也。阿兰先见之,呼其兄曰:"嘻!一虫。"若望奔就之,阿兰曰:"慎之,虫将螫汝。"若望曰:"不加害于彼,不我螫也。"言时,地鳖已行至窗口,两小儿乃倚窗而蹲,首相触,致交其发,屏息静观之,若惟恐其逸去者。

饶善德瞥见两兄聚观一物,厥状至愉乐,乃发愿亦欲往观之。顾自摇床至窗口,为程弯远而险阻。纵横地上者,类多欹足之椅,巨捆之纸,脱钉之空箱,在饶善德视之,不翅群岛之森峙海中。第饶善德欲往之志至坚,视此竟若无睹,仍冒险首途。出摇床,其第一步也,继乃越暗礁,绕危峡,推去障路之破椅,匍行两箱间,遂登纸捆之巅。其登也以力攀,其下也则旋转如球落,落处适当平旷,一望无际,饶善德大乐,一时四肢并进,伏地如猫行,直窜至窗旁。不意近窗忽又遇一大障碍物,即横卧墙下之巨梯也。梯至长,室内不足容,其端拦入窗口,遂横隔饶善德与其两兄,如突出之海岬然。饶善德至此,驻足似沉思,既忽得策,立伸其小手,坚握梯级,然后试以足践梯匡,初践足力不均,滑而蹉跌者再。第一次方立定,依梯之各级横行而进,竟达梯端。迨梯端现而若望、阿兰之面亦现矣。饶善德乃转过梯角处,向二人靦然而笑。

其时若望方一意考察地鳖,忽若有得,意颇自矜。举首言曰:"此乃一牝虫也。"举首时不意适睹饶善德之笑,于是若望亦笑,阿兰见若望笑,亦随之而笑。

于此一笑中,若望、阿兰皆前逆饶善德,共扶掖之,相与席地围坐,不暇顾地鳖矣。而地鳖亦于此时乘机而逸。

地鳖既逸,忽有一双飞燕,翱翔而来。是燕之巢,适营于楼檐下,乍睹人影,不敢遽归,亦不忍遽去,乃盘旋空中作呢喃声。此声惊三童,一时皆仰面而观。饶善德翘其食指,向飞燕曰:"古古[①]!"若望急

---

① 原注:西人小儿呼鸡之声。编者按:原文为coco,古古是译音。

正容训之曰:"令娘①误矣!此非古古,乃鸟也。"

三童方注视飞燕,爱玩不置,而耳畔又闻嗡嗡声,视之乃一游蜂。于是立移其视燕者视蜂,不复忆燕矣。

天下不可方物者,惟人之灵魂,顾蜂乃绝肖之。灵魂能遍历星界,由此星渡彼星,蜂则能周游花国,由此花达彼花。灵魂能发光明,而蜂则能酿甘蜜。故蜂者,乃灵魂之现形也。

睹其嗡嗡而入,为声颇高,意若告人曰:"我至矣,我至矣。我本为花来,今乃见童子,童子亦花也。"

时则三童之目,随蜂而动,初则见其徘徊屋隅,继乃往来书柜,终遂飞越柜楣之玻璃,游历既遍,乃翩然遄返,归息墙角之蜂窠中。若望恍然曰:"彼乃有家,今特言归耳。"阿兰曰:"是亦一虫也。"若望曰:"不然,是名暮蝎②。"饶善德即学兄语,呼妙蝎不止③。阿兰既不见暮蝎,顾不甘安居,乃俯索地上,忽得一修绠,绠之中有巨结,坚执其端,巨结乃旋转如风车。阿兰且执且玩其转势,诧为奇观,不忍释。饶善德则兽行地板上,任意往来,遇一绣箔之安乐椅。绣箔经虫蚀,皆成小孔,椅腹之毛絮,穿孔而出,大类坏土之荓甲。饶善德乃徐以小指扩其孔口,采集各种之毛絮,列置地上,似博物学家之标本。

忽侧耳若有所闻,乃立止其采集,高举一掌示两兄,意若曰:"汝等听之!"若望、阿兰皆回首视之。

不意即此回首之一刹那间,楼外忽万声汹涌:马嘶声,击鼓声,车行隆隆声,刀枪相触声,军乐答和声,皆挟天风浩浩声,捃集而至,盖林中已实行攻塔之预备矣。是何等可惊可怕之惨剧,而入童子之耳中,则以为极天下之美声。若望且听且鼓其掌,欢呼曰:"是乃慈主作之,以悦吾曹者也。"

---

① 令娘,意为小姐,此语从日文来,晚清人每用之。
② 原注:即蝇也。译法语之音。
③ 原注:称妙蝎者乃音讹。编者按:蝇法文为mouche,饶善德则呼为muche。

第二章　书厄

久之,楼外群籁俱寂,回视小若望,则忽垂首若有所思,全敛其憨笑,作悽恋状。斯时小脑中果何感触耶?何所记忆耶?但见其合十向天默祷,樱唇微动,频呼阿娘。阿兰、饶善德,亦同声和之。大凡小儿之感动力至速,然恒不能持久,其来也如电,其去也如烟,若望思母之心,仅一瞬间耳,旋即忘之,跳跃如前状。

阿兰见若望忧亦忧,见若望跃乃亦跃,事事依阿兄为模范。饶善德虽弱小,顾亦不甘落后,遂亦竭其绵力,盘蹯而来。于是三童摇头顿足,共作鹦鹆舞,回环往复于插架之下,雕像之前。饶善德见雕像,时时回目睨之,若惟恐其猝然来攫者。

若望跃至窗次,方欣欣然翘首外瞩,忽疾回其首,掩目而逃,匿于窗洞墙角之后。盖其时楼下,适有人凝视之,其人即蓝军之兵士,乘休战时潜登壑岸,一探阁中情形,不意为若望瞥见,遂惧而逃。阿兰见若望逃乃亦逃,蹲其旁。饶善德则藏身两兄后,皆屏息不敢少动。有顷,若望先探首向外,忽睹其人仍在,急以首面壁,寂然无声者久之。饶善德年最幼,凡年愈幼者胆愈壮,成人所不敢为之事,不解事之婴儿,或毅然为之。饶善德蜷伏久,乃不耐,竟放胆独出,出时,壑岸已阒无人矣。于是二童亦跃然起,仍往来戏嬉于书楼中。

阿兰举动,虽事事酷摹若望,然彼亦有特性,为若望所不及者,则善于发见新物也。若望与饶善德方追逐间,忽见阿兰手牵一四轮小车,由屋隅狂驰而至。车制绝小，仅足载傀儡，以状卜之，或即瞿文童时之戏具，弃置于积尘中者，不知其几何年。阿兰得之，即以适所发见之修绠，断而为鞭，击空作策策声，意气扬扬然，殆逾于哥伦波之发见美洲。

既会若望、饶善德，乃议分享其乐。阿兰自愿为御者，若望驾车为马，饶善德则坐于车内为乘客。顾御者初不解御术，饶善德登车后，御者痴立不动，马乃教之曰："汝宜呼矣。"即蹙口效御者声曰："吁！吁！"阿兰乃"吁"，吁声发而马行矣。行未一步，车即砰然覆于地，饶善德亦仰而踣，张口欲啼。若望急慰之曰："令娘过长成，小车不能载矣。"饶善德曰："我已长成耶？"言时，顿敛哭为笑。

是楼窗下，固有突出之屋榍，面积至博，飞尘积焉，积久而厚，雨又和之，遂返尘为土。不知何时，有一棘类之子种，由鸟喙衔来，遽遗土中，于是萌芽遂长，不数年间，俨然成垂垂之小树矣。是棘本名狐桑，八月中正其结实之期，紫椹累累，悬枝叶间。中有一枝，乃横斜入窗，抑若特为此赤足之小公子，来献其方物者。阿兰既发见修绠及小车后，忽见此桑，即趋至树侧，摘其椹，狂食之。若望见阿兰食之甘，亦垂涎奔至曰："我饥矣。"饶善德则手膝并骛追阿兄，三童争攀树枝，随摘随食。一时椹浆叶汁，涂抹颐口，或紫或绿，狞恶如野神，三童不禁相顾发噱。

棘固有刺，三童摘椹时，食欲盛，竟未觉之。至是，饶善德乃伸其流血之指，示两兄曰："痛！痛！"阿兰亦被刺，视其刺，若甚怀疑者。曰："此亦一虫也。"若望笑曰："是刺也，恶云虫？"阿兰曰："我痛甚，然则刺乃较恶于虫。"

若望以阿兰时时发见玩具，心颇妒之，恒思觅得一物，自襮其小家督之能力。当与阿兰论棘刺时，目光已屡射于书柜之斜槅上，即圣巴德雷密名籍庋藏处也。

是书发行于一千六百八十二年，为著名印刷家白罗所刊布[①]：书

---

① 白罗（Blœuw）。此句原文为：Ce Saint-Barthélemy avait été publié à Cologne par le fameux editeur de la Bible de 1682, Blœuw。直译是：这部《圣巴托罗缪》初刊于科洛涅，刊刻者是著名的刊印一六八二年版《圣经》的白罗。

函以牛筋为之，纸色洁白如玉，历久不渝，乃阿剌伯产，非寻常荷兰纸也。金色柔皮为背缀，而面页则砑银。其书之内容，则搜罗各种画像及地图极富，雕铜木刻，无不精妙。卷端首列印刷人、制纸人及发行人之保证书，首页图像之背面，则附印当时文学家之杰作。装潢既壮丽若是，宜其招若望之注目矣。且书卷固展开，其展开处，适为圣巴德雷密之圣像，悬其被剥之肤革于臂上，血肉淋漓，状至悲壮，如耶稣之十字架然。若望在下望之，馋目眈眈，几出火矣。忽饶善德仰面欢呼曰："人！人！"阿兰亦瞠顾，若望因饶善德一呼，乃奋然向书柜来。

近书柜处，适有一木椅，若望乃力引之，移置斜楄下，即耸身而登。压小拳于书上，怒目睨圣像，横裂之，圣巴德雷密之圣体，一瞬间已大半入若望之掌握，惟留一目一臂，犹孤撑于残叶中耳。若望即以裂下之半体下授饶善德，饶善德拱受之，且观且跃，乐乃不支。阿兰呼曰："与我！与我！"若望曰："毋哗！我将与汝。"言时，即展第二页，乃有批评家庞都尼①像，亦即裂之，以授阿兰。其时饶善德方以所得之圣像劈分为二，既又由二而四，飒飒声中，圣巴德雷密之圣体，前既婴剥肤之痛于亚黑尼②，不料数百年后，复受肢解之刑于勃兰峒也。

饶善德既肢解圣巴德雷密，伸其空掌，向若望曰："再、再有！"若望于圣人及批评家后，又得无数圣巴德雷密之注释者，其第一图乃嘉芳狄③像也，即掷诸饶善德掌中。

赍与者，人类之无上权也，据有此权者，恒矜而吝。若望则廓然概然，惟求餍阿兰、饶善德之欲，而己无与。阿兰、饶善德，咸颂阿兄处事至公，不知即此至公之颂声中，诸注释家之被蹂躏者，遂无孑遗矣。

此时若望两手，兔起鹘落，为状至倥偬，悉索卷中之图像尽裂之。授毕约丹、都士丹、罗培的诸像于饶善德，授史丹梯、高纳黎、亚孟特

---

① 庞都尼（Pantœnus）。
② 亚黑尼（Arménie），今译作亚美尼亚。
③ 嘉芳狄（Gavantus）。

诸像于阿兰①,印刷人、制纸人之保证书,则阿兰得之,诸文学家之杰作,则饶善德得之。画像既罄,乃及地图,若望亦一一支配,如王者之分茅裂土,封其诸昆。于是分阿兰以雷刁宾②,分饶善德以黎高尼③,圣巴德雷密名籍之精华,至是乃荡然尽矣。

若望忽啮齿作龈龈状,坚植其两踝,奋如栗之拳狂击,此四折八叶之巨帙,脱出于斜榻外。始仅震荡,继乃倾跌,终则碎然直下落地坪上,如劈空之巨雷。阿兰、饶善德睹状,皆惊绝欲晕,幸下坠时未压其身,否则虀粉矣。

若望既推倒此圣籍,乃立下木椅,与弟妹会,相与携手屏息,距坠地之圣籍遥立。观其失败状,虽惊魂未定,而为状至愉快。

有顷,阿兰见圣籍寂然横卧,乃试前以足蹴之,不动,饶善德蹴之,亦不动。若望曰:"汝曹试觇我能。"乃奋力以足指抵之,圣籍立蹐,易横卧为平卧矣。于是若望跃,阿兰舞,饶善德嘻嘻而笑。或裂其插画,或破其衬页,或拆背缀,或拔联钉,或瓜分其金皮,或豆剖其银面,时而手,时而足,时而爪,时而齿。娇痴之三孤儿,忽变为狞恶之三凶神,袭杀此创立《新约》之圣人于无备④。

此乃非常之虐杀也。凡历史圣经,学问之源泉,灵秘之橐钥,上古下今之宗教,悉于此数分钟间,摧陷而廓清之,是何等伟大之改革,而尸其功者,乃在无知无识之三童。

时则至尊无上之圣经,已成一堆乱纸,纷散于地上。若望蹶然起,狂鼓其掌,以示凯旋意,阿兰和之,饶善德则俯拾残页,复脔割之,爬行至窗次,攀窗棂,扬簸于窗外。若望、阿兰,亦踊跃助之,随拾随

---

① 毕约丹(Pignatelli);都士丹(Tostat);罗培的(Roberti);史丹梯(Stilting);高纳黎(Cornelius);亚孟特(Hammond)。

② 雷刁宾(l'Ethiopie),今译埃塞俄比亚。

③ 黎高尼(Lycaonie),今译利考尼亚,古罗马帝国行省之一。

④ 原注:原文如是,圣巴德雷密是否为创立《新约全书》者待考。编者按:此注误。原文为 le pape Gélase, qui déclara aprocryphe l'évangile Barthélemy-Nathanaël,意思是"教皇 Gélase 宣布巴托罗缪-纳塔纳埃尔福音书为伪经"。无与《新约全书》。

裂随簸扬，一时全书之阿剌伯纸，纷纷飞舞天空中，弥望如雪花。饶善德呼曰："蝶！蝶！"张其小腕欲扑之。

一场惨杀收场，日已亭午，时则炎威方盛，万物朦胧，咸含倦态。饶善德乃先饧其目，若望立向摇床中，曳草囊至窗下，纵横铺之曰："吾曹宜眠矣。"语毕，即倒地坦腹卧。阿兰以首枕若望，饶善德则枕阿兰，三童皆酣然入黑甜中。

维时万木无声，四野恬静，抑若造化慈悲，特敛其呼吸，以护三儿之好梦者。既而晚霞遥映，骎骎日御，渐税驾于崦嵫。忽电光一道，飞出森林中，旋闻一隆隆声，摇撼山谷，盖炮声也。此声乃惊醒饶善德，微翘其首，蹙口效其音曰："砰！"炮声既过，群籁复寂，饶善德乃复枕阿兰，齁声呼呼又作矣。

第三章　途次所见

方三童安睡时,其慈母乃正喘汗狂走于旷野之中,赤日之下,行人遇之者,第遥瞩其面,不翅掬其日夜之惨史以诏人,盖彼固终日不食,终夜无眠,漂泊于无端涯之旅程。

是日之前夕,彼乃宿于野中之破屋。是屋有四绕之壁,洞辟之门,且有丰厚之编茅,顾此编茅,乃不盖天而席地。彼即卧此编茅上,仰视明星历历,穿屋椽而下。假寐少时,即遽然醒,醒时天犹未晓,遂乘此未日出之前,飘然复行。

行抵一村,东方微白,残夜之朦胧尚在,然村人已尽起;或半启其户,或探首窗外,咸作张皇状。盖其时方有隆隆之轮蹄声,自远而至,有以惊扰之也。

村中有一圣堂,堂前为广场。此时广场上聚无数村人,咸仰面遥望,见前面高冈上,有一四轮运车,徐徐下,向村中来。车驾联镳之五马,载一巨物,以盖布掩之,为状至丑怪,十骑士在车前,十骑士在车后,护之而行。骑士皆冠三角帽,肩荷锐形物,似露刃。此时天色犹沉黑,不能辨析之,仅见黑影憧憧,晃漾于迷离晓雾中。

未几,车已入村,竟向广场,悄然而过,乃辨明骑士为宪兵,果皆荷脱鞘之刀,车上盖布为黑色。

方运车及骑士经广场时,佛兰宣亦适入村,杂立村人中,即闻一人问曰:"此中何物耶?"一人答曰:"是乃断头机。"一人曰:"从何处来?"一人曰:"由扶善来。"曰:"今曷往?"曰:"不知,人言将往巴利尼邻近之一爵邸。"曰:"往巴利尼乎?"曰:"勿问何往,第不留此便佳。"

是村东西皆高冈,村居中央,势独洼下如盘涡。运车初由东来,经一刻钟后,已出村趋西冈,村人在广场望之,但见辙迹碾土道,成深沟,马蹄蹴尘,嚣然作旋风,冠羽飞扬,刀光眩耀,如一帧悲惨之幻影图,高悬晓空中。路转峰回,乃倏然而灭。

佛兰宣在村中遇此断头机时,乃正饶善德在书楼中醒而咿哑,目注其小足时也。

佛兰宣见此恐怖之运车,固不解为何物,顾亦不求甚解。运车出村,彼亦出村,适与同道,蹀躞卫兵后,相距仅十数武。有时举首望见之,不知不觉中,遍体忽生寒栗。佛兰宣觉步此车后,不甚安,遂避道入扶善林,披荆斩棘而前。

行林中一时许,忽见一钟楼高耸出树巅,万屋渠渠,皆露其鸥脊,盖林中之一村落也。其时佛兰宣腹枵甚,亟欲得食,乃向村疾趋,趋至一处,正市厅所在也。

是村已为共和军所据,已于其地设军事邮便矣。方佛兰宣至时,市厅门前阶下,有无数村民围聚,为状至骚动,若有非常之事将发现者。阶上则植立一军服之人,肩带腰鞓,烂然日光中,腰鞓上乃插一丝鞭,足征其自远而来,且将去历各村者,其手中则执一巨幅之告示。其右立一鼓人,其左有一人,捧胶壶、巨刷以待。门上露台中,则市长加三色之博带于乡服之上,岸然独立。

立阶上之军人,乃共和军之传宣官也。斯时佛兰宣已行近阶次,即见传宣官展其告示,高声朗诵曰:

"法兰西共和国。"

鼓声乃镗然作,阶下人群,亦一时蠢蠢如波浪之摇荡,或扬其帻,或下其帽。盖当革命时代,地方人民之政见,往往于服装辨之,帽为王党,帻则共和党也。人声寂,传宣官乃复读曰:

"保安委员会出使委员,今奉保安会之命令,实行国约议会之决案。"

读至此,第二次之鼓声又作。既又读曰:

"凡负固不降之叛徒,悉置之法律之外。如有隐庇或故纵此项叛徒者,无论何人,一律处死刑。"

人群中一乡人私问其邻曰:"何谓死刑?"其邻摇首曰:"我何知?"传宣官乃扬其告示于空中,又读曰:

"依二月三十号公布法之第十七条,对于叛徒之处置,授全权于出使委员。本委员今将已置法律外之人名及外号,表示于众。"

是时众人皆翘足侧耳,候其发声。

"一冷达男。"

一乡人低语曰:"此即殿下,吾曹之领主也。"一时"领主、领主"之声,沸腾于众口。

"二黎麦尼。"

"三大福伦哥①。"

一人曰:"此乃牧师。"一人曰:"然,即狄尔慕院长先生之外号。"

一冠帻者曰:"彼曾为沙培尔②林之教正,乃狞恶之叛徒。"

"四柏朗轩。"

一人曰:"此即号为王心者,一目人也。"

"五六毕耿白兄弟二人。"

"七刁二。"

"八米兰德。"

一少年曰:"勃兰峒飞梃之专家。"又一少年曰:"然,罗瑞莼林豪酋也。"

"九裴狄南。"

"十祁那苏。"

---

① 大福伦哥(Grand-Francœur)。
② 沙培尔(Chapelle)。

"十一顾莲。

"十二罗宣高。

"十三米山德。

"十四福罗德。

"十五刁奔。

"十六尚丹宸。

"十七蒲丹。

"十八麻士基登。"

一老者曰:"是跛者也。"其伴和之曰:"知之,沙达兰林之惨杀,即彼为之。"

"十九狄蒲奇。以上表示之人名,皆叛徒也。如有人擒获而确证其非误者,可立杀之。有人隐庇或故纵者,一经发觉,立即捕交军法裁判所,处死刑,无赦。

"署押,保安委员会出使委员薛慕丹。"

传宣官读至此,声稍止。众中一乡人曰:"此亦一牧师也。"一人曰:"彼乃巴利尼之小教正。"一市民曰:"狄尔慕与薛慕丹,皆牧师,乃一为白,一为蓝。"又一市民曰:"其实皆黑暗耳!"

是时立露台上之市长,乃高扬其三角帽,呼共和万岁者再。第三次之鼓声,又隆隆起矣。传宣官摇手曰:"止!告示未毕也,汝等听之。此为告示之末行,乃北海岸远征军总司令瞿文之揭示也。"于是众皆肃然无放声。传宣官复读曰:

"今已实行以上之命令,所表示之十九人,已被围于都尔基矣,此时若犹有人援助之者,处死罪不贷。"

传宣官"都尔基"三字方脱口,群中忽有一人呼曰:"嘻!都尔基乎?"是声乃妇人之声,亦即慈母之声也。

佛兰宣混入人丛中,本无人留意及之,及闻都尔基名,忽仰面惊呼。众乃环视之,见其衣服褴褛,容止偾乱异常人,相与窃窃私语曰:"是或一女叛徒也。"是时群中有一乡妇,手携一筐,筐中满盛馎饦,趋近佛兰宣。微语之曰："汝勿声,声且捕汝。"佛兰宣闻语,愕视乡妇,迷惑更甚,阴念吾乃仅言都尔基耳,宁都尔基非吾所应问者耶?一发问而人乃惊异若此。

方佛兰宣回皇间,鼓手正狂挝其煞尾之声,执胶壶者,高揭告示于墙,市长则返市厅,传宣官亦策骑驰赴他村,阶下之村民,皆纷纷轰散。

此时惟留一小群立告示下,相与轩髯抵掌,评论告示上所表示之人物。佛兰宣徐行向此群,闻一乡人言曰:"告示上仅十九人耳。文台之党魁,漏网者至夥,如窦尔朋、蓝士渠、彭商辈皆无名。"一市民曰:"顾恩先生,棘林之王也,亦未及之。"一人曰:"既无时陶福,亦无沙娄德。"一人曰:"劳宣若、郏狄奴,亦在表示之外,裴兰德、蒲诔微无论矣。"一白发之老人曰:"愚哉汝曹,第获冷达男,不啻全党皆获,奚必觊举如点鬼簿①。"一少年曰:"顾冷达男今犹未获也。"老人答曰:"冷达男者,文台之灵魂也。冷达男死,文台乃亦死。"市民曰:"冷达男果何等人物耶?"一人曰:"即吾曹之领主,曾枪毙吾曹之妇人者。"佛兰宣听至此,率尔羼言曰:"此言良确,彼枪毙之妇人,即我是也。"

佛兰宣为此语,乃至奇特,明明为生人,乃自认为死者,众皆惊顾,疑为女谍,怒目如城环绕之。适持馎饦之乡妇复来,语之曰:"速去此,毋喋喋取祸。"佛兰宣曰:"我不为恶,乃觅吾儿也。"乡妇为温颜向众人曰:"请诸君毋疑此无罪之贫妇。"且言,且取筐中之馎饦授佛兰宣。

佛兰宣入村时,已饥甚,得馎饦,乃狂嚼之,竟不暇称谢。众人乃领首曰:"是妇得食如饿狼,女谍当不若是。"

未几告示下之众人渐散,佛兰宣亦食毕,举手语乡妇曰:"谢汝,我已饱食矣,今其语我以都尔基乎?"乡妇曰:"汝苦询都尔基何为?"曰:"我宜赴彼,汝必指我以道。"曰:"是不能,我导汝,乃杀汝也。汝

---

① 点鬼簿,指一一罗列姓名。语见唐张鷟《朝野佥载》。原文无此句,译者所增饰。

宁狂乎？我观汝状至惫，盍至我家少憩为佳。"佛兰宣摇手曰："我不求憩也。"乡妇微语曰："彼两足已摇荡如钟锤，犹不求憩，可怜哉贫妇。"

佛兰宣复哀呼曰："我非疯人，亦非女贼。我有三儿，两男一女，为人所掠，我已被杀矣，戴麦客救之，并愈我伤，我由树穴中来，将往都尔基觅我儿。观夫人，仁人也，宜推天主之慈悲以助我，请速示我都尔基之去路。"乡妇怫然曰："我何知？我何知？脱我知者，我何汝靳？顾都尔基非善地，人无往者。"佛兰宣曰："第我乃必往。"言时已奋步行矣。乡妇目送之曰："哀哉此妇，赴此长途，乃不裹一宿粮。"追而及之，强纳一巨馎饦于佛兰宣手中，曰："是足为汝晚餐矣。"

佛兰宣坦然受之，不答亦不返顾，向前猛进不已。行出村矣，忽遇三小儿，跣足衣敝衣，跳跃而过，佛兰宣愕然，驻足凝睇曰："此乃两女一男也。"

三小儿见佛兰宣手中之馎饦，目睒睒作忻慕状。佛兰宣立以馎饦掷与之，三儿皆惊窜，佛兰宣亦遂冉冉入深林而没。

第四章　伏击

　　是日日出后，佛兰宣行至一处，乃约樊南与巴利尼间之要道也，地名雷姑市①。山道凹陷如阱，险峻而缭曲，名为道，实乃壑也。左右岸丛棘横生，至便埋伏。佛兰宣入此道中，日甫亭午，忽见有无数野服之人，出没密箐中，或荷枪，或持斧，持斧者则蹲伏于林中之薪场，荷枪者则群聚道旁丛棘中，手按搬机，枪尖乃齐向道上，若有所待。即闻一人低语曰："彼等果来此乎？"一人曰："必来，必来。"曰："岂已过此耶？"曰："否，在前途。"曰："若来此，吾曹不能令其复出。"曰："焚之乃快。"曰："吾曹三村之人，悉萃于此，夫亦何惧！"曰："纵彼等有卫兵。"曰："吾曹当尽歼之，第恐不由此道来耳！"曰："彼等从扶善来，至巴利尼，决不能越此。静待之，毋多言，多言多漏。"

　　于是众皆屏息狙伏，俄闻轮声隆隆，蹄声得得，众于林隙窥之，见一长形之大运车，由凹路来，马队前后拥护之，车上载一物，为状甚长。众中一人似首领者，先呼曰："至矣，至矣！"一人曰："然，与马队偕至。"曰："马队若干？"曰："十二骑。"曰："我闻彼等以二十骑来，今乃为十二。"曰："不问其为十二，为二十，尽杀之。"

　　众方问答间，运车与马队，已绕出路角，迤逦过伏兵前。首领猝然高呼曰："国王万岁！"则闻霹雳一声，千百之枪声，迸出于交柯密叶

---

　　①　雷姑市（Lécousse）。

154

中。一时硝烟迷漫,道上昏黑莫辨人影,殆烟散而马队亦散矣。七人中弹坠马死,五人乃窜逸,不知所往。众乡人共视运车,见驾车之两马已倒毙,御者亦颠。首领讶然曰:"误矣!是非断头机,乃一长梯也。"既而曰:"彼等运一梯,至以马队卫之,是必往巴利尼,用以攀登都尔基塔者,吾曹于无意中获之,此行为不虚矣。"众乡人齐呼曰:"速焚毁之。"乃共举火焚梯,火光熊熊然,遍烛林中,佛兰宣乃惊而遁。

佛兰宣既离此焚梯之乡人,仍择树林深处,竭蹶而趋。虽前路茫茫,无人指引,而彼乃恃灵魂为导师,盲进无馁。自凌晨至晡时,不知跋涉几何里,未尝遇一村,睹一屋,或抄小径,或涉浅溪,不惧亦不倦,迨日影西斜,四山沉黑,草长与人,不辨行径,佛兰宣方伥伥无所之,忽见一道白光,闪闪耀林外,乃趋就之,则一小涧也。泉流石上,作戛玉声,佛兰宣方渴甚,乃跪涧侧,掬饮之,且饮且祈祷,祈祷已,复举首辨方向。

小涧之对面,有一高丘,短棘蒙茸覆被其上,坂路萦纡,极目天际,森林似巨海,而此高丘乃为大漠。巨海中或遇帆影,大漠则并绝飞鸟之踪。佛兰宣瞠目四顾,两膝胶附石上,痉不能起,恐极而呼曰:"此间有一人乎?"

佛兰宣于荒漠中,发此奇问,固不期有答者,乃忽闻一訇磕之巨声,迸发于地平线上,盖炮声也。此炮声乃竟答佛兰宣,意若曰:"人乎?固有之。"

佛兰宣既闻炮声,知炮所在,即人所在,乃勉力起,涉涧而过,攀登高丘,向炮声来处行。渐行渐高,忽见一巨塔,矗立夕阳中,晚霞回映,作深紫色。目计之,相距约里许,炮声出发地,或即在此。佛兰宣乃以塔为指南,直前奔赴之。

第五章　形势

　　二十四句钟休战之期,行满约矣,剧烈之战争,行开幕矣。斯时薛慕丹意中,视冷达男直如网鳞笯羽,无幸脱理,所当预计者,惟擒获后处置之法耳。枪毙乎?斩首乎?薛慕丹固决用斩首也。顾斩之他处,不如斩之于其封地,不如斩之于其封地之爵邸中,尤为快心而满志。

　　斩冷达男,即斩文台,斩文台乃所以救法兰西。薛慕丹固毅然自信,无所顾惜,以是特遣人至扶善,运一断头机来,即佛兰宣遇之途中者是也。

　　第一之炮声,发于蓝军中,即宣告期满之炮声也。此炮既警醒饶善德于摇床中,亦即号召佛兰宣导之登高丘。顾炮力至猛,一击即中第一层碉楼之炮眼,铁栅立碎。

　　是时守塔者,方共聚下室中,汲汲缮防具,不暇复顾铁栅之破损。论其形势之危迫,不特以十九人抗四千五百人,在势莫御。且军火缺乏,虽长枪短铳,森立架上,而检阅子弹,每人射击达三十次,即告罄矣。故彼等唯一之计划,惟有引敌入塔之内部,狭路相逢,短兵互接,或能相持于万一耳。

　　塔之下室,即缺口处也。冷达男所设防障,适对此缺口,防障后置一长桌,桌上排列各种短铳及刀斧匕首等,通地牢之门则键之。下室之上,为第一层碉楼,设置一如下室。更上乃第二层,即铁门所在也。此室称铁门室,或称镜室,以四壁皆嵌小镜如繁星,故用以为名。室中固有炮眼,以通日光,更树一炬于铁架上,黎麦尼已炷以巨火,即以可恐之导火绳,绕炬之四周。

　　下室之一隅,更列一几,杂置面包、粉饵、果盘、酒罇,以便剧斗时,任意取食。塔中防务,至是已粗备矣。黎麦尼乃登塔顶露台,窥探敌军之举动,其时敌军已渐逼塔下矣。冷达男命众严阵,勿先发枪,待其入而击之。曰:"敌众我寡,外御无益也,宜内歼之,一人内,即平等矣。"言时,且笑且嘲曰:"此之谓真平等,真博爱。"

　　黎麦尼在塔顶,忽发警号,于是下室中人,纷纷登防障,或立螺旋梯下,皆一手执铳,一手持念珠,寂然无声,以待敌人之来。

第六章　箭在弦上

瞿文军中,既发炮宣告约满,乃下最后之号令,令薛慕丹归高丘守地,苟桑巡哨林中,己则率精锐攻缺口。在瞿文之意,高丘及林中之炮队,脱非敌人突围窜逸,决不甘以无情之烈焰,轻试其故居。其注意处,乃专在缺口,故躬自当之。

日西落矣,部署粗定,瞿文尚徘徊塔下,俯首作沉思。忽见其副将苟桑距彼数武,手执远镜,向巴利尼平原,频频眺望,既而呼曰:"嘻!来矣。"此呼声乃惊瞿文若梦醒,问曰:"汝何事者?"苟桑曰:"吾曹今乃有一梯。"曰:"救命梯乎?"曰:"然。"瞿文讶然曰:"异哉,宁约樊南村之专使,本未觅得耶?"曰:"否,专使返营久矣。彼于村中木肆中,已觅得如式之巨梯,载以运车,且以十二骑士护之,已首途矣。彼则驰驿先归,报告将军,宁忘之耶?"曰:"我忆之,彼不言于凌晨两句钟启程,日没前必抵此耶?"曰:"然,今已日没矣,运车乃尚未至。"曰:"时迫矣!吾曹宜进攻,不攻,敌且弱我,顾运车不至,奈何?"曰:"将军毋虑,吾曹可以攻矣。"曰:"无救命梯,恶能猛攻?"曰:"有之。"曰:"然则安在?"曰:"我顷者狂呼惊将军,盖即为此。我以运车不至,窃忧之,频以远镜遥察巴利尼之官道,即见一长形之四轮车,偕一群之卫队,疾驱下高冈,将军不信,请自察之。"且言且以远镜授瞿文观之。瞿文曰:"汝言良确,第卫骑至夥,似不止十二人。"苟桑曰:"我见亦然。"曰:"相距不过里许耳。"曰:"在一刻钟内必抵此。"曰:"苟救命梯来，吾曹可进攻矣。"

此时巴利尼官道上，确有一运车，迤逦而至，然殊非彼等意中所想望者，盖长梯已为乡人所焚，在理恶能复来，然瞿文不知也，犹瞢然跂盼。偶一回首，瞥见一人，植立其后，俯首行军礼，状至恳恪，视之，乃军曹赖杜伯也。瞿文呼曰："赖杜伯，汝何为？"赖杜伯曰："赤帻队之健儿，今欲乞恩于将军。"曰："何事乞恩？"曰："请将军速杀吾曹耳！"瞿文愕然曰："嘻！汝言何谓？"赖杜伯曰："陶耳之役，蒙将军拔识，感乃刺骨，效死弗悔。今十二人皆裸刃以待指挥，将军忍弃之不用乎？不用毋宁死。"瞿文曰："我以汝曹为后备队。"赖杜伯奋然曰："宁前驱。"曰："汝胡躁卞乃尔，我将留以有待。"赖杜伯闻语，面赤，须髯戟张曰："吾曹恶能待，将军知之乎？此塔中有三宁馨，乃吾曹卵育之爱子也。有恶魔名黎麦尼者，竟敢威逼之，置之积薪之上，我前日曾登丘遥望，犹见此三小儿憨嬉书楼中，不知燔炙之随其后也。吾曹恶能堪此惨毒，不一施救乎？十二人已共誓诸自由神之前，脱不救此三小儿，皆赴敌死，不愿一人生还。"

瞿文肃然，执赖杜伯之手曰："汝真壮士哉！我必令汝预攻塔之役，分汝队为二，汝率五人为前茅，使众知奋进；以六人为后劲，使众毋退，汝意何如？"赖杜伯欢跃曰："谢将军，我今得为前驱矣。"立向瞿文行一军礼而退。

赖杜伯既退，瞿文乃出衣囊中时计观之，微语曰："时至矣！"旋向苟桑耳畔作数言。一时塔下备攻之军队，皆整列归伍，秩然作赴敌状矣。

第七章　阵前喊话

前章言瞿文令薛慕丹归高丘守地,顾薛慕丹迄未往,仍往来瞿文军中,此时忽行至一喇叭手旁,诏之曰:"速为我吹之。"喇叭乃应声作,塔上喇叭亦立答。瞿文颇惊异之,顾苟桑曰:"薛慕丹意欲何为?"苟桑未及答,薛慕丹已趋近塔下,扬巾高呼曰:"塔中人识我乎?"塔上黎麦尼答曰:"识之。"曰:"我乃共和政府之使者。"曰:"汝为巴利尼之小教正。"曰:"亦即保安会之委员。"曰:"汝一牧师耳。"曰:"法律之代表。"曰:"背教之恶徒。"曰:"我名薛慕丹。"曰:"汝乃魔鬼。"曰:"汝知我乎?"曰:"吾曹恨汝。"曰:"然则汝曹能获我,于意当至快也。"曰:"吾曹固愿掷十九人之头颅,以易汝之头颅。"曰:"仅此乎,事即易了,我来无他,即献身于汝等耳。"黎麦尼狂笑曰:"来!速来!"

黎麦尼笑声甫敛,薛慕丹徐言曰:"第有一约言。"黎麦尼曰:"何约?"曰:"汝曹非恨我乎?"曰:"然。"曰:"我则爱汝,我与汝同母法兰西,兄弟也。汝既迷于正道,我为先觉,在义宜以光明导汝。汝不知此革命为何事乎?然终或知之,即汝不及知,汝之子若孙当知之。汝抗革命,不啻抗其天良;汝恨我,不啻致恨于天主。汝实可怜,人孰恤汝,顾我不忍汝曹之终陷于黑暗也。愿献我首,以救汝灵魂。我言之,我必践之。我为公民,亦为牧师,公民宜战汝,牧师宜救汝。汝听之,一场惨剧,行开幕矣。觥觥健儿,不复睹明日之太阳者,不知凡几。即汝曹附逆之徒,亦终不免于一死,其实甚无谓也,第杀两人足矣。奚必耗多数之生命，流此无益之血哉。"黎麦尼曰："两人乎？"曰："然，仅两人耳。"曰："两人为谁？"曰："冷达男与我也。吾曹恨冷达男，汝曹则恨我，我今自献于汝，汝则以冷达男付我。我得冷达男，当处以斩刑，汝曹以何刑处我，惟所欲。"黎麦尼狞笑曰："脱吾曹获汝，当以薪火徐徐燔之。"曰："我固愿之，汝等果诺此，一句钟内，皆可自由出塔矣。"

塔上陡闻鼓掌声，且笑且言曰："汝不特恶魔，且风汉也。汝欲以此乱我军心乎？欲吾等付汝以殿下乎？"曰："然，彼之头颅，我则……"黎麦尼不待其辞毕，接言曰："汝之皮革。顾我剥汝皮，如剥一狗，贱皮恶足易贵人首。速去，毋溷乃公。"曰："汝毋固，固将及难，汝其图之。"

两人问答间，天已昏黑，彼此面目，皆莫能辨。顾为声乃至高，不特塔外众人闻之，即塔内侯爵，亦聆之至晰，乃屹然不为动，一任黎麦尼对付之。忽闻黎麦尼抗呼曰："攻我者听之，吾曹有凤约在，还汝三童，汝则予全塔之人以自由，汝能履行此约否？"曰："能，第除一人可耳。"曰："何人？"曰："冷达男。"曰："殿下乎？以殿下付汝耶？不能，万不能！"曰："然则两约皆无效，吾曹将攻汝。"曰："欲攻则攻，哓哓胡为？"

黎麦尼语毕，即吹喇叭作警号，旋下塔顶露台，入下室中。时侯爵已手剑立，十八人皆依次伏防障后，即隐隐闻千百之足声，徐徐向暗塔而来。未几，乃近缺口，一时防障后，长枪短铳，齐出炮眼中。狄尔慕院长右手执刀，左手持十字架，高呼曰："赖圣父之灵，歼此群魔。"祷祝未已，即闻砉然一声，众枪乃同时并发矣。

第八章 血战

防障上枪声甫发,瞿文已率精锐,由缺口猛扑而进,发枪还击。一时下室中,万雷齐震,烟焰漫空,虽塔墙上悬有炬火,亦莫辨此不通空气之黑幕中,演何悲剧。但闻在下则瞿文呼战声,在上则冷达男厉众声,黎麦尼骂敌声,刀斧相触声,木石爆裂声。凡塔外之人,入此室者,靡不立成聋瞽,聋以声震,瞽以烟迷。遇踣尸,则践而过之,逢伤人,或且殊其未断之肢,发临命之惨詈,然前仆后继,绝无一人退缩者。塔中血潴成池,至不能容,乃由缺口溢出于塔外,分流草木间,潮潮作声。

塔下室,固不通空气之室也。凡空气不能入者,声浪亦不能出,故此时塔中虽喧豗万状,塔外乃殊无所闻。绕塔之周围,前望平原,后眺森林,皆夜色沉黑,悄然幽寂,盖塔中似地狱,而塔外则坟墓也。以是书楼上无知之三童,遂得酣眠于此坟墓之中。

俄而攻势益剧,攻者之死伤亦益多,而凹角形之防障,则仍兀然不动。瞿文知不可以骤破也,约队徐近至缺口中,方欲发令,忽于弹火光中,瞥见一人立其侧,则薛慕丹也。瞿文惊曰:"吾师何缘至此?"薛慕丹曰:"我来省汝。"曰:"汝求死耶?"曰:"然则汝非求死乎?"曰:"我分当在此,师则否。"曰:"汝既在此,我义不能离汝。"曰:"否、否!吾师。"曰:"我儿,我实爱汝。"薛慕丹遂留瞿文侧不去。

是时防障虽据形便,以暗攻明,不翅以一当十,被杀之攻者,积尸累累塞下室。顾以大势言之,最后之胜利,仍属攻者,盖攻者有增无已,而守者则一减不能增也。

十九人中,其时已死三人,伤一人,健全能战之士,仅十五人耳。所伤之人,即众中最骁猛之尚丹宸,一目中弹,睛出,下颏垂脱,乃裹血攀螺旋梯,登第一层楼,冀得祈祷而死。既达,倚炮眼前,向空而喘。

薛慕丹立防障前,睹此惨状,乃高呼曰:"守者听之,吾曹以四千五百人,攻汝十九人,不啻以百人攻一人也,不降必死。速降!速降!奚必流此无益之血乎!"冷达男呼曰:"吾曹速歼此妖言人。"言未毕,弹雨下集薛慕丹,薛慕丹乃走匿。

防障虽高,顾不及屋顶,守者藉以外窥,而攻者亦可藉以攀登。瞿文暋见之,立呼曰:"孰愿攀登此防障者?"赖杜伯挺身应曰:"我也。"

初进缺口时,赖杜伯固率其赤帻队五人,首犯防障,死四人矣,兹乃慨然以攀登自任。赖杜伯夙以敢死著,人皆拭目观之,忽见其绝不前进,反向后奔,匍行积尸间,出缺口而去。既至缺口外,先揉目去烟翳,仰面察塔壁,既即颔首作得意状曰:"不误、不误!"

盖赖杜伯于入塔时,即见缺口上之塔壁,有破裂数处,凹可容足,可由此攀登第一层之炮眼,即宣告炮击毁铁棚处。铁杆已折其二,能容一人出入而有馀。

赖杜伯仰视第一层,距地之高,约四十迈当①,脱攀登时半道而颠,必无幸。然赖杜伯勇者也,危境当前,乃益增其胆力,立置其荷枪于地,脱帽解衣,插两手枪于裤带间,口衔一刀,奋身抱塔壁,猱升而上,状至僄捷。愈升愈高,行近炮眼矣,容足处乃愈隘逼,枪鼻时时阻碍之,因念此时碉楼中,幸无一人,否则危矣。

---

① 迈当(mètre),即公尺的译音,晚清人每用之。此处原文实为pied,即法尺,并不是米。

倏忽间,已达炮眼之斜榍下,望见两铁杆虽已毁折,顾根株犹植立。赖杜伯乃用力上窜,以两手各执其一,渺然一身,竟孤悬于千仞之上,危榍之下。

方欲蓄力跃入楼中,忽见炮眼黑影中,突现一可怕之人面:目陷颏裂,血污淋漓,如戴一赤面具。此面具上,乃仅著一目,凶光烂然,直射其身,猝伸两手出炮眼,一手拔其带上之两手枪,一手夺其口中之刀。

此面具,此手,盖即受伤之尚丹宸也。彼自登楼后,常倚炮眼侧吸受空气,以苏剧痛,创血甫凝,气力亦稍稍回复矣,忽睹赖杜伯悬身炮眼前,彼乃罄其护身之武器悉夺之。

此时赖杜伯已成为徒手之人,两膝滑泆斜檐上,两手坚握垂断之铁杆,脱尚丹宸发一弹击之,靡不立坠。幸尚丹宸以一手握两枪,不能搬机,奋力以刀斫之,中赖杜伯肩,肩伤未及骨,痛剧,乃狂跃,即此一跃中,赖杜伯已达楼中,与尚丹宸相对而立。尚丹宸立弃刀,两手各执一枪,踞拟赖杜伯,顾力弱手震,不能即发。赖杜伯狂笑呼曰:"汝欲以浴血之鬼脸吓我耶?汝已受伤,我不屑敌汝,任汝击我一次。"言未毕,一弹已飞至,拂首而过,破一耳。尚丹宸起立,又伸一手,将发第二枪,赖杜伯怒曰:"汝伤我二次,犹未餍耶?"突前拗其肘,弹乃空发,力擘其垂脱之下颏,如裂帛然,血潮岔涌,尚丹宸乃晕绝于地。

赖杜伯乃跨血泊而过,顾尚丹宸曰:"村夫,我今无暇杀汝,第勿动勿声,地坪至广,任汝伸脚而眠,否则无幸。"言次,即向室中行,室中昏黑如地狱,虽目光锐利如赖杜伯,亦与瞽者等。忽闻尚丹宸肢体痉动,口中礣格作惨吼,乃反身视之曰:"禁声!我不殊汝命,汝乃撩我耶?"且视且以手自摩其发,踌躇曰:"我今徒手至此,将何作耶?可恨恶奴,乃耗我两弹。"无意中,手适触耳创,痛剧,猝呼曰:"唏!"

其时下室中战声正狂,赖杜伯方侧耳听之。足践坠刀,声乃锵然,遂俯拾之曰:"此胡益我事,我今所急需者,乃手枪也。无之奈何?"于是摸索暗中,辨方而进。忽睹室中心圆柱后,设一长桌,桌上有物,闪闪作光,似黑夜之明星,急以手探之,乃各种之铳也。有阔口铳,布霰弹铳,有手枪,皆饱贮药弹,整列以待取用,是即守者留备第二次之防具,直一武库也。赖杜伯狂跃就之曰:"我计遂矣。"

甫近桌畔,不意此上通第二层下达下室之螺旋梯,亦豁然呈露。梯门未键,本以便守者之上下,此时不啻为赖杜伯开其进攻之路。赖杜伯乃立置其刀,先取两手枪,两手分执之,向梯下同时并击,既又取霰弹铳,击如前,霰弹铳后,则继以阔口铳。阔口铳一发能出十五弹,声势不减整队之排枪。赖杜伯立梯次,狂呼"巴黎万岁"者再。

下室防障中,受此意外之袭击,几如霹雳从天而降,惊扰不可言喻。中弹死者两人,一为毕耿白,一即刁二。冷达男呼曰:"敌占我上层矣。"

霎时间,守者纷纷弃防障,趋螺旋梯。冷达男殿诸逃人后,复呼曰:"速避!登第二层。"

赖杜伯方伏第一层梯次,手按铳机伺逃人。砰然一声,先行者皆饮弹颠,冷达男幸后,不畏死,乃适免于死。

赖杜伯既发此铳,乃入室易新铳,诸逃人乘其未出时,竭力上窜。冷达男仍居诸人后,徐徐越第一层。达第二层,即镜室也,铁门所在也,导火绳绕铁炬处也。此处既无武器,亦无防障,入此者非降即死耳。

瞿文闻枪声由上而下,亦不解此意外之援军,何自而来,见防障立时散乱,彼遂乘势速逐,直至第一层楼,乃遇赖杜伯于梯次。赖杜伯曰:"我以数分钟内,成此奇功,顾此功我不敢居,宜归将军。"瞿文曰:"何也?"曰:"陶耳之役,置敌于两火之中,将军诏我矣,我乃学步为之。"瞿文微笑曰:"佳哉学生。"

瞿文于黑暗中望见赖杜伯血污被面,慰之曰:"我友,汝伤乎?"赖杜伯曰:"毋廑将军虑,肩与耳微破耳。安足言伤,且血非我血也。"众人乃暂憩一层楼中,薛慕丹亦来会,共议进攻之策。其时瞿文等实皆未审塔中虚实，以为攻二层楼，或更难于下室，攻下室时，死伤过多，此次不能不审慎出之。况敌人蜷伏上层，在势正如入笼之鸟，投机之鼠，万不能脱，奚汲汲为！

正商议间，赖杜伯忽由暗中出，高呼曰："将军。"瞿文曰："赖杜伯，呼我何为？"曰："我求将军行赏。"曰："汝欲何赏？"曰："赏我先登。"瞿文颔首曰："可。"

第九章　负隅犹斗

方第一层中聚议进攻时,第二层中,亦议守御。壁间黎麦尼所设之火炬,为光烂然耀室中,知武器已荡然无存矣。惟一之计画,在阻敌人之进路,或能稍延残喘,顾键门无益,不如塞梯。塞梯用何物乎?幸是室中有无数椠木之衣箱,至坚且巨,置镜壁下,乃共曳出,移置梯门下,层累而肩列之,仅于穹顶留微隙,容一人匍越,脱敌人有冒险乘隙者,可于隙中逐一杀之。

彼等乘敌人休憩下层时,一一设置周密,然彼等此时仅存七人。除冷达男及黎麦尼二人健全外,如顾莲,如祁那苏,如裴狄南,如罗宣高,皆负重伤,馀十二人则死矣。武器缺乏,药弹已罄,每人各持一手枪,已空其三,有弹者仅四枪耳。

时则闻革履声橐橐然,枪柄相触锵锵然,攻者拾级而登矣。七人面面相觑,事至于此,实已遁无可遁。欲趣桥阁,则高丘上有六尊巨炮,燃火绳以待;欲登最高层,则置身千仞之上,恶能飞越而下。十五呎坚厚之塔壁,昔恃以保卫我者,今乃禁锢我,虽暂未捕系,实与囚房无异。侯爵乃呼曰:"我友,大事去矣!"既又谓狄尔慕曰:"汝今军人之事已毕,当复汝牧师之本分,为吾曹祈祷。"众人闻语,皆手持念珠,罗跪于地。其时梯次人声,益汹汹上逼矣。

狄尔慕脑盖,已中弹而裂,血涂满面,以右手高举十字架,侯爵乃跽架前。狄尔慕曰:"各人皆高声自忏其罪于圣父前,殿下宜先。"侯爵答曰："我犯杀戒。"黎麦尼曰："我犯杀戒。"顾莲、祁那苏、裴狄南、罗宣高亦同声呼曰："我等皆犯杀戒。"狄尔慕曰："圣父已恕汝，许汝曹灵魂，平安离此浊世。"侯爵起立曰："吾曹今可死矣。"黎麦尼曰："吾曹今可复杀。"

当是时，塞梯之樫木箱，兀兀摇震，敌已至矣。狄尔慕呼曰："此时当一心念天主，地上无汝曹事矣。"侯爵曰："然，吾曹已入坟墓中。"于是众皆俯首自捶其胸，目尽注地，独侯爵与牧师植立，牧师祈祷，众人亦祈祷，侯爵则不祈祷而沉思。梯次木箱，震乃愈厉，如有大锤猛击者。

众方屏息待擒间，忽闻一至高之声浪，发于彼等之后。呼曰："殿下，昔者不信我言，今何如者？"众人闻此意外之声，皆回首愕视。忽见厚壁上已开一洞，一石如门，上下皆有环头钉如枢轴然，能旋转，平时与壁石接合，为涂垩所掩，不露微迹。石既旋开，左右两狭口，耆然轩露，足容一人出入，石门之内，螺旋梯在焉。此时忽见一微笑之人面，出现于石门之狭口中。

第十章　德星临

　　出现于石门中者,非他人,乃哈孟六也。侯爵愕顾之曰:"汝乎?"哈孟六曰:"然。殿下见此旋转之石乎?我由此入,殿下辈亦可由此出,我至幸未晚,此时即行,十分钟内,达林中矣。"狄尔慕立举十字架,祝曰:"大哉慈主。"众人齐呼曰:"殿下速逃。"侯爵曰:"汝曹宜先行。"狄尔慕曰:"首领安可殿。"侯爵曰:"是岂崇让之时,让且失机。且汝曹皆创,我命汝逃则逃耳!速入此石口行,毋多言。"顾哈孟六曰:"谢汝,非汝,我曹死矣。"狄尔慕曰:"然则吾曹宜分道行乎?"侯爵曰:"固也,亡人胡可偶行?"曰:"会何地乎?请殿下先示之。"曰:"石瞿文林之空地中,汝曹知之乎?"曰:"知之。"曰:"明日晌午,我当至彼,汝曹来会,共图再举可耳!"是时哈孟六方立石门前,审视旋石,已屹然不能复动,知此门不可闭矣。乃呼曰:"殿下速行。今已启之旋石,忽固定不动矣,我仅知启之,闭则不能。"

　　众人闻语,共前试之,果如哈孟六言,旋石忽成死石矣。哈孟六曰:"我初意欲俟塔中人逃出后,复闭此石,俾蓝军入此,不睹一人,吾曹几如化烟而去,不留迹兆。今石乃不我许矣。留此洞口,将启敌以追路,速行!速或可幸脱也。"

　　黎麦尼以手按哈孟六肩,问曰:"吾友,由此过秘密道入林中,耗时几何?"哈孟六曰:"无受重伤之人乎?"众人皆曰:"无之。"曰:"如是则一刻钟足矣。"黎麦尼曰:"敌人于一刻钟外入此,即无妨乎?"曰:

"一刻钟外,虽追亦无及。"侯爵曰:"然今恃以阻敌者,仅数具之樫木箱,恶能持久,汝等不闻锤声隆隆如雷劈,五分钟内必破矣,孰能留此拒敌,延一刻钟之久乎?"黎麦尼慨然曰:"我能之。"侯爵曰:"高伯伦,汝留此乎?"黎麦尼曰:"然,殿下知六人中,五人皆伤乎?我则未流涓滴血也。"侯爵曰:"我亦如汝。"曰:"殿下乃首领,我则兵也,兵与首领不同。"曰:"我亦知之,我两人各有不同之责任。"曰:"否,我与汝有同一之责任,责任维何?救王党之首领也。"言次,顾众人曰:"吾友听之,今欲迟敌之来,以免追击,非留一人于此不可,此事我愿任之。我未受伤,较汝等为强,汝等速行,武器悉留以予我,我将持以尼敌,竭我力,当能逾两刻钟。有弹之手枪,今存几何乎?"曰:"四枚。"曰:"置之地上也可。"众人乃依言,各释手枪,皆与黎麦尼握手致感谢意。侯爵曰:"吾友暂别。"黎麦尼干笑曰:"否,恐与殿下无相见期矣。"

众人于是陆续入洞口狭梯中,伤重者在先,轻者次之。众人降梯时,侯爵在衣囊中出铅笔一,书数字于不动之旋石上。甫写毕,哈孟六呼曰:"殿下宜行矣!"哈孟六遂下,侯爵随之而下,二层楼室中,遂独留黎麦尼一人。

第十一章　刽子手

二层室中无地板,四手枪皆置敷石上,黎麦尼俯拾其二,两手分执之,向樫木箱阻塞之梯口,奋步而进。

是时攻者方蹀躞阶级,惧袭击,未敢猛攻,仅以枪柄筑箱盖,刺刀刓之成一窦,时时携灯就窦,窥探室中。黎麦尼适至窦侧,于灯光中,见一目眈眈直视,急以手枪拟窦口,尽力一击。弹甫脱手,闻一人惨呼,目裂及颅,反身而颠,黎麦尼乃仰面而笑。旋见箱盖上复有一窦,较前窦尤大,即以左手之手枪纳窦中,发第二弹,此弹猛烈,霎时间梯次人声鼎沸,中弹而颠者,不下四五人,攻众乃略退。

黎麦尼掷空枪易之,仍执两枪赴窦口,于窦中窥梯,仅能见三级,顾各级皆有横尸。忽见积尸间一人匍越而上,黎麦尼立出手枪击之,洞首陨。黎麦尼方以左手之枪,易置右手中,拟再击,忽觉剧痛不可耐,乃狂吼,盖一刀已洞腹矣。此刀由箱下第二窦中突进,黎麦尼未及备,遂受此创。

创口至巨,血涌如瀑,肠累累下垂。顾黎麦尼仍岸立,啮齿呼曰:"美哉击乎!"旋言旋蹩姗而退。退至列炬处,置手枪于地,左手绾虬结之堕肠,右手执炬架,下就导火绳,火之绳立炎上四窜,黎麦尼遂置炬拾枪,蹶而颠。复起,煽火绳,增其火力,一时火龙狂舞,蜿蜒过铁门下,达桥阁中。黎麦尼乃呼曰:"我事毕矣。我燔彼军之小儿,我为无量数之小儿复仇,且巴黎王寺中被囚之小王,亦当向我而笑也。"言毕,微笑而绝。

时则大声发于箱次,箱盖破裂,成一大窦如栲栳,一人持刀由窦跃入,呼曰:"我赖杜伯也。平生不耐学胆怯儿,趑趄作门外汉,今冒死入此,第一刀即剚汝腹,我今孑身在此,汝曹尚存几人乎?"

当黎麦尼连发三弹时,瞿文虑有埋伏,已约队退至梯下,与薛慕丹共商进攻策。赖杜伯不候将令,独由暗中持刀突上,既得入室中,在此半明不灭之火炬光中,东眺西望,且行且呼。曰:"我只一人,汝曹果几人乎?来!速来!"屡呼乃绝无应者。猝睹壁间有一人,血污盈面,半脱之耳,摇晃如钟锤。赖杜伯以为敌也,欲戒备,久乃寂然,谛视之,即己之幻影,出现挂镜中耳。室中实无一人。赖杜伯愕然曰:"室中人何往耶?"一举首瞥见壁上旋石,洞开如门,石梯在焉。恍然曰:"我知之矣,恶奴已逃。"即向外高呼曰:"汝等速进,此塔如一甖,甖已破矣,鳖乃尽逸。此间有一洞,即其逸出处也。"

呼声未已,忽闻枪声轰然,由暗陬出,一弹拂肘而过,馀力洞壁入寸许。赖杜伯曰:"嘻!有人!谁乎,乃饷我以佳弹?"即闻地上一人答曰:"我也。"

盖答者,即黎麦尼耳。黎麦尼虽晕绝于前,嗣受赖杜伯狂呼之刺激,乃力挽其濒绝之生机,发此最后之一弹。

赖杜伯俟弹过,立向黎麦尼卧处行,嘲之曰:"人皆逃矣,汝乃独留。勇士乎?风汉乎?"黎麦尼曰:"汝胡知?"赖杜伯驻足睨之,问曰:"蹭地者,汝何名?"答曰:"我乃蹭地而眇汝立者之黎麦尼也。"曰:"汝右手何物?"曰:"手枪。""左手何物?"曰:"我肠也。"曰:"我今虏汝矣。"曰:"汝自张耳,我不信汝。"

言毕,狂嘘其断续之馀气,向导火绳,渐嘘渐微,至不能闻。俄而瞿文与薛慕丹率大队入室中,大索屋隅及梯角,舍已绝气之黎麦尼外,塔中果无一人,乃查检石门,令苟桑由石门入秘密道追之。瞿文手提灯,详验旋石。塔中有旋石,瞿文固自幼闻之,然常视为謇言耳,不意巨敌竟藉此而脱。方徘徊石次,忽见石上隐约有字迹数行,烛而

读之,文曰:

"瞿文子爵先生鉴:别矣,后会有期。冷达男留白。"

瞿文默然。方懊丧间,苟桑已追奔无得而返,言秘密道外通大壑,壑以外皆茂林丛棘,网径洼谷,处处皆堪避匿,此时敌当远飏矣,实无策足以迹得之。瞿文与薛慕丹皆相视不作一语。瞿文忽顾苟桑曰:"今须用救命梯矣,梯乃何在?"曰:"将军,梯固未至也。"曰:"然则适所见之一车,有骑队护送者,误耶?"曰:"不误,顾所载者非梯也。"曰:"何物?"曰:"断头机。"

第十二章 阙地而遁

苟桑之报告瞿文也,谓敌已远飏,其实殊误,盖其时侯爵固未尝远去也。彼与哈孟六随诸逃人后,下石梯,入一穹顶之狭道,缘桥拱,达大壑,道口为天然之土穴,外有丛莽蔽之。逃人第出此口,不翅蛇之赴草,鱼之纵壑,莫或觉之,亦莫能迹之矣。

侯爵既出道口,此时舍微行无他策。幸彼入勃兰峒至今,未尝一日离乡老之装束,所表异者,惟金柄剑及肩带耳。乃立除之。其时道口外,阒无一人,盖顾莲、祁那苏、裴狄南、罗宣高、狄尔慕五人,已四窜矣。哈孟六顾侯爵曰:"彼等先兔脱矣。"侯爵曰:"汝亦应尔。"曰:"我离殿下行乎?"曰:"何待言?我昔诏汝,逃以孑而不以偶,偶必不脱,汝我均无益。"曰:"殿下稔此间地理否?"曰:"至稔。"曰:"石瞿文林之会,殿下何时践约乎?"曰:"明日亭午。"曰:"敬如命,我曹当如期至。"

既又曰:"殿下不忆海中潜逃时乎?我以不知殿下名,至欲杀以雪愤,曾几何时,世事已万变矣。不意复睹玉颜于此。然我不知殿下名,如昨也。殿下果何人乎?"侯爵若不闻,且思且言曰:"英吉利、英吉利!舍汝无他策矣。半月之中,我必令英兵长驱入法兰西。"哈孟六曰:"殿下脱有用某处,效死弗辞。"侯爵颔首曰:"甚善,凡事皆于明日言之。汝饥乎?"曰:"不敢欺殿下,我急于趋救,今日我唇,尚未沾滴液也。"侯爵乃于衣囊中,出古古饼[①]一枚,劈为二,以半授哈孟六,而自食其半。

食既,哈孟六指口外曰:"殿下慎识之,口右为壑,口左乃林也。"侯爵曰:"谢汝导我,汝其行乎。"

哈孟六听命,一瞬间,已窜入黑影中,初犹闻枝叶蟋蟀声,继乃寂然。此时口外惟留侯爵一人,隐身丛莽,固不惧为人所窥。第以初出血战之身,入此恬静之境,觉前此为临终,今乃初生,前此近坟墓,今乃升天国。虽侯爵以餐险如饴之老将,至此亦不免喜出望外,立取其衣囊中之时计按之,适报十时,侯爵心颇异之;回念敌军发宣告炮时,尚在日没前,逾半时,乃进扑缺口,其时当在八时左右,今甫十时,是轩天撼地之鏖杀,仅两小时耳。侯爵以为为时何促,然以吾人论之,以少数之十九人,拒大队之四千五百人,相持两小时之久,踊跃而来,从容而去,亦云奇矣。

侯爵见哈孟六去远,知久驻乃至危,遂复置时计于衣囊中,顾所置之囊,乃非前囊。缘前囊中,有铁门之秘钥在,为黎麦尼所授者,时时与时计之玻璃相触,侯爵虑其破裂也,故易置之。易置妥贴,遂向森林一面奋步行。

行不数武,忽觉一道火光,穿丛灌而入,急回首望之,见烛天之红焰,从壑中喷礴而起,侯爵欲移步就之,转念是何与我者,不顾而去。正伏行丛棘中,行入深径矣,陡闻一哀惨之呼声,出壑岸巅,侯爵不禁举目视之,遂痴立不动。

[①] 古古饼,即巧克力。前文(见第一卷第二章)作古古茶块,其译略异,为物则同。

第十三章　厝火之危

佛兰宣既于高丘望见紫色之塔影,矗立夕阳中,遥计之,为程当在一里外。顾佛兰宣殊不以一里之修,稍挫其孟晋志,妇人大都柔懦也,然一为人母,恋雏之心迫之,往往强猛逾恒人。佛兰宣崎岖而进,石峰棘刺,时啮其两踝,作火齐色,殊无所觉。初犹行斜照中,既乃昏黄,终则沉黑入深夜矣。耳畔时时闻钟声,报八时,俄又报九时,此钟声当由巴利尼钟楼中来,然佛兰宣固无所睹也。闻声伫立听之,不意此钟声后,又隐约闻呼噪声,爆鸣声,同时并作,又有一熹微之火光,从塔上碉楼中射出,爆鸣声愈厉,此火光乃愈煊赫。佛兰宣遂恃此火光为向导,愈行火光乃愈大,塔影亦随之而增长,盖距离近也。

忽焉诸声突止,火光亦全灭,四天辽廓,幽惨不类人间世。此时佛兰宣适行至高丘尽处,足下已临巨壑矣,为夜雾所蔽,不能辨其深浅。丘巅为炮队排列处,含糊中时见火星明灭,出炮架上。一巨构跨壑而过,似桥似阁,袤延达圆形之巨塔,即佛兰宣于日间,认为指南之塔影也。

佛兰宣所立之丘岸,与桥至密迩,桥上三层之杰阁,虽黑暗中亦能辨之。佛兰宣方面阁痴立,私念此何为乎?此中何所有乎?宁即所谓都尔基者非耶?且思,且视,且听,一瞬间,面前顿觉昏黑,阁也,桥也,丘岸也,皆入于弥天之烟幕中,至不能启其两目。及再启目,则光明眩耀如白昼,非复黑夜矣。

此光非日光，乃火光耳，惟此火光，尚包含于一道浓烟中，时隐时现，乍黑乍赤，大类巨舌吐蟒口伸缩作势。其实舌乃火苗，而口则桥阁下层之窗也。窗间本围以铁杆，经火全赤，全阁悉为烟雾所蔽，而此窗独轩露于外，如喷火山之出口焉。

佛兰宣睹此异状，如置身五里雾中，错愕不知所措。逃乎？留乎？方回皇不决间，忽长风从西北来，滚滚入浓烟中，黑幕顿揭，一时碉楼桥阁，为火光所反照，真相毕露。其时桥阁下层，已成火窟矣，上两层则尚无恙。佛兰宣于火光中，见两层楼窗皆洞辟，第二层尤宏敞，视之较晰，四壁插架似图籍，窗前地上，隐约有物纵横堆积，如鸟巢中之群雏，蠕蠕欲动。佛兰宣心异之，默念此一小堆，果何物耶？以状卜之，殆生物也。然佛兰宣此时，腹饥体倦，头目森然，颇自疑所见之出于幻妄。复凝神谛视之，则不仅生物也，直似一群小儿，酣卧于烈火之上，心乃大动。

时则忽见下层撩出之火苗，延及窗外半枯之长春藤，枝叶干燥，风力助之，不啻天然之导火绳。瞬息间，火势熊熊，立达二层楼上，即此火势中，此卧地之三小儿，肘相压，股相交，闭目憨睡之态，悉呈露于佛兰宣之眼帘下矣。

此时佛兰宣认之至确，卧烈火中者，果即其所觅之儿也。不觉惊而哀呼，呼声至悲，惨而凌厉，无远近，皆闻之。此声遂惊侯爵，立驻其足。侯爵驻足处，适在壑口林边，灌木蒙茸蔽其前，乃就枝叶罅漏处窥之。见桥上火焰逼霄，塔亦通明，如建万丈之霞标。桥阁之对面，断岸之上，火光之中，有一愤怒悲惨之人面，斜向深壑，适所闻之呼声，即此人面所发也。

此人面不复有人色，呼声亦不复成人声，但闻似嘶似咽，断续于空气中。曰："噫，天主！吾儿！此真吾儿也。火！救命！救命！岂汝等皆恶汉乎？何无一人在此？咄！咄！火将及儿矣！饶善德！阿兰！若望！孰置儿曹于此，不见渠犹酣睡乎？我欲狂矣。天乎！此胡可者！救命！救命！"

即见塔中及丘上,万众骚动,群趣桥阁火盛处。瞿文、薛慕丹、苟桑,皆亲临指挥。夫灭火需水,不幸是壑,至夏而涸,水斗方下,立成枯濠,众皆痴立丘岸,无所为计。是时火势愈盛,由枯藤上延仓楼,仓楼中满贮刍秣引火之物,遇火即烧。未几,屋顶即轰破矣!于是桥阁上下皆火,惟书楼壁厚顶高,内部尚完好。然火山上压,洪炉下熬,窗棂榱桷,时时与火神为恐怖之接吻,亦危迫眉睫矣。若望、阿兰、饶善德三儿,则安然眠火穴中,沉沉未醒,为状乃至恬适。丘上之慈母,至是愈恇急,奋臂狂号曰:"火!我呼火!人无应者,宁尽聋耶?人燔我儿,汝曹坐视耶?我日夜狂走觅我儿,幸觅得之,乃在火中,我一家无罪,人杀我夫,枪我身,今又焚我儿,孰为此惨酷耶?速救吾儿。视如一狗,汝曹当怜此无告之狗。噫,吾儿!吾儿尚熟眠也。饶善德坦其小腹,玉雪耀我眼。若望、阿兰!我呼汝,奈何不举首一视耶?长兄不及四龄,弱妹才逾期耳!圣母当鉴汝之幼,怜我之苦,宁忍以将返我怀中者,复掷诸地狱耶?火真及矣。救!速救!不救者,非人类,乃盗贼也。我不愿吾儿惨死若是,果其死也,是天主为无灵,我誓杀之。"

时丘上壑中,人声亦庞杂无纪。或呼曰:"速觅梯。"或答曰:"无处觅梯。"曰:"取水。"曰:"无水。"曰:"二层塔中有门在,可通书楼。"曰:"门乃铁也。"曰:"锤破之。"曰:"不能。"佛兰宣则距跃若狂,曰:"可畏哉火也!速救吾儿,脱不能救,则宁投我火中。"

呼声愈厉,火焰乃愈张,磅磕毕剥之声,与群咻相答和。侯爵伏丛棘中,固一一闻见之,探手衣囊,铁门之钥,锵然在焉。忽反身向逸出之夹道口,徐步踽偻而入。

第十四章　翩其反

救命梯未至，壑水已罄，竭四千革命健儿之智力，竟不能脱三童于火厄中，事固至可羞也。于是薛慕丹、苟桑、赖杜伯，皆亲下壑中，瞿文则率锹兵二十人，复登塔楼第二层，铁门下键处，即旋石洞开处，火灾发源地也。

瞿文既至是间，命锹兵奋力击铁门，先用斧劈，斧刃悉挫。锹兵曰："钢遇此铁，如玻璃也。"继以铁杆入门下，力撬之，未举而杆已折。锹兵曰："如火柴耳！"

瞿文详察此铁门，乃一种炼铁，两层骈合而成，圆钉布列如繁星联络之，每层厚各三尺，坚巩无伦。攒眉曰："欲破此门，惟有巨弹，我曹能引一大炮至此乎？"锹兵曰："少憩，当试之。"

于是众皆默然无语，视此巍立不动之坚扉，意至颓丧。四面火威，愈逼愈近，毛发皆干燥欲裂。回睇屋隅，黎麦尼之尸，赫然横返照中，似向彼等作狞笑，以自鸣其凯胜者。

瞿文此时，方怒目视洞开之旋石。呼曰："可恨哉！冷达男竟由此而去。"忽闻一声由洞中出曰："毋恨，我今由此还矣。"立见一如雷之人首，由秘密黑穴中突然出，果侯爵也。瞿文惊而退，众亦眙愕不知所为。

侯爵手持巨钥，从锹兵丛中，昂然直进。达铁门，屈躬入穿道中，徐徐探钥入键，键铿然鸣，门辟矣。门内弥望皆红焰，如火渊，侯爵乃昂首阔步而入。入楼数步，即卷入浓烟中，不可复见矣。

此时地上之三童，乃徐启其目矣，睹满室火光，以为晨曦也。第不解此日晨曦，何以较恒时为壮丽，心窃讶之，饶善德尤恋恋，凝睇不忍瞬。

室内火力，虽未全及，而滚滚烟浪中，时或见赤龙探爪，时或见黑蜈拏云，往来追逐，又似聚无数妖彗，作空中之剧战。火窟，一宝山也；火神，一大挥霍家也。火星四裂，不啻取琳琅瑶碧，乘风撒之，成五色雨。三童皆翘其首。饶善德呼曰："美哉光也。"若望先起，阿兰、饶善德亦随之而起，若望伸腕向窗口曰："我热甚。"

丘岸上佛兰宣望见之，曰："噫，彼等醒矣！吾儿！若望！阿兰！饶善德！"

人人皆惊怖失措，而此三童方四瞩叹玩，诧为奇观。凡人情易惊喜者，往往难于震慑，知愈稀则脑愈壮，此自然之理也。童子惟不入地狱耳，假其入之，未必不视为新奇可喜也。

佛兰宣见三童不应，乃复抗喉而呼，三童始觉，疾回其首。若望先见母面，狂喜，且跃且号曰："阿娘！"阿兰亦呼阿娘，饶善德则张其小腕，欲呼娘，顾不成声。母在下颤声答曰："吾儿！吾儿！"

三童立趣窗口，幸其地火尚未延，然焦灼已大半矣。若望曰："我热不可耐。"目注楼下觅其母。呼曰："阿娘！速来！"

佛兰宣此时，已耐无可耐矣。奋身跃入壑中，荆棘满前，一步一蹶，勉达桥拱下，已发散衣裂，血涔涔如汗下矣。

时则薛慕丹与苟桑，皆立壑中，其无能为力，与瞿文之在塔中等，惟时时仰视桥壁，扼腕而叹。赖杜伯最勇，犹力抑其肩耳之剧痛，汗血奔走。忽遇佛兰宣，惊呼曰："嘻！汝已枪毙矣！适从何来？宁复活耶？抑鬼乎？"佛兰宣不顾，但哀号"吾儿、吾儿"不置。赖杜伯自艾曰："我过矣，今诚非闲谈时也。"语毕，即踊身援桥壁，壁乃平滑如镜，无凹无凸，高不及丈，即翩然而坠。仰望书楼，六窗皆著火矣，三童之面，仅隐约烟雾中。赖杜伯指天而呼曰："慈主，宁若是耶！"佛兰宣跪抱桥墩,频呼:"上帝恕我!上帝恕我!"

碰然一声,书柜倾矣,玻璃破碎声与木石爆裂声,杂然并作,梁栋兀兀摇动,势欲下颓,再迟晷刻,一切尽成灰灭矣。斯时人力已无所施,惟袖手鹄立,时闻烈火中,有婉娈声之娇音频呼"阿娘、阿娘"而已。

众方伤心惨目间,忽见三童所立之邻窗间,突现一人影。于是皆仰首凝视,于红焰弥漫中,见其人躯干伟岸,面蒙黑烟,惝恍若幽灵,而满头白发,独皎然火光中,则固无人不识之冷达男也。

冷达男既现后,转瞬间,忽又不见,众方嚱叹颓息,莫知所为,而冷达男又昂然临窗次矣。时则两手抱一巨梯,即横卧壁下之救命梯也。以矫獠疾之姿势,投梯窗外,坚持其端,由斜檐徐徐下降,直达壑中。赖杜伯见之,状若发痫,跃而就之,拖梯高呼曰:"共和万岁!"冷达男亦于楼上答呼曰:"国王万岁!"赖杜伯曰:"此时汝欲何呼者,任汝呼之,汝固慈主也。"

巨梯既立,赖杜伯奋勇先登,二十馀人随之,每一级立一人,层递而上。本木梯也,今乃成人梯矣。赖杜伯在第一级,适倚窗面火而立。

当是时,四千之兵士,皆散处壑中丘上,及塔顶之平台,或伏丛棘,或蹲斜坡,莫不仰首綮息,万目一的,向此焚楼之窗口。

则见侯爵手抱一童,徐徐由浓烟中出,一时四野之鼓掌声,如雷而起。此出险之第一儿,乃阿兰也。阿兰在侯爵怀中,哀呼曰:"我恐甚。"侯爵授阿兰于赖杜伯,赖杜伯授之第二级,猱接而下。迨阿兰递至梯下,而侯爵又抱若望出矣。若望稍壮,不若阿兰驯扰,且哭且奋小拳,作抵抗状。侯爵强纳诸赖杜伯抱中,然额际已饱受拳凿矣。若望既出,火楼中乃独留饶善德,侯爵反就之,饶善德见侯爵来,向之微笑。夫微笑何奇,顾此时坚如铁、烈如火之枭杰,眼眶中忽微微露湿点,蔼然询之曰:"汝何名?"饶善德吃吃曰:"乌善德①。"侯爵抱之,饶

---

① 原注:称乌善德,小儿口讷也。

善德微笑不已。侯爵心动,凄然吻其面。梯次众兵呼曰:"此即小女也。"争抱之,传递如前状。此女一下,欢呼声,鼓掌声,较第一次为尤厉,不啻置身剧场中。

佛兰宣在梯下,如醉如狂,先受阿兰,继得若望,终见饶善德,彼此狂吻不已。吻已,又狂笑。忽闻壑中群呼曰:"今已全救矣!"众为此呼声时,盖极乐之馀,已忘侯爵之犹在楼中,即侯爵或亦自忘之。但见其迟回窗次,向火若有所思,久之,若恍然悟者,乃徐徐返身,跪斜檐,攀巨梯,默然拾级而下。壑中人望见之,几疑为天神之从天而降,皆惊愕蜂拥而退,退不数武,而侯爵已巍然临末级矣。一足甫践地,忽觉有一手突出暗中,绾其领巾。侯爵回首,薛慕丹曰:"我今获汝。"侯爵曰:"然,我许汝矣。"

薛慕丹既获冷达男,立引之入都尔基之下室,开地牢处之,置灯一,水瓶一,干糒数事,投草束于地,布置讫,即严键门牢,列卫兵守缺口而出。出时,适闻巴利尼钟楼,铛铛报十一时。遇瞿文,谓之曰:"我欲开军事裁判矣。汝与冷达男,皆瞿文族,分至亲,在法不宜列席。此裁判,当以三审官组织之:一上级士官,苟桑副将是也;一下级士官,赖杜伯军曹是也;而我为之长。汝毋干涉此事,非攘权也,欲履行国约议会之决案,不得不立此限制耳。明日判决,后日上断头台,文台从此死矣。"

瞿文默然不答一语,薛慕丹语毕,即匆匆离瞿文而去。瞿文俟薛慕丹行后,召苟桑,委以营务,已亦翩然出营,徐徐向塔下草地行。

四野辽旷,凉风拂衣,瞿文身裹一巨氅,头目皆隐氅中,迎风而前,状如夜蝶,幸氅端缘一袖章,灿然暗中,人以是得辨为首领之来。顾瞿文此时,殊不愿有人辨之,独行染血之丛草间,似前似却。其时火势稍衰,三层桥阁,已焚毁略尽矣。赖杜伯方伴三儿一母,絮絮作欢慰语。众锹兵则持挠钩,力断火路,其馀或埋死尸,或治伤人,或拆毁防障,或粪除室中及梯次之血污,皆各事所事,状至忙迫。而瞿文乃一切无睹,惟直注其两目,视塔之缺口卫兵哨候处。

此缺口隐丛草间,距彼约百武,剧战之开场在此,破塔之入道在此,即囚系冷达男之地牢亦在此。瞿文于黑暗中,目不旁瞬者久之,耳中似闻有人频呼曰:"明日判决,后日上断头台。"则体为之噤。立以两手抱头,彳亍缺口前之塔影下,且行且作沉思。

第十五章　深长思

瞿文此时之思想,忽焉大变矣,思想一变,目光亦随之而变。其变之最不可思议者,则莫如常日目中之冷达男,全异于今日目中之冷达男;冷达男已变相矣,而瞿文适身当此变相之冲。以如是之事,其结果乃得如是之变动,是固瞿文梦想所不及者。梦想所不及,而事实竟及之,是殆造化故示玄幻,以戏弄吾人耶？然瞿文已坠此玄幻中,迷惘不知所从。

欲破迷惘,模棱无益也,必用劈头之猛断;欲下猛断,必先立问题;问题所立之根据何在？在事实。然仅据事实,便足断乎？不可也。事实变动者也,宜用以为问;公理不变动者也,乃用以为答。事实譬则云也,恒蔽我以阴翳;公理譬则星也,能曜我以光明。吾人宁能舍光明而即阴翳乎？

瞿文此时已发问矣,顾发问者非瞿文,乃瞿文之天良也。自发此问,觉平日坚卓不摇之志操,一成不变之决心,至是皆杌陧不安,徐徐摇撼其灵魂,若将颠覆者。

瞿文一决心革命家也,然此时于革命决心之上,忽又发见一人道之决心。觉此决心之窜入脑海,为力至伟,虽耳畔犹时时闻薛慕丹严厉之呼声曰:"此事汝勿干涉。"第不知不觉中,大类一久植之树,有飓风突来,势将拔根而去。

瞿文以两手抱头,乃愈抱愈紧,抑若欲藉此一抱之力,挤出其脑中之真理者。求真理如求算理,单纯易,复杂难,以兹事之形势论之,不啻列无数恐怖之号码于加法之横线上,欲立得其总数,是何等眩晕之事?而瞿文乃持心筹,布慧珠,由散而聚,由繁而简,循难题之狭道,曲折而进。愈进愈深,忽见一不可思议之现象,涌现于前途。

瞿文所见者何事耶?盖彼于人世战争之中,恍惚间忽睹一天国之战争。

天国何在?即吾人之灵魂界也。战争何人?即善神与恶魔之冲突也。瞿文此时,若亲见此群魔,蟠据灵魂界中,张其迷谬之幕,高其残忍之垒,黑暗为灯,傲慢为盾,卓拗执之旂,击利欲之鼓,以与善神相周旋。卒之善神胜而恶魔败。善神,人道也;恶魔,非人道也。人道终克非人道矣。

是果持何方策,用何器械,获此完全之凯胜乎?无他,三摇床而已。不见三摇床中,有堕地未久之三小儿乎?孤儿也。吃吃而言,嘻嘻而笑,固无怙无恃,不知不识者也。又不见绕此三摇床,有汹汹之血战乎?弹相击,刃相交,汝首吾头,吾剚汝腹,仇杀无已也。又不见有无情之烈火乎?固不惜蓄其罪恶之预谋,一试愤怒之毒焰也。又不见有夙称残酷之老诸侯乎?固嗜杀如饴,乐战不倦,至死不变其志者也。然一瞬之间,血战也,烈火也,残酷之老诸侯也,莫不如烟如雾,悉消灭于摇床前未成人者之目光中。此无他,以其未成人,斯未为恶,真实也,公正也,醇洁也,无罪者也。上帝之全德全能,悉寄托于无罪之童魂中,于是无罪者,遂得奏凯而旋。

斯时,我敢断言曰:内乱无有也,屠杀无有也,无怨恨,并无罪恶,魔鬼不现,天主亦不现,惟有姚冶之晓光,普照于人类之地平线上。

夫战争必有战场,此战争之战场何在?在人类之天良中,而尤在冷达男之天良中。

然冷达男之天良,于何发见之?于瞿文之天良中发见之。彼念冷达男已宣布死罪矣,被围矣,禁锢矣,如兽在柙,如钉入钳,在势已无脱理,而神出鬼没之冷达男,竟于金城铁瓮中,飘然而逝。屡次败衄所失之各森林,各地方,不啻藉此一逝,尽恢复其所有权,从此往来倏忽,窜突无常,将复成为地窟之首领,棘林之主人矣。瞿文虽得胜,顾冷达男亦已自由,莽莽林埜,何地不可藏身?浩浩前程,何事不可再举?脱阱之猛狮,固无人复能迹而获之矣。

嘻,异哉!彼于既脱之后,乃忽返身而还。

转念间,彼忽愿尽弃其森林地方,自由前程,复投身于必死之危险中。第一次,瞿文见其昂然直入书楼,沉火渊而不顾。第二次,又见其从容下梯,致身仇敌。梯名救命,顾在冷达男,则当号绝命耳。

是果何为哉?救三童子耳。此三童子为彼所生乎?非也。彼之家族乎?亦非也。不过三弃儿耳,婺人之子,不知谁何也。而此睥睨一切之贵人,勃兰峒之王,已脱重围之老将,忽自献其硕大之头颅于三童子之前。头颅,本恐怖也,今乃成庄严璀璨之光环,然则人将何以处此头颅乎?曰彼既献之,我当受而斩之。

冷达男已再四审度,选择于人与己之性命中,得无上之决择,乃舍己之命以救人之命。然则人将何以处此命乎?曰彼既舍之,我则许而绝之。

人惠我以恩慈,我乃报之残酷,是何等可怖之酬答耶?乃不意此可怕之酬答,不发现于他人,即发现于共和之下。向所称为擅作威福,蹂躏人权者,今已翻然改图,皈依人道;而自命为自由之花,博爱之神者,反迟回于龙战玄黄之野,肆其阋墙惨杀之心。仁慈也,公正也,牺牲一己以事救济也,皆神德也。顾为此者,不在文明之志士,而在顽固之老兵。共和本强也,今乃弱矣;本凯胜者也,今乃屠杀者矣。传之后世,言主张君主者,能救童子;而主张共和者,乃杀能救童子之老人,是岂共和之荣哉。

况此老人行年近八十矣,旁无一人之助,手无寸铁之卫,名为获之,其实盗之。且其被获时,适获之于善业圆满中,颗颗忠诚之汗滴,方涌现额际,发为神光,我见其徐步上断头台,直不翅拾级而登神圣之阶矣。置此头于切刀之下，而绕此头者，有贞白之三灵魂，翱翔眷恋，为之吁天而祈福，是何等高尚之伟迹。我料此头，必含笑于血腥之下，而赧然发赪者，反遍及共和之面上矣。

瞿文共和军之首领也，首领不赞同，首领能阻止之。能阻止而竟不阻止耶？竟承认薛慕丹越权之请，不干涉此事耶？是让权也。让权即同谋。以如是重大之事，自作者与任人作者，法律上罪惟均，而道德上则任人作者，罪乃更重，以任人作者，近卑怯也。然冷达男之治死罪，瞿文岂未尝承诺乎？彼不尝言己尚仁慈，惟冷达男当在仁慈之例外乎？然则竟以冷达男付之薛慕丹耶？

冷达男应治死罪则付之耳，第今之冷达男是否为应治死罪之冷达男？

瞿文常日所见之冷达男，一狞恶之战士也，一王权封建之迷信家也，一杀囚枪妇之凶手也。是人也，瞿文固不惧之。天下最易循者，莫如画线之直路，彼以恐怖来，我以恐怖往，彼杀人，我即杀彼，何所用其迟回审顾。今不然矣，直线中断矣。一意外之纡途，忽现于人道中，冷达男乃直趋而入，变相立现。本魔鬼也，今为人相矣，不特人相也，直一灵魂之真象。此时瞿文之目前，万象皆灭，惟见一伟大之救济家，矗立天国中。

不仅此也，尚有一最密切之问题，为瞿文所不能不念及者，则家族是也。夫流家族之血，即不翅自流其血，然则冷达男非瞿文氏之血乎？其祖父虽死，而叔祖尚存，叔祖非他，即冷达男也。死祖有灵，宁愿抗宗之介弟，含冤就圹乎？宁有不贻训嗣孙，敬礼此宽仁俊伟之家督乎？脱一家之中，自相残杀，不独违天，且蔑祖矣。

且革命之目的，果为毁弃人乎？破坏家族乎？绝灭人道乎？皆非也。九十三年之开幕，第一事为破巴士的狱，即恢复人道也。第二事为废封建，即建设家族也。夫创造者，权力之出发点也，有造物力者，斯有物权。天下权力之大莫与京者，莫如父母性。故母蜂能造蜂群，即母也，亦即王也；人王不能造人群，即非父也，亦非人主。由是倒王位,由是遂革命,是果何为乎？为家族耳,为人道耳。革命者,人群之新纪元也。其实并无所谓人群,人群即家族也,即人也。

今冷达男已自返于人道矣,瞿文奈何不自返于家族乎？以祖之进于此,不能不逼孙之退于彼,一祖一孙,欲握手于无上之光明中,以天良决之,瞿文安能不救冷达男。

是固然矣。然试问救冷达男后,于法兰西之关系为何如？瞿文一思及此,不禁惕然惊矣。

噫,法兰西之国运已穷蹙矣！门户已尽撤矣！日耳曼已渡来因河,则无沟可隔也；意大利已踰阿尔伯①,西班牙已越比兰纳,则无堑可守也。

所恃者惟大西洋耳,将恃此以敌各国,形势固至险要也。顾此险要,果为我有乎？窃恐不然。大西洋之中,有英吉利。有英吉利不足惧,以其不能足涉而渡也。所惧者,有一人焉,授之以桥,且望洋而呼曰:"来！英吉利速袭法兰西。"是人何人？冷达男是也。

是人焉,固经三月之剧战,掷千百健儿之性命,辗转追逐,仅乃获之。获之则革命之手,已椎碎王冠,九十三年之长缨,系十七世纪封建之颈矣。幽幽地牢,昔以囚人者,今乃囚己；峨峨高堋,昔以自卫者,今乃自戕；欲以其国献人者,其家适献其身。报应之理应尔,天主若定之矣。两日之内,公敌就殀,从此不能复战矣,不能复争矣,不能复破坏矣。文台虽不乏股肱,而脑系仅一也。脑系绝,则一切皆死矣。

今忽有人也欲救之。

薛慕丹,九十三年之代表也,其俘冷达男,不翅俘君主政体也。救之者,宁欲扶已倒之君主而复立之耶？薛慕丹未来之明星也,冷达男已往之幽谷也。

救之者宁欲杜未来之路,脱已往之扄耶？冷达男,新社会之恶魔

---

① 阿尔伯,前译作阿勒伯,见第二卷第五章。

也。冷达男死,凡社会上之叛乱残杀,同时皆死。救之者,乃欲复生此恶魔耶?

我知此恶魔,必仰天而笑曰:"我生,若曹无死所矣。"一转瞬间,复投于仇杀惨战之盘涡中,行见屋舍仍纵火也,囚房仍屠杀也,伤人仍毕命也,妇人仍枪斃也。

凡此思潮,突涌起于瞿文之脑中,脑中忽扰乱。然则前之思想为误乎?瞿文不能不悉心研究之。

三童已就死,冷达男救之固也。顾孰置之死地乎?非冷达男耶?夫置摇床于碉楼中,固黎麦尼事也。黎麦尼何人?乃冷达男之副将。凡将士之举动,其责任则首领负之,若是乎纵火戕命之谋主,仍属冷达男矣。

置之死地而仍救之,夫救之何奇,奇在以最固执之人,而忽失其固执性。推其失此固执性之原因,则由于慈母之呼声,唤醒其人类之良知,使立返其故步。本即幽夜也,一回身,则光天化日耀其面矣;本造罪者也,一改造,则天心人道托其身矣。魔鬼与神圣,只争一心,一出魔界,即邻圣域矣。

以如是之人,而遂杀之乎?杀之于心何安。然则救之乎?救之又负何等之责任。救冷达男,即牺牲法兰西也。生一冷达男,即死无量数无罪妇孺之命也,即招英吉利之入寇也,即致革命之退步也,是不啻救一猛虎矣。

瞿文反覆此相反之两问题中,觉人世难处之事,莫过此者。因思猛虎,固不当救也,然冷达男果为猛虎欤?昔固似之,今仍然欤?试一持平考察之。

冷达男今兹所为,非忠诚耶?非强毅之克欲耶?非于残杀之内乱中,证明人道耶?非于王权革命之上,证明一灵魂之真相,强者应保护弱者,已救者应降福未救者,一切老者,应慈爱一切幼者耶?不以他物证之,乃即以献其首者证之。彼固将军也,以证之之故,尽弃其建功之野心,复仇之秘略。彼固王党也,以证之之故,乃取一衡置法兰西之王及十七世纪之君主政体,并一切旧法律、旧社会于衡盘中,与三乡童共秤之,觉一切皆轻,而无罪乃独重。凡此岂猛虎耶?岂猛虎而能若是耶?我知其不然。本血海也,今乃成光明;本地狱也,今乃为天国。冷达男已自赎矣。以一切牺牲者,赎其一切残酷,失其有形,以救其无形,冷达男固亦一无罪者也。宁天主不许人以自忏乎?脱其许之,则冷达男,且为可敬之老人矣。

冷达男以不忍无罪,至舍弃一切以救之,瞿文安能坐视不忍无罪之老人,反任其无罪而就死乎?冷达男既于善恶战争中,卒能控御此战争,以人道解脱之;瞿文亦此战争中之一人,安能不以家族解脱之乎?彼此时于黑暗中,目注缺口,辄期期自语曰:"我救冷达男。"顾一转念间,忽若睹英吉利之入寇,文台之扰乱,救冷达男,乃叛法兰西也,又不禁体为之震。此实人类之三歧路也:一为人道,一为家族,一为国家。瞿文徘徊路口,择于此三者之中,果何所趋乎?心口相商,输转不已。

凡天下事,理想一事也,感情又一事也,理想仅属诸理,而感情则往往出于天良。一本于人,一源于天,天人之间,瞿文当有以自决矣。

第十六章　诣狱

巴利尼钟楼,已报凌晨一句钟矣。瞿文于沈思渺虑中,不自觉其步之前进,愈进乃愈近缺口之门。其时桥阁馀火之返照,乍明乍灭,适射对面之高丘。其明也,则火焰破浓烟,其灭也,则浓烟包火焰,视其一起一伏之象,抑若与瞿文脑中之思想,无意中相应和者。

忽焉于浓烟之旋涡中,突涌出一道火光,为状至烈。瞿文藉此火光,忽见丘巅矗立一运车,骑士绕之,绝似日落时,在苟桑远镜中瞭见者。此时车上,若有人共运一物,物体至重,且作金铁声,两人舁之而下,瞥见其形,乃三角也。

有顷火光灭,诸物悉隐,瞿文目注此黑暗中,出神作遐想。但见丘上灯光往来,人声庞杂,瞿文隔壑而望,不能辨析其所为何事,所言何语,而磨刀霍霍声,则不翅促其欲行不行之足,使奋然勇进也。

二句钟至矣,瞿文已达缺口。口外哨兵,望见其有徽章之巨帔,即认为首领,咸举枪示敬。瞿文昂然直入塔下室,此时下室中,景象全变矣。穹顶上悬一提灯,灯光耀室中,见诸守兵,皆纵横枕藉,偃卧铺草上,已沉沉入梦矣。

此时脱离剧战,仅数小时耳,粪除未尽之断枪残弹,犹散布敷石间,至碍其稳睡。顾诸人已倦极矣,觉此恐怖之室,前此腾踔于斯,吼謈于斯,屠杀于斯,踣健儿之身者,斯石也;饮志士之血者,斯草也;今则血已拭矣,刃已韬矣,死者已死矣,恐怖之事告终,而平安之梦从此始矣。

　　瞿文既入,诸守兵中有未睡熟者,皆起迓之。中有一兵官,瞿文指地牢之门,谓之曰:"为我开此门。"兵官听命,去门扃,门砉然启,瞿文遂徐步入,门亦旋闭。

第十七章　祖孙晤对

地牢中有一灯，置敷石上，在下层牢舍风洞之旁，馀则水罇一，草褥一，黑面包数事而已，无他物也。侯爵方踝躠牢室，状似猛兽处笼，不忘驰骋，忽闻门枢启闭声，一举首，灯光适射瞿文之面。两人眈眈互视者久之，侯爵忽狂笑曰："子爵先生，汝来视我耶？汝贶我以恩意，我至感汝。我方烦懑，得汝一谈，良慰寂寞。我谓汝友直竖儒耳。欲杀则杀，奚必搜证据，开裁判，多费手续，坐耗光阴，使我久淹此耶？吾曹所遇之事何事乎？固至奇妙也。今日有一王，一后，王为国王，后则法兰西也。人既殊王之首，而嫁后于罗伯士比，而此再婚之佳偶，遂共诞一尤物之女郎。女郎何名，即名断头台，明日人将令我接其吻者也。我固至以为娱，汝非为此来乎？汝岂已晋秩为伍伯耶？脱非然者，则是亲谊之通谒也，我尤欢迎。子爵先生，汝今或不复知何物为贵人，请汝视我，我即汝之骨董也，汝之天主也，亦即汝之家族，汝之祖先也，汝父之模范，以忠诚为本分，以旧道德、旧法律为生命者也，乃亦汝所必欲枪毙为快者也。我今语汝坐，室中无安乐椅，仅有敷石，顾已相见泥中，何妨共坐地上，我不敢言辱汝，以吾曹视为泥中者，汝曹且诩为国家。汝试观此室，非我家之牢狱乎？昔以诸侯囚贱民者，今乃以贱民囚诸侯。群儿相戏耳，辄号曰革命，我知去此三十六小时内，人将断我头于此室中，我亦不以为非当。人若知礼，能惠我以上层镜室中所储之烟草，使我一尝旧味，我心尤惬。以此镜室,为汝儿时嬉游之地,常跳跃我膝上者也。我不奇他事,我独奇汝亦姓瞿文,汝之脉管中,当满贮贵族之血,与我同也。不意同一血也,在我为贵人,在汝为乞丐,相远乃如是耶?然此非汝过,亦非我过,为恶者类不自知也。人吸空气以生,一时代有一时代之空气,我曹之时代,乃儿戏革命之时代也。此亦儿戏,彼亦儿戏,儿戏宁有责任乎?汝曹之大罪,正汝曹之无罪也。子爵先生,我且倾服汝,服汝以如是之青年,据国家中至高之位置,得家族中至贵之遗传,今日为都尔瞿文之子爵者,即异日为勃兰峒之主。乃一切不顾,毅然视敌为友,成此儿戏之伟功,我以是贺薛慕丹院长教育之奏凯矣。"

侯爵言时,以两手插腋下,为状至沉静而和蔼。稍止又言曰:"我不自欺,曾以巨炮躬自击汝,几杀汝者三次,无礼我固先之。吾孙先生,汝宜谅我!盖吾两方相见于火与血之中,弹匣即楹书也。且人方弑王,我又何恤乎祖孙?"

侯爵语至此,色微变曰:"汝谓君主政体,惨暴无人理乎?脱果惨暴,则磔卢梭,缢福禄特尔①,亦至易易,何至于今日耶?惟其不然,徒焚其书而不治其人,于是一般之号称哲学家者,摇唇鼓舌,势力渐张,初仅在野,继乃登朝。若铁敖②,若纳克儿③,其先导也。夫吾侪贵人,固握裁判之无上权者,汝不见此室之壁上,有裂刑之迹乎?施之此辈,谁曰不宜。而吾侪不施也,任其以人爪握鹅毛,以墨汁污白纸,今日布一文,明日著一诗,马拉由是生,罗伯士比由是出,儿戏之理想,乃产一惨酷之事实。孰造此罪?著作造之。法语希曼尔CHIMIRE④之字义,本含有两解:一为虚想,一为怪物。汝曹乃真由

---

① 福禄特尔(Voltaire),今译作伏尔泰。
② 原注:七十四年路易十六任为大藏大臣,实行自由贸易主义,主张废封建制度,大受贵族攻击,乃辞职。编者按:铁敖(Turgot),今译作杜尔哥,法国重农学派经济学家、政治家。路易十六时代,任财政总监。一七七六年去职。有著作多种。
③ 原注:亦大藏大臣。编者按:此处疑误译。原文 Turgot 之后,有 Quesnay(魁奈)、Malesherbes(马尔泽布),与纳克儿音皆不近,不知其所指。
④ 原注:即理想也。

虚想而成怪物矣。汝曹不尝唱导权利乎？人权也，民权也，此皆不根之论也。我今告汝，昔戈农第二之女兄曰汉樊斯，袭华爱尔之遗爵，勃兰峒属也，嫁罗歇须雄之诸侯曰亚伦，生小戈农，遂奄有文台全境，此即铎尔瞿文之祖父也①，亦即吾曹之祖也。此乃真权利。若汝曹之权利，则灭天主耳，弒国王耳。汝乃不以己之真权利为权利，而认怪物之权利，舍茅土之贵，而下侪舆台，汝诚大愚。我老矣，汝犹少年，不忆汝儿时嬉戏时乎？垢面如奇鬼，鼻涕长一尺，我抱而拭之，拭之拭之，而汝长大矣。离汝才数年耳，方期汝日即伟大，不谓汝乃自缩小之。今已矣，汝曹已得全胜矣。已往之陈迹，自巴士的以至历日，薙艾之惟恐不尽，卖菜佣一跃而为主人翁，从此不复有宗教，不复有王权，不复有封建。洋洋法兰西之古国，曩称以三级统御者：君主、亲王、领主及海陆军人为一级；上下级之裁判官及盐税、普通税之收税官为一级；全国之巡警为一级。各守厥职，秩序整然。汝曹乃悉破坏之。夫我法兰西之国性，固萃大陆之美者也，各省之特性，不啻包有全欧。毕加狄省②之诚实似日耳曼，商巴尼省③之豪侠似瑞士，蒲高尼省④之技巧似荷兰，嘉斯高尼省⑤之严重似西班牙，百罗文省⑥之敏活似意大利，脑门狄省⑦之机智似希腊，汝曹乃不惜举一切国粹，悉摧残之。不惜弒国王，杀贵族，屠牧师；不惜倒王座，毁祭台，蹴天主。此乃汝曹之伟业也。汝不愿为贵族，汝今为叛徒矣。呜呼！子爵先生，别矣。我脑中所欲言者，已尽言之，欲斩则请汝斩我。"瞿文岸然曰："否，侯爵固自由也。"言既，突前向侯爵，以己之大皴，投侯爵肩，耸其领，高及目际。瞿文与侯爵躯干绝肖，骤望之，竟莫能辨。侯爵

---

① 戈农第二(Conan Ⅱ)；汉樊斯(Havoise)；华爱尔(Hoël)；罗歇须雄(Roche-sur-Yon)。
② 毕加狄(Picardie)，今译作庇卡底。
③ 商巴尼(Champagne)，今译作香槟省。
④ 蒲高尼(Bourgogne)，今译作勃艮地。
⑤ 嘉斯高尼(Gascogne)，今译加斯科涅。
⑥ 百罗文(Provence)，今译作普罗旺斯。
⑦ 脑门狄(Normandie)，今译作诺曼底。

愕然曰："此何为也？"瞿文不答，忽就门呼曰："速开我。"门立启，瞿文力推侯爵于门外，门即砰然阖矣。

侯爵既出地牢，茫然不知所为，信步经下室，室中未熟睡之守兵，于灯光惨淡中，但见一伟岸之人，身披有徽章之大氅，以为首领之复出也，皆肃然示敬，听其出缺口而去。口外哨兵，亦各举枪如见瞿文时。

此时侯爵已达塔外原野中，距森林才百馀武耳。自由之空气，满贮前途，以待其吸取。侯爵且行且疑，以为此必无之事也，殆梦耳。既乃举其右手，以食指力掐拇指，觉剧痛，狂喜曰："真也。"遂冉冉入林而没。

第十八章 军事审判

九十三年之军法裁判,表面虽采用合议制,以表决法定之,而实际则单独制。何也?以裁判长有无上权,能任意选任审官,分其等级,依次表决,其最后之表决,仍出裁判长也。

次日,薛慕丹即择定塔下室为裁判所,裁判所适对牢门,而断头台,即设于裁判所之口外。

日亭午,裁判乃开庭矣。室中置三草椅,一木案,两巨烛分列案之左右,火光烂然,案前设一矮几,椅为审官设,而几则属罪人。案之两端,别设二几:一坐陪审委员,已任一军需官为之;一坐书记,乃一伍长也。案上列火漆一枚,铜玺一具,馀若文具卷宗,均纷然杂陈。别有印刷品之告示二纸,尤轩露惹目,盖一为置法律外之宣布,一为国约议会决案之通告也。中央椅后,植立一叉枪,上悬三色旗,摇漾火光中。革命时代,设置皆尚简略,顷刻之间,慎密之守卫室,忽易为威严之裁判所矣。

是时,旁听者皆共和军之兵士,咸屏息绕室而立,两卫兵佩刀列罪人坐次。薛慕丹冠三色羽冠,腰鞬上,仍悬一佩刀,插两手枪,面创发赤如火,益增其狞猛,昂然就中央裁判长席,适面地牢门。苟桑为第一判事,就右坐;赖杜伯为第二判事,就左坐。苟嗓状至沉毅,赖杜伯则以一帕裹首,时时见血液,流溢出帕下。薛慕丹既就席,忽闻室口外有马铃声,一军事邮吏入,就案旁立。薛慕丹提笔作数行书,文曰：

"保安会委员公鉴：冷达男已就擒，定明日处斩刑。"

书日署名封缄讫，授邮吏，邮吏出，即匆匆上马去。邮吏去后，薛慕丹乃高呼曰："开牢门。"两佩刀卫兵听命前，去门扃，门辟入牢。薛慕丹乃举首交臂，目注牢门，又呼曰："引囚房出牢。"即见两卫兵，挟一人由门中出，出者乃瞿文也。薛慕丹大惊，呼曰："嘻、嘻，瞿文！我欲引出者，乃囚房。"瞿文曰："我即囚房。"薛慕丹益惊曰："汝乎？"曰："我也。"曰："冷达男何在？"曰："彼已自由。"曰："逃乎？"曰"然。"

薛慕丹全体作震颤，吃吃曰："是本彼之旧邸，一切出口，彼宜谙之，我固虑此牢中，或有秘密道，今果不劳人助，悠然逝矣。"瞿文："否，有人助之。"曰："然则纵之乎？"曰："然。"曰："孰纵之？"曰："我。"曰："汝乎！汝得毋梦乎？"曰："至确。我曾独入地牢，以我之帔，被彼之背，且以高领蒙其面。彼遂出，而我乃居此。"曰："汝决不为此。"曰："我已为之。"曰："万无是事。"曰："真也。"曰："若是，则汝当还我冷达男。"曰："彼已不在此。彼既被我之巨帔，守兵以为我也，已任其去矣。此事尚在昨夜。"曰："汝宁狂易乎？"曰："即我自谓亦如是。"

薛慕丹默然久之，惨然曰："然则汝意……"瞿文正色曰："无他，死耳。"薛慕丹闻语色变，如受死刑，如蒙雷击，额汗坌涌类檐溜，既乃勉为严重之声，曰："卫兵，令罪人坐。"瞿文乃就矮几。薛慕丹又呼曰："卫兵，速举汝刀。"凡讯死罪之犯，当时仪式固如是，两卫兵乃各扬其佩刀。薛慕丹此时，神色已稍定矣，厉声曰："罪人起立。"从此薛慕丹对于瞿文，不复称尔汝矣。

瞿文既由矮几起立，薛慕丹问曰："罪人何名？"答曰："瞿文。"曰："何职？"曰："我为北海岸远征队之总司令。"曰："与已纵之罪人，有亲属关系否？"曰："我为彼之嗣孙。"曰："罪人知国约议会之决案乎？"曰："告示列案上，我固见之。"曰："决案作何语？"曰："我即署名告示下，命令实行此决案者，宁不知决案作何语？"曰："罪人若需辩护士者，此时可任择之。"曰："无须此，我当自辩护也。"曰："有申辩语，速言之。"

薛慕丹此时,兀然不动,为状似岩石,严重无伦。瞿文则俯首作沉思,满室中皆寂然。薛慕丹促之曰:"罪人宜申辩矣。"瞿文乃徐徐举首,状若不见一人者,答曰:"我之为此,以有一物障之,使我不复见他物。厥物维何?即人类之善行是。我目中,但见一方面为老人,一方面为童子,而我之本分,适介两者之中。以是遂忘村庄之焚毁,原野之劫掠,俘虏之屠杀,伤人之惨死,妇人之枪毙;以是遂忘以法兰西交付英吉利;以是遂纵国家之公仇。我实有罪,我为此言,迹近讦己,其实非讦,乃护己耳。盖有罪者,当其慨然自承时,往往有以不自救为自救者,惟其不自救,而所救乃至博大也。"薛慕丹曰:"罪人自辩之辞,仅此乎?"瞿文又曰:"况我为首领,宜以表率示人,即汝为审官亦然。"曰:"何等之表率乎?"曰:"治我以死罪。"曰:"罪人自谓当治死罪乎?"曰:"至当,且必要也。"曰:"然则罪人姑坐。"

陪审委员乃起立,先读置冷达男侯爵于法律外之告示,次读国约议会决案之宣示书,无论何人,凡故纵或隐匿叛虏者,一律处死刑,终读告示下方附印之数行。文曰:"凡有救助告示中有名之叛徒者,治死罪。署名,远征军总司令瞿文。"委员读毕,复坐。薛慕丹整襟言曰:"罪人勿哗,旁听之公众,各宜默而静听。须知汝曹之前,有法律在,法律宜用表决,各判官互陈意见于罪人之前,以多数定判,裁判固无隐徇也。今请第一判事先发言。"副将苟桑垂目视案上国约议会之决案,状若不见薛慕丹,亦不见瞿文者,毅然曰:"凡为判官,与个人不同,有不及个人处,亦有胜于个人处。不及个人,以其无心也;胜于个人,以其有权也。昔罗马曼鲁意①之子,未受将令出战,既克敌矣,曼鲁意仍治其擅命之罪,立斩之。犯军律犹不可赎,矧犯法律乎?法律乃较军律尤严,虽道德不能变更法律。假其变更,即陷国家于危险也。今总司令瞿文,既违法纵叛徒冷达男,即为有罪,我表决宜死。"

---

① 曼鲁意(Manlius),今译作曼利乌斯,古罗马执政官。

薛慕丹顾书记曰："汝录之。"书记书于簿曰：

"副将苟桑，表决，死。"

瞿文顾苟桑曰："汝之表决至当，我当谢汝。"薛慕丹曰："第二判事宜发言矣。"赖杜伯乃起立，先向瞿文行一军礼，既即高呼曰："汝等必欲处斩刑，惟有斩我耳！此意我早蓄之，初为老人，继为首领。当我见此八十龄之白发翁，投烈火中，以救三宁馨，我即曰：'汝乃慈主也。'当我闻我曹之首领，拔此老人于断头台之切刀下，我又曰：'汝真我曹之将军也。必若汝，乃不愧为人。'吾人岂悉无知觉者乎？首领瞿文，自四月以来，屡摧王党，陶耳一役，尤著奇谋，若曹何幸，得此非常之人，乃必欲去之乎？不举为大将军，乃欲决其首乎？我尤不解国民瞿文，适亦自承为有罪。脱其言非出我首领，我唾其面矣。天下宁有以勉力趋善之人为有罪乎？若然者，必老人能忍心以观童子之生燔，必我首领能闭目以听老人之就戮，然后为无罪耶？且此三童子，乃我赤帻队之胎儿，见死不能救，即我全队之羞也。今以救童子故，救老人，以救老人故，遂杀我首领，是不翅自相残杀也。我不愿杀我首领，我之爱我首领，乃更甚于常日，若曹必欲斩之，则毋宁斩我。"

赖杜伯语毕复坐，为状至愤激，致裂其耳创，血续续下帕际。薛慕丹顾之曰："汝表决罪人宜赦乎？"赖杜伯曰："我表决宜举为大将军。"薛慕丹曰："我问汝表决罪人，宜赦宜死？"曰："我表决为共和党中之第一人。"曰："军曹赖杜伯，毋赘言，总司令瞿文，或赦或否？汝速决一言。"曰："我表决宜斩我以代。"

薛慕丹顾书记曰："赦也，汝录之。"书记书于簿上曰：

"军曹赖杜伯，表决，赦。"

书记起立报告曰："一判事表决死，一判事表决赦，为平均数。"

此时宜裁判长薛慕丹发言矣，瞿文之生死，即赖此一表决定之。薛慕丹乃起立，脱其羽冠，置案上，面色惨淡如土，四围旁听之目，皆环绕其面，毋敢或息。薛慕丹乃徐举其严重之声曰："罪人瞿文听之，我今赖共和政府之威灵，军事裁判之正义，定两表决之多数于一。"

语至此,稍止,状若慎重审择于生死两问题之间。斯时旁听者之胸胁,无不趯趯跳动。忽闻薛慕丹奋然呼曰:"总司令瞿文,宜治死罪,明日日出时行刑。"瞿文徐徐立,行一敬礼曰:"我谢裁判。"薛慕丹曰:"汝等可引罪人去矣。"举手一挥,牢门立启,两卫兵导瞿文入,门复闭,卫士皆露刃立牢门旁。赖杜伯此时,则已晕绝案次,人乃扶而去之。

第十九章　坐而论道

　　革命时代，一营垒，即一蜂窠也，而公民之刺，则尽寄诸军人之身。顾其时军人率多一鬨之市，心志浮动，为仇为友，顷刻数变。试观此时攻塔之四千人，闻冷达男已纵逸，见首领瞿文乃受裁判，如电气之感触然，一时纷纷籍籍，咸往来交耳作私语，为状至不靖。第一次则当裁判开庭时，群相告曰："此掩人耳目之裁判也。贵族与牧师，胡可信耶？吾曹既见救侯爵者，为一子爵，则赦贵族者，必在牧师。"第二次则当定判时，众又哗曰："此吾曹之首领也。虽身列贵族，而实为共和国首功之伟人。守彭都桑，破陶耳，取都尔基，五月以来，扬三色之旂于文台之林野，所向无敌，雪楼歇尔屡败之辱，挫顾恩敢死之锋，匪彼胡有今日？薛慕丹敢治以死罪耶？牧师乃杀军人，是胡可忍？"

　　于是塔下各营，咸愤愤不平，怒潮如城，环绕薛慕丹。四千人，大群也；薛慕丹，个人也。以大群反对个人，在势莫敌。顾在此酷虐之时代，苟个人身后有保安会之拥护，其威力即足以震慑全国。况此时之薛慕丹，不特瞿文之生死在其掌握中，即四千人之生死，亦无不在其掌握中，彼盖握有全权之证书在也。众知抗之不能，求之亦无益，惟有饮恨怀愤，静以待之耳。

　　未几，已入夜矣。裁判所仍易为守卫室，戒严如昨夜，两卫兵列门次。至夜半后，忽有一人，手执提灯，越卫室而过，开门径入地牢，则薛慕丹也。

是时地牢中沉黑而严静,但闻吁吁呼吸声,似有一人熟睡者。薛慕丹乃置灯于地,伫视之,见瞿文方坦腹眠牢隅之草褥上,为状适也。薛慕丹徐徐蹑足前,昵坐其旁,摩抚其体殆遍,大类慈母之抚乳儿者。既乃徐举其手,就唇吻之。瞿文惊觉,于惨淡灯光中,审为薛慕丹,诧曰:"吾师,不意为汝也。我方梦一死人,吻我之手。"薛慕丹此时心大动,为语不能成声,仅微呼曰:"瞿文。"两人相视久,薛慕丹目眶中,已满贮泪潮,瞿文则霭然微笑而起,忽指其面瘢曰:"师之贶我多矣。此伤痕,即明证也。天若不置汝于我摇床之旁,我终身处黑暗中,安有今日。我生于重重束缚之下,汝则解其鹑结,育我以自由;我垂死如木乃伊,汝则续其馀息,还我以青年;我衣锦如傀儡,汝则凿其灵窍,纳我以学问。仅一诸侯耳,汝乃导之为国民;仅一国民耳,汝且推之近神圣。我欲求人类之真实,予我以真实之钥者,汝也;我欲揽天国之光明,投我以光明之钥者,亦汝也。噫,吾师,汝实造我,我当谢汝。"薛慕丹惨然曰:"我来共汝晚餐耳。"

瞿文取黑面包剖之,以授薛慕丹。薛慕丹取其一,瞿文又进水。薛慕丹曰:"汝先饮之。"瞿文如言,略沾唇,还授薛慕丹,薛慕丹一呷而尽。此一餐中,瞿文常食,薛慕丹则常饮,盖宁静者易饥,而躁热者易渴也。瞿文且食且言曰:"吾师知此时之革命,其事为至玄妙乎?于显然事业之后,实藏一不显之事业在。显然者掩其不显者,使人熟视无睹,其实显然者,虽似残酷,而不显者,乃纯懿无伦。我今辨之至析,觉此九十三年者,大类建筑家借已往之旧材,营一粗犷之引架①,人见其粗犷也,号为野蛮,而不知文明之大圣寺,即将涌现于此架下也。"

薛慕丹曰:"汝言然,假设者,确定之基也。何谓确定?即权利义务列于平行线也,即税则以相当而增进也,军役以强迫也,一切皆作

---

① 原注:即工匠建筑房屋用之木架。

平面而无凹曲。一切之上,又临以一直线,则法律也。此之谓确定之共和。"瞿文曰:"我意不然。吾师乎,似汝确定之共和,毋宁我意想之共和。果如汝言,汝将置人类中秉忠诚刚果仁慈诸美德而时时轶出于法律之外者于何地乎?我谓处以平均固善,处以和谐则尤善,权衡之上,尚有琴瑟①,与其绳以矩度,不如养以太空颢气之为自然。"薛慕丹曰:"第惧汝为浮云所蔽耳!"瞿文曰:"然则汝不迷于算术中乎?"薛慕丹曰:"汝之和谐,梦想也。"瞿文曰:"汝之几何学亦然。"薛慕丹曰:"我愿以安格黎特②之学,改造人类。"瞿文曰:"我则宁为和美尔③。"薛慕丹微笑曰:"汝爱诗,汝乃蔑视诗人。"瞿文曰:"是言我固承之,我之蔑视诗人,犹汝之蔑视空气,蔑视光明,蔑视花香,蔑视星宿也。"薛慕丹曰:"凡汝所举,皆不能资以为食者。"瞿文曰:"恶,是何言?意思亦糇粮也,思想即食也。"薛慕丹曰:"汝毋好为高论,共和无他,即算术中之二数也。由二生四而数乃立,我既以二与各数,各数终必还原。"④瞿文曰:"我恐其不能还原也。"薛慕丹曰:"汝何所见而云然?"瞿文曰:"我见社会之存活,乃存活于互相让权之中。个人宜让团体,团体亦宜让个人,社会以是平,国家以是立矣。"薛慕丹曰:"然独不能以此论法律,法律无让也。"瞿文曰:"否,法律胡为不能让?"薛慕丹曰:"顾我目中,但见裁判耳。"瞿文曰:"我之所见尤高。"薛慕丹曰:"事宁有高于裁判者耶?"瞿文曰:"有之,正义是也。"

薛慕丹至此,略一踟蹰曰:"我终不信汝。"瞿文曰:"不信宜也。汝欲强逼军役,汝对于人犹有战志也。我则愿尽除军役,而群相忘于和平。汝欲施穷困者以救助,我则并不愿有穷困者。汝欲其出相当之税,我则不愿有税,但愿市町之公费,以至简单之法,自然产出于社

---

① 琴瑟,原文为 lyre(竖琴)。
② 原注:希腊之几何学大家。编者按:安格黎特(Euclide),今译作欧几里德。
③ 原注:希腊大诗家。编者按:和美尔(Homère),今译作荷马。
④ 原注:数语极奥邃,译者不明算理,姑照译之。编者按:此数语为误译。原文为:La république c'est deux et deux font quatre.直译就是"共和是二加二和为四"。这是借数学相加得和,喻政治中之共和制。

会增富之中。"曰:"汝何术以致此?"曰:"社会之贫,由社会中寄生者多也。行我术者,当首去寄生之人,如牧师,如判官,如军人,尤寄生中之占多数者,宜悉淘汰之,然后浚沟渠,修畎亩,废交秣之法①,绝园囿之娱,尽出其地,支配公民。我法之地,芜而不治者,都居四分之三,假令人必有一地,地必有一人,出产之富,当百倍于前,虽以养全欧三百兆人而有馀,宁独法兰西乎?且倚赖天然者,惰民也。人化愈进,则天然愈退。此时之法兰西,凡工作之需,无论风之吹,水之落,悉由磁电之作用。地球之下,铁管网布,如人之脉络然,管中有水,有油,有火,潮汐往来,周流不息,人若有所需时,第按其脉管,欲泉则水至,欲灯则油至,欲爨则火至,地球几成一驯扰之动物矣。"曰:"汝诚玄妙之思想家也。"曰:"我料其必成事实。"

瞿文忽若有触,卒然问曰:"汝对于女子,意见若何?"薛慕丹曰:"男子之婢也。"曰:"然,第有一约。"曰:"何约?"曰:"男子亦女子之仆耳!"曰:"汝欲男子为仆乎?我谓男子乃永为主人。我平生仅主张一种王权,即家族之王权,男子之在家,其尊固牟王也。"曰:"我亦赞成,第亦有一约。"曰:"何约?"曰:"女子之在家,其尊当牟后耳。"曰:"如汝言,男女当为……"曰:"然,平等。"曰:"汝欲平等乎?汝宁不知两者至不同。"曰:"我第言平等耳,本未言同一也。"

声浪至是稍止,如两军奋击时,作俄顷之休战。既而薛慕丹问曰:"信如子言,将付儿童于谁乎?"曰:"先由父造之,继由母育之,教之者师也,成之者都市也,然后付之国家,国家乃其真母,然后付之人道,人道乃其鼻祖也。"曰:"汝乃不言天主?"曰:"凡我所谓由父而母,而师,而都市,而国家,而人道诸阶级,即证天主之梯级也。苟达诸级之极端,天国即焘然辟矣,天主乃掖而进之。"

薛慕丹闻语,状至愀然,若悯瞿文之沉迷不悟者。警之曰:"瞿

---

① 原注:法文 Le Vaine Patuie,日人译为交秣权,盖一种公家之牧场,专采刍秣,以供国家及贵族之用者。

文,我宁愿返诸地上,实行我可行之事。"瞿文曰:"汝先为不可行者。"曰:"我所谓可行者,乃能永久行之。"曰:"不能久也,人方取缔空想家而殄灭之,可行者之危,殆甚于累卵。"曰:"不然。我将悉羁空想家以实在之轭,以事物范围之,变流动之意识为凝定之意识,宁失其美妙,而务适实用,则无用者悉化为有用矣。然后置一切权利于法律中,权利既成法律,法律遂确定矣。此我之所谓可行者也。"曰:"我所谓可行者异是。"曰:"汝之可行,乃在梦中。"曰:"可行云者,本至无定,常似不可见之灵鸟,翱翔吾人之上。"曰:"宜捕获之。"曰:"敏活变化,胡可捕也?吾谓人类有永进,无暂退,脱其可退,天主造人,将置目于人之脑后矣。今既不然,吾人固宜视晓光,不宜顾晚照,宜向摇床,不宜近窀穸;有前之坠者,即所以励后之升者,古木之摧折,乃新萌之驱除也。故各世纪有各世纪之事业,今日已成为公民之事业者,明日必将进于人道之事业。今日之问题,仅属于权利,明日之问题,必将属于报酬。况报酬与权利,充类言之,本同一事乎?既生而为人,不能无所偿负,天主放我以生命之债,即负之大者,亦即偿之大者。权利为天然之报酬,而报酬乃获得之权利也。"

瞿文语声渊渊,状似希伯来之神巫,以未来诏人。薛慕丹不觉改容听之,斯时师弟几易位矣。少间,薛慕丹曰:"汝军欲速?"瞿文微笑曰:"我诚躁进,顾我与汝两虚想,实各有异点。汝所希望者,乃法律专制之共和,我则精神之共和也。"曰:"然则今日之时代,汝能恕之否?"曰:"恕之。"曰:"汝既非之,曷又恕之?"曰:"是乃飓风也。文化有疫疠,非飓风,安能消散之。我恒视此飓风,为除旧布新之巨彗,且我有罗盘在,亦何畏乎飓风!亦犹人有天良,视强暴蔑如也。矧为此者,非人力乎?"曰:"孰为之?"

瞿文即举手上指,为力至伟,薛慕丹视其所指之方向,抑若透出地牢之穹顶,豁然露星月照烂之天空,遂默然久之。既乃徐言曰:"汝知社会较天然为伟大乎?汝乃崇拜天然,是岂可行者,徒梦想耳。"瞿文曰:"非梦想,目的也,若无目的,社会何贵?汝言社会大于天然固然,盖留滞天然者,即为野蛮,与其登蠢然不动之天国,毋宁入聪明之地狱。然吾人究非地狱,乃人类之社会也,脱不随时增益此天然,恶能自拔于天然界乎？汝第见蚁之能工,蜂之能蜜,遂推工蜂、工蚁为保群之首功,而不知主宰而教育之者,有雌王在也。汝不欲增益天然则已,苟其欲之,则不独有大于天然者,且有更大于社会者,即吾人之目的也。我之目的,不愿见社会中,复有奴隶,复有劳工,复有罪犯,人人为文明之徽识,即人人为进步之主人。自由以精神,平等以心,博爱以灵魂。本伏轭也,我愿脱其锁而傅之翼；本匍行类也,我愿化之为羽虫；本地虫也,我愿纵之为飞花；我更愿……"瞿文语至此,忽戛然止,目炯炯视薛慕丹不复言。时牢门方半启,门外喧动声,常透门隙而入。鼓角呜呜,则野营报晓也,枪柄筑筑,则哨兵晨兴也,塔旁则有木板曳地声,杂以巨锤奋击声,一时嘈嘈杂杂,悉入薛慕丹之耳中,状若惕然不宁者。瞿文则俯首深思,一无所闻。薛慕丹曰："汝何思之深也。"瞿文曰："我思未来耳。"薛慕丹乃徐起离瞿文,乘其不觉,退至门次,瞥然而逝。

第二十章　暾日出矣

　　薛慕丹出地牢时,已侵晓矣。一轮赤日,徐徐涌现于地平线上,人于此日光中,忽见都尔基旁,有一意外之巨物,巍然穿林而出,为状之丑怪,拟之希伯来文,或埃及象形字,差得其仿佛。不特人类见之,立生悸动,即飞鸟瞥过者,亦莫不戢翼避之。

　　是物焉,形似一巨方案,支以四足。案之一端,建高而且直之两支柱,柱颠以横木联之,上悬一三角形之物,为色黝然。其一端则置一梯在两支柱中,迤逦而下。三角物下,承一木板,板木为二,各凿半月形之穴骈合之,则成一板,而穴形遂为正圜,适容一人之项,其上板,有活动之笋眼,能自由上下,平时上曳,不与下板合,及械罪人,乃推而下之,遂绕项如木枷。此板之下,复有一旋动之板,立有铁枢运之,状似桔槔,板旁置一长筐,柱前则别有一方筐,乃红色也。凡此舍三角物为铁质外,馀皆以木为之,是果何怪物乎?即九十三年之尤物,马拉呼为鲁意散者之断头台也。

　　断头台诚怪物哉!顾此时尚别有一怪物,抗立于前,则都尔基也。都尔基为石怪,断头台为木怪,两怪同时并现于人类之目光中。吾人不当复以木石视之,盖都尔基为古训之残址,而断头台则思想之动机也。都尔基为巴士的狱之雏形,而断头台则国约议会之粉本也。一则控制中世纪之千五百年,一则孕育九十三年之十二新月;一则代表君权,一则代表革命。都尔基譬则峨特式复杂之建筑,其中有属民,有领主,有奴隶,有主人,有平民,有贵族,有牧师,有判官,有不平之律例,有苛求之税则。断头台,譬则一陋屋也,中无所有,仅一喋血之巨刀。

都尔基赫然雄踞荒野久矣,仰其瘢疮之壁面,张其崚嶒之炮眼,撑石牢之骨,布礌轮之血,固已临御十五世纪中。威权惟一,尊严惟一,恐怖亦惟一,远近无敢与抗者,乃不谓忽有一物焉突立面前,其威严可怕,更甚于己。都尔基徐徐一窥察之,研究之,以为此殆由地中出也。然则果由地中出乎？在理固有之。惟此恶地,乃生凶木,汝不见灌溉此地者,为汗为泪为血乎？不见浚掘此地者,为濠为坟为窖为阱乎？不见埋于地者,不一之陈尸,死于不一之暴政乎？层累而下者,地狱也。捆载而储者,罪恶也。聚此无数恐怖之子种,朝滋而夕长之,一旦遂脱颖而出,成此凶恶之机械。断头台固可毅然告都尔基曰："我乃汝之胎儿也。"

是时两怪物,皆卓立扶善之林野中,断头台则傲然,都尔基则惕然。垂废之强权,乃惧新造之强权,过去之残酷,乃避现在之残酷。死石固不如生木,幽灵固不敌魔怪也。

是日凌晨,晓色至为姣冶,旭日徐徐破云而出,微风吹草作碧漪,残霭冥濛,非烟非雾,或缭绕林间,或升腾涧底,大类巨炉中满贮异香,随时喷薄。晴空一碧,白云皎然,浓阴成幄,远波如练,一草一木,咸有霭然相亲之意,似造物者特现此醇洁旸和之象,以默启我人类者。而我人类乃于此醇洁旸和之前,纷然罗列者,则古堡砦也,杀人机也,战士也,罪人也,一时卑浊之丑态,莫不穷形尽相,悉宣露于皜皜阳光中。

则见四千之远征队,斯时皆肃然列高丘。步队分两行,左右夹侍,自丘颠直达丘岸,为两纵线；炮队中列丘颠,为一横线,断头台则矗立三线之中,适成一 E 字形。三面皆环堵,独缺其一面,其缺处,即巨壑也,越壑即为都尔基。

都尔基与断头台,遥遥相对,其间仅隔一壑,都尔基之平台,适与断头台作平阶。

维时壑中经大火之后,残烟尚弥漫不熄,人即于此弥漫之残烟中,遥望平台。隐隐见台上列一案,一椅,一三色旗。旗下有一人巍然交臂而坐,即薛慕丹也。服出使委员服,冠三色羽冠,佩刀插枪,一如昨日,不动亦不语,全场亦皆寂然无声,曳枪垂首以待。断头台上则伍伯往来蹀躞,状至倥偬。忽闻鼓声隆隆自远来,丘上队列霥然乍开,一卤簿蜿蜒入E字中,向断头台而行。其卤簿先以黑色大鼓,次赤帻队,皆徒手随行,次卫兵,则皆露刃,最后为罪人,即瞿文也。

瞿文此时服寻常之军服,腰佩一剑,手足皆自由无械系,坦然前行,时时仰面向晓光,輾然而笑。既至台次,似绝不见有断头机者,但游目瞩塔顶,似有所觅。彼知薛慕丹今日,必躬视行刑,欲一见之,为末次之诀别耳。

薛慕丹亦望见瞿文,顾绝不为动,为状乃更严冷,但注目直视之。瞿文且行且顾,徐徐拾级而登,兵官命赤帻队随之。迨达台顶,瞿文立解佩剑授兵官,除领巾付伍伯,乃奋然跃登断头机。其褐色之发,摇漾风中,闪闪作金色,肩项腻白,绝似妇人,目光澄澈而雄伟,则俨然天神也。夫断头台亦一绝顶,今瞿文既卓立其间,旭日围之,自谓已置身荣光中矣。

凡处斩刑者,法当械系,伍伯乃执绳而前,方执瞿文手,欲缚之,忽闻丘上人声鼎沸,诸兵士皆哽咽而呼曰:"赦、赦、赦我首领!"霎时间,莫不弃兵而跪,举手向平台薛慕丹坐处,作求恩状。赤帻队中之赖杜伯,横身断头机下,哀呼曰:"我在此,我愿代首领死也。"伍伯闻声,立缩其手,方万声鼓噪间,突闻一严重酸楚之音,由塔顶飞越而下。曰:"勿哗。法律在,不可违也。"众审此声之出于薛慕丹,皆股栗莫敢仰视。斯时伍伯乃前矣,瞿文曰:"姑待之。"即举其未系之右手,向薛慕丹告别,然后就缚。既缚矣,瞿文曰:"恕我少迟。"即引吭而呼"共和万岁"者三。于是伍伯乃卧瞿文于桔槔形之板上,人头颅于枷穴中,一手执发,一手按弹机,三角形之物,遂徐徐下,初颇迂缓,继忽迅疾,在此迅疾中,人但闻砰然一声。一声之后,又继以一声,第一声乃斧击,第二声则枪击也。此枪击何来乎?盖断头台上三角形物下落时,平台上薛慕丹,已自解其腰鞯上之手枪,方瞿文之头颅,滚入红色筐中,而薛慕丹之胸前,亦一弹贯心而死。从此两灵魂携手飞升,一张光明之羽,一伸恐怖之爪,永永翱翔于浩荡之天空中,不复返矣。

图书在版编目(CIP)数据

九十三年/(法)雨果著；曾朴译.—2版.—上海：上海大学出版社，2022.3
(近代名译丛刊)
ISBN 978-7-5671-4449-1

Ⅰ.①九… Ⅱ.①雨…②曾… Ⅲ.①长篇小说－法国－近代 Ⅳ.①I565.44

中国版本图书馆CIP数据核字(2022)第031371号

策　　划	庄际虹
责任编辑	庄际虹
封面设计	柯国富
技术编辑	金　鑫　钱宇坤

九十三年

［法］雨果 著　曾朴 译　王仲远 校注
上海大学出版社出版发行
(上海市上大路99号　邮政编码200444)
(http://www.shupress.cn　发行热线021-66135112)
出版人：戴骏豪
※
南京展望文化发展有限公司排版
商务印书馆上海印刷有限公司印刷　各地新华书店经销
开本890mm×1240mm　1/32　印张7　字数180千字
2022年3月第2版　2022年3月第1次印刷
ISBN 978-7-5671-4449-1/I·651　定价：36.00元